もどろきイカロスの森

ふたつの旅の話

黒川創

じてんしゃ

春陽堂書店

装幀／南伸坊

もどろき・イカロスの森
ふたつの旅の話

もどろき

1

偏愛の対象というのは人それぞれだろうけれど、祖父にとっては、自転車がそれだった。もちろん彼は、妻より自転車を愛していた。

祖父は米屋だった。

自転車は、だから、毎日の配達につかう商売道具である。

ふだんの生活の足でもある。

大腿筋の衰えを防ぎつつ、交通費の出費を抑制する装置でもあった。

大阪にも、滋賀にも、ときには和歌山や福井でも。

京都の家から、ひとりで自転車にまたがって、彼は出かけていた。

「自転車で行けるがな。」

祖父は、ちょっと顔をしかめて、よく言った。

祖母といっしょに外出するのは、汽車賃が、しかも二人分かかると言って、いやがった。しぶちん、なのである。土地のことばで、けちんぼのことを、こう言っている。

独立した精神の持ち主、でもあったのではないかと思う。だけど、ごくふつうの暮らしのなかでは、独立とか、精神とか、いちいちそんなことは言わないわけで、近所の年寄りたちは、しぶちん、とか、へんくつ、とか、ただそういうふうに呼んだのである。

ふつう、人は愛についてなど考えない。偏愛についても、そうである。愛というものについて考えるのは、愛についての知識人であって、ふつうの人は愛そのものを、もしくは、愛そのものの破滅を生きている。

自転車は自転車、女房は女房なのだ。

祖父は、自転車への偏愛、という点において、いくぶんかは変わった性癖の持ち主だったのかもわからない。けれど、時代は、いまみたいに各種マニアに寛容ではなかったので、彼はその傾向をじっと自分のなかに押し隠して生きていた。

夕方、最後の配達先から戻ってくると、間口二間半の狭い店先のすみっこに、きっちり、自転車を留める。ここでいっしょに働く共同経営者というのか、べつの米屋さん一人、事務のおねえさん一人は、もう帰り支度を終えている。

「ほな、去なせてもらうわー。」

と、彼らは去っていく。

家の敷地は、いわゆるウナギの寝床で、幅が狭く、奥に深い。

店先の左手奥から、台所の土間が、ずっと奥へ、裏の庭までつづいている。

祖父は、店先の隅にうずくまって、自転車のチェーン、スポーク一本一本の根元に、油を注していく。油が垂れると、雑巾で拭きとる。車体のところどころにポマードみたいなサビどめのクリームを塗って、薄くのばし、またべつの雑巾で磨いていく。「※」印の付いた作業帽をかぶったまま、顔つきは、ひどく真剣である。サドルの革は、すり減って、破けている。泥よけは、何度もぶつけて、でこぼこしている。濃紺の車体のペンキは、あちこち剝げている。その車体全体に、もういっぺん、ていねいにぼろ雑巾をかけていく。長い手足を、バネ仕掛けみたいに、せっせと動かす。太陽の下を毎日配達で走っているにしては、色白で、面長な顔だちである。薄明かりのもとでは、それが、いっそう青白く見えている。

女房を愛しているか？

たぶん彼は考えたこともないだろう。

この自転車を偏愛しているか？

チェーンに無心に油を注すような人は、そんなことは考えないものなのである。

というより、愛とは、毎日の自転車磨きなのかもしれないではないか。いったい誰が、これ以上、よりよく愛を説明できるか。

店の奥の土間は、薄暗い台所になっている。裏の庭に出る戸口まで、ずっと細長く、それは伸びている。なかほどの天井に、暗い吹き抜けがあり、ずうっと上のほうに、天窓が白く見えている。光の帯が、まっすぐ垂直に落ちてくる。そこに、黒い「おくどさん」が、二口ある。竈（かまど）である。昼間は、強い光に、こまかな埃がきらきら舞い、おくどさんが鈍く光る。夕方、光の帯は、ただぼんやりと白い。

おくどさんのうしろは、漆喰の壁である。愛宕山（あたごやま）の火封じの御札、それから、聖護院（しょうごいん）のお不動さんの御札も、貼ってある。

土間を抜け、裏の庭に回ると、祖父は作業帽を脇にはさみ、水道の蛇口をひねって、顔を洗い、首筋をぬぐう。ねずみ色の仕事着の胸や、膝のあたりを、ぱんぱんと手拭いではたく。ズックの靴を、互いちがいに脱ぎすてて、縁側から部屋にあがってくる。

「なんや。めし、まだかいな。ぺこぺこやがな。」

ひとこと目から文句を言う。というか、祖母へのかんしゃくである。京ことばのかんしゃくは、迫力に欠けている。

「へえ。じき、できるさかい。」

割烹着の祖母は、受け流し、ゆっくりした動きで、また土間に降りていく。ぱくぱく、ガス炊飯器が音をたてる。ぱちんと、ガス台のコックをひねる音が聞こえる。竈は、もう使っていないので、白っぽい灰をためたままだ。

「しんきくさいやっちゃなあ。もー。」

祖父はうしろから、ことばだけ投げつける。

テレビ画面はまだ白黒だ。ちゃぶ台ごし、その正面にすわる。春の西日。庭のヤツデの葉あいを通りぬけて、畳の上に射している。

思いなおしたのか、祖父は、もういっぺん立ちあがり、上がり框の冷蔵庫からビール瓶を一本ぬいてくる。銀メッキの栓抜き。それで栓を開け、コップに注ぎ、泡が盛りあがらぬうちに、口にはこぶ。ただし、大瓶の半分まで。そこまで飲んだら、また思案げな顔になる。ふーっと、やるせなさそうな息をつく。そして、思い切ったように王冠をビン口に戻し、ぽんぽん、と、てのひらで上から叩いて、また蓋をする。残りは、明日の分。

祖父は、立ちあがり、中身が半分になったビール瓶を冷蔵庫に戻しにいく。

そして、満ちたりた顔に戻って、つづきのテレビ番組に見入るのである。

祖父の自転車は、とても大きい。というより、あのころの自転車は、みんな大きかった。車体は、濃紺。荷台はリベットでがっちり固定されていて、米袋を二つ積み、縛りあげても、揺らがなかった。

むかし、祖母が生きていたころ、聞いたことがある。

近くの魚屋に、気っぷのいいおかみさんがいた。通りかかった祖母をつかまえ、店の前で、こう言ったことがあるんだそうだ。

「ゆうべ、あんたとこのおっさん、なんや、けったいなとこ、なかったか?」

「どないなことやろ。」見当つけかねて、祖母は問い返した。「いつのことえ?」

「晩ごはんのあと。ステテコのまま、真っ青な顔して、うちの前、走っていかはったで。」

祖母はあきれた。そういえば、なにかぐちぐち言っていたけど、まさかそこまでやっているとは。

自転車が盗まれたのだ。

この米屋さんには、こうしたひたむきな自分を隠そうとするところがあった。家人にはなおさらに。

やがて自転車は戻ってきた。

祖父のたび重なる陳情、催促、泣きおとしを受けて、近所の派出所の巡査三名は、異例の厳重な捜査態勢を敷いたのだった。「米穀店としての使命」とか「米の配給制度の完遂」とか、祖父はいろいろ言ったんだそうである。

三名の巡査は、交代で、公設市場の自転車置き場で張り番した。それが不発に終わると、巡査長は、盗難の場所が雀荘のむかいの路上だったことに着目した。

「ばくち打ちかもしれまへん。」当時でさえ古風に響いた言いかたで、巡査長が言った。「負けが込んで、むしゃくしゃして、電車賃ものうなって、盗りよりましたんやろ。おっちょこちょいなやつやったら、自転車に馴れてしもて、まだ乗り回しとるかもしれまへん。」

「市内の、盛り場近辺の交番に、回状、まわしましょか?」

若いほうの巡査の一人が、歩きながらの会話に、割り込んで尋ねた。

「そないしてみてくれるか。」

巡査長が答え、若い巡査は、通りがかった魚屋へ、電話を借りに飛びこんだ。彼は、若いだけではなくて、職務にも熱心で、すぐにも電話で回状の手配を済ませておいたほうが、捜査も敏捷に進むであろうと信じたのだ。

自転車がみつかったのは、宝ヶ池の競輪場近くの児童公園だったそうである。

「競輪は当てよったんでっしゃろか。帰りはタクシーか。あるいは、京福電車に乗りよったんかもしれまへん。」

巡査長は、確信なさげに、お手柄の件を推理した。

街の映画館で、『自転車泥棒』というイタリア映画が掛かったころのことだそうだ。

魚屋のおかみさんは、そのあと、この若い巡査と深い仲が生じて、真正直な亭主から叩きだされる不運をたどった。

祖父の自転車は、これを含めて三度盗まれ、三度とも帰ってきた。

2

「雨、降ってる。また。」

いつから目が覚めていたのか。隣のふとんのなかで、妹が言った。

ベランダを、冬の終わりの雨が激しく叩く。まだ夜は深い。

「京都も、雨かな。」

天井の豆電球を見あげたまま、掛けぶとんを目もとまで、彼女は引きあげた。

「どうかな。」

いいかげんに私は返事した。

祖父が死んでから、すでに半年が過ぎた。父が死んでからなら、もう一年余りになる。

父が死に、それから祖父が死んで、無人になった京都のその家は、急速に朽ちていた。

「こら、あかんわ。屋根板が腐ってしもとる。」

中年の屋根職人が、おっかなびっくりな身のこなしで、二階の屋根から、どうにか下の庇(ひさし)のところまで降りてきた。

瓦は、ずれたり、浮いたり、あちこちで割れてもいる。屋根土が古くなり、粘り気を失って、ますます瓦がずれやすくなってるんだそうだ。すると、瓦のすき間から雨が入る。屋根板が腐る。そこから沁みて、部屋のあちこちで雨漏りする。

「これはもう、葺き替えるしかあらしまへん。せやけど、瓦を葺くにも、これやと屋根板がもちまへん。屋根板、はずすにしても、家自体がこんだけ傾いてきとりまっさかい、あぶないでっせ。二階の壁、へたしたら落ちまっせ。けっきょく、建て替えるしかあらしまへん。はっきり言わしてもろたら、もう家として、寿命でっせ。アウトやわ、これ。柱も細いしね、ひび入っとる。とりあえず、雨漏りの応急処置に、瓦の上から、べたーっと、防水シートでもかけときまひょ。あとは、工務店のほうと、相談してみてくれはりまへんか。」

安普請で、そのうえ古い。

おまけに、この祖父の家から、南に三軒、同じ屋根が続いている。つまり、棟続きの長屋になっているのである。柱もそうだ。隣家との境界に、柱を立てた構造になっているので、同じ柱をそれぞれの隣同士で共有している。もっと前には、南に五軒目まで、ずらっと、つながっていたんだそうだ。この一〇年ほどのあいだに、南の端の家から、一軒、二軒と取り壊し、新築した。いまは残る三軒が、見た目にもはっきり傾いて、互いにもたれあうように、かろうじて立っている。

戦後の混乱期に、長屋の大家が納税に行きづまり、それぞれの借家人が、求められて、一軒ずつ、安価で買い取ったものなんだそうである。祖父の家もそうだ。これは棟続きの五軒だけではなくて、間口を東向きに、ここの通りにずらりと並ぶ一四軒、すべてが同じ大家に属していて、このときいっせいに分譲の手続きが取られたんだそうだ。

「この三軒のうち、あと一軒潰したら、残り二軒も、ぺしゃんっと壊れよるかもしれまへん。」

工務店の部長さんは、イノウエさんという、現場たたき上げの白髪のひとである。家の前の路上で、腕組みし、彼は言った。背広をぐいとはだけて、棒切れを道端から拾いあげ、アスファルトの路面に見えない線を引きながら、若い現場技術者と相談している。

「百分の六、南に傾いてます。」

　ワイシャツの上に黄色いヘルメットをかぶった、若い技術者が言った。

「一メートルの高さのもんが、六センチ傾いとる、いうことです。五メートルの柱やったら、先っぽのとこでは三〇センチ傾いとる、と。」

　こちらに顔を上げて、イノウエさんが言いなおした。

「西にも、なんぼか傾いてます。」

　若いほうが付けたした。

「建物が、全体に、まあ言うたら、よじれとる具合いですわ。家のなかでも、部屋によって、傾きかたが違(ちご)とるみたいで。こないな状態で、お隣の家と切断して取り壊すとなると、残ったほうの家が、こっち向いて傾いてくるか、あっち向いて倒れようとするのか、なかなか見当がつきしまへん。地面の状態も関係してきて、力学的に複雑なんです。ま、出たとこ勝負みたいな話で。」ぶっそうな言いかたを、部長さんはした。そして、若い技術者のほうに向きなおった。「建て替えるとしたら、どないしたらええ、思う？」

「おそらくね、残った二軒は、やっぱり、あっち向いて、南向きに、そのまま倒れていこうとするんやないか思うんですわ。こっち向きに反発してくる力は、建材も老朽化してますし、もう残っとらんのとちゃうやろかと。」

「うん。」

「せやから、こちらを壊す段階で、お隣の壁に何カ所かワイヤーを固定して、こっち向きに、牽引しとくっちゅうのはどないでしょう。」

「あほ。壁がはずれるわ。」

ああだ、こうだ、言い合いながら、部長と若い技術者は、かわるがわるに棒を奪いあって、路上に線を引いている。

「失礼な言いかたかもしれまへんけど。」部長さんが、また顔を上げて、言った。「これは、おそらく、幕末あたりの建てもんの廃材で、建てよったもんちゃいますやろか。柱から梁から、建材もばらばらですから。建ったんも、相当古いです。そうやねえ、明治の終わりごろか、せいぜい大正のはじめ。」

彼らの結論は、こうである。

まず隣家と共有しているそれぞれの柱に添わせて、補強用の鉄骨を立てていく。残る二軒の倒壊を、ここまでの初期工事で防いでから、あとの解体作業にかかるというのだ。

けれど、そうかんたんに事が運んでくれるかどうか、わからない。

まず、ご近所。

「あかん、あかん。」

と、南隣の吉田さんのおばさんは言うかもわからない。

吉田さんのおばさんが、ずいぶん前に「家を建て替えたいのだが。」と言ってきたとき、生前、祖父は答えたんだそうである。

「あかん。」

そんなことされたら、うちの家がつぶれる。そう言ったらしい。

おかげで南隣の吉田さんは、雨漏り、ひび割れ、床の傾きやら、要するにこっちの家と似たりよったりの状態に耐えながら、当面の修理だけ施し、いまも住んでいる。

「あかん、あかん。」と、たぶん、おばさんは言うだろう。「そんなことしてくれはったら、大金かけて修理してきた、こっちの家が傷む。」

祖父は、なにかとしぶちんぶりを発揮したらしい。棟続きではない、反対側の北隣の浜田さんが、「建て替えたい。」と言ってきたときにも、

「あかん。」

と言ったんだそうである。

「日がな一日、大工にトンチンカンチンやられて、音がやかましいの、年寄りには、かなわん。」

こんな調子で、町内一帯、がんこ者の老人がいる家とその両隣の外観は、みな、どことなくみすぼらしい。おまけに、周囲の家はどんどんコンクリートのマンションやコンビニエンスストアに移りかわっているのだから、これがいっそう町内全体の景観のちぐはぐさに拍車をかけている。

そんなわけで、祖父が死に、いまようやく北隣の浜田さんの家は、建て替え工事に入っている。祖父の死は、町内の美観保持には貢献している。

父が死に、それから一年経たないうちに、祖父も死んだ。したがって、この間、妹と私がまずやらなければならないことは、無人になってしまった祖父の家を、どうにか整理することだった。

仏壇の下をごそごそやっていて、若いころの祖父の写真を、見つけた。意外に美男子である。というか、やさ男である。自転車で毎日配達していたはずなのに、どうしてなんだか日焼けせず、色白で、痩軀で、長身である。ハンチングをかぶり、気取って自転車にまたがっている写真がある。京ことば

で言うなら「やつし」である。市内の米屋ばかりの団体旅行で、厚手のコートに身を包み、上目がちに照れたようなまなざしを、こちらに向けているのもある。

だけど、こんなふうに「美男子」とか言えるのは、いまどきの基準に立ってのことであって、きっと、祖父ら自身の時代には、これではダメだっただろう。頼りない。なよなよしている。気弱げ——。親戚たちの口からも、祖父が「男前」だったとかいう評価は、一度も聞いたことがない。したがって本人も、自分が「男前」だなどと、生涯、夢にも思わなかったはずである。ただのけちんぼ、しがない庶民として暮らした。三男で、年長の親戚からは「さぶちゃん」とだけ呼ばれて、わりあい軽んじられていた。当人がこれを不満にしていた様子はない。長兄の家まで、自転車で時おり出かけ、頭を低くし、黙々と将棋をさしていた。長兄が末期の入院をすると、自分もそのとき病身だったが、ベッドの手すりにしがみついて立ちあがり、這ってでも見舞いに行くという態度を示した。

最後の入院は、九〇歳近くなってからのことだった。それでも、震える手で毎日電気かみそりをつかって、白い髭を剃っていた。ベッドでも腕時計をはめていて、酸素マスクで苦しそうな息をしているあいだも、正確に時刻をつかんでいた。尿瓶をつかうのを恥ずかしがって、小便に自分で立とうとした。うんこを、ときどき漏らした。携帯便器にまたがるのが、間に合わなかったのである。「けさ、ばば垂れしてもうてなあ。看護婦に、けつ、拭いてもろたんや。」無念でならぬ、といった悔恨の色を浮かべて、祖父は言った。「お礼、ちょっとだけでも渡したい思たんやが、受けとってくれよらへんねん。」泣きだしそうな情けない声で、しばらく時間を置いて、また言った。

しぶちんには、しぶちんなりに、自分用のルールがある。他人の世話になりながら、応分の返礼を欠いていることに、彼は自分を責めていた。

内弁慶だった。

ただし、隣近所では、しぶちん、がんこ、へんくつ、わからず屋、かんしゃく持ち、と言われる存在で、かまわず通していた。この圏内なら、お互い、子どものころから見知った顔ぶればかりで、家のなか同然に、内弁慶ですごすごとができたのだ。

町内一帯までの範囲。その世界から自分が踏みだしていきそうになることを、ひたすら恥じ入るようなところが、彼にあった。自分は何ものでもない。この思い込みに、祖父は疑いをはさまず生きていた。

けれど、この米屋さんにも、人知れず夢を見る時間はあっただろう。私は、幼いころ、祖父の気持ちよさそうな自転車の漕ぎっぷりを見て、ひそかに、そのことを知っていた。


——あの家は売れんぞ。——

最後に会ったとき、父は言った。

三軒棟続きである以上、更地にするにも互いの家同士のにらみ合いで身動きがとれないし、そんな物件をたとえ売りに出しても、買い手はつかないだろうということらしかった。祖父はすでに入院していた。たとえ祖父が死んだとしても処分するつもりはない、という意味のことを、あらかじめ言っておこうとしているのかとも思えた。もちろん、いまそこに住んでいるのは父だけなのだから、好きにすればいいのである。わざわざ私と妹を東京から呼びよせて、妙なことを言いだすものだなと感じていた。

それから一〇日ほどして、父が死んだ。

米屋のかつての店先に、ディレクターズ・チェアを置き、父はそれに座って死んでいた。大量の睡眠薬を飲んで、硬くなっていたのである。

米屋の店先という場所は、たいてい、米を湿気から守るために、コンクリートのたたきの上に木板を張り、床をかさ上げしてある。祖父が店を廃業してからも、そのまま、父はそこを「書斎」がわりにつかうようになっていた。陽射しを遮るのを承知で、ガラス戸の前にもぎっしり本棚を並べていた。床まであふれる本と書類に埋もれながら、穴ぐらに籠るように、ここでの時間をすごしたのである。

板張りの床の中ほどに、彼はディレクターズ・チェアを置いていた。

祖父は入院中で、家には、誰もほかにいなかった。父の遺体を見つけたのは、新聞配達の少年だった。夜明け前、新聞を入れるとき、家のなかにめずらしく煌々と蛍光灯がともっているのが、ガラス戸越しに、本棚のあいだから漏れてくる光で、わかった。軒先左手の戸口近く、カーテンのわずかなすき間から、木とカンバス地の折りたたみ椅子に、むこうを向き、ジャケットと黒いハイネックセーターを着込んで、座っている男の姿が見えていた。次の日の夜明け前にも、蛍光灯は同じようにともっていた。男の姿勢はまったく変わっていなかった。しかも、新聞受けには、前日の新聞がそのまま残っていた。遠慮がちに戸口のガラスをたたきだしたが、椅子の男はいっこうに動かないので、怖くなって近くの交番に駆け込んだのである。

机の上に、遺書があった。

原稿用紙が数枚。いちばん上に、宛て名なしに《疲れ果て、気力を失いました。》と、ブルーブラックの万年筆で書いてあった。

その下には、祖父宛てで《先立つ不幸をお許しください。》とだけ、書いたものがあった。そそっかしい父らしく、「不幸」は「不孝」を書きまちがったのに違いない。

その下に、母宛ての、いくらか長い文面の遺書があった。私たち、三人の子どもに宛てたのもあった。あとは、親しい友人に宛てたものが一通と、従妹に宛てたものが一通だった。

どれも内容は簡潔で、勢いのいい、いつもの筆跡で書いてある。

父は、定年まで市役所で勤めたあと、市内の私立大学で非常勤講師として「風土論」のクラスを受けもっていた。遺書を宛てた友人は、大学の同僚でもあった。この遺書は、いったん書き終えてから、べつの赤ペンで、学生たちの後期の成績について、付記していた。すでに彼らの試験がわりのレポートには目を通しており、それぞれ、成績のランクをそこに記入しておいたので、あとはよろしく、と書いていた。

《自分の体のことはよくわかっているつもりなので。》と、従妹宛ての遺書には記していた。

末尾の日付のところは、どれも「 月 日」と、数字だけ空欄にして、あらかじめブルーブラックの万年筆で書いている。あとから、たぶん自殺の寸前になって、黒いボールペンで当日の日付の数字を書きくわえたらしかった。

父は、思うことすべてを、ここに書いたわけではないだろう。――という考えが、私の頭に、まず浮かんだ。諦めて、あるいは辛抱して、ペンを置いたろう。

《考えた末にこうする事にしました。兄、妹、弟、力を合わせて、お母さんを守って、事後の処置に当たってください。よろしくお願いします。》

と、われわれ、きょうだい三人に宛てたものには書いてあった。

「妹、か。」と、妹はつぶやいた。「弟から見たら、姉でもあるんやけどな、わたし。おとうさん、最後まで、妹としか、思てはらへんかったんやな。」

手にした遺書のほうに頭を垂れて、彼女はぼやいた。髪は、首筋のところで、シャギーにカットしてある。ジーンズに、薄手のセーター、ダッフルコートを着込んで駆けつけたままだった。背中は、心細げに、丸くなっている。指先が、かたかた、音をたてるように震えていた。弟は、留学先のベルリンから、まだ到着していなかった。

机の上、留守番電話の赤いランプが点滅している。二度ばかりそれを押すと、――もしもし、川高ですが、いま留守にしています……。――と、父の声が話した。もう一度押しなおすと、何人か、学生や、知人からの、メッセージが流れはじめた。

「来週の研究会の時刻、予定より三〇分遅らせて……。」

父の学生時代からの友人の声が入っていた。

「先生、お風邪ひかれたとか聞きましたが、具合いどうですか。来週、授業のまえに、食堂で、今度はわたしたちのほうがおごりますから……。」

授業が休講になって心配したらしい女子学生二人の声が、かわるがわる、笑い声とともに入っていた。

一つひとつのメッセージの末尾に、「ただいまのメッセージは、〇曜日△時×分です。」と、女性的な機械の音声がついている。これとて、曜日や、時間の序数は、あとから合成されている。そのせいで、いっそう、奇妙に扁平な発語になるのかもしれなかった。

検死結果からすると、父は、死の直前、その日の夕刻から深夜までのあいだ、わざと電話に出なかったらしく受け取れた。死後になってから入ったらしいメッセージもある。生前も、死につつあるあいだも、死後も、父の録音された声が、まったく同じ具合いに、電話の主たちには応対していたはずで、明確な違いはそこに何もない。

もう、電話しても、父が出てくることはないのだな。

まもなく、この電話番号も、自分の記憶から消えさってしまうことを、私は予感した。無用のものはこの世に限りなく、死者の電話番号は、たしかにそのひとつだ。電話機を手に取り、私はモデュラージャックを引き抜いた。

「だいじょうぶ、かなあ。」

妹が、寝床のなかでつぶやくのは、たぶん、そんなようなことからなのである。

北隣、浜田さんの家の解体作業は、すでに終わった。そこは更地になり、新築工事が始まるのを待っていた。ぴったりと互いにくっつきあっていた北隣の家がなくなると、祖父の家は、北側一面、土の壁をむき出しにしたままで立っている。漆喰さえ塗っておらず、ただ土を重ねただけの壁なのである。下地に組んである竹の骨が腐って、あちこち、ぼろぼろと、その土さえ剝がれおちている。

私は知らなかった。こうした町家地での住宅建て替え工事では、隣近所に対して、一定の慣習的なルールがあるんだそうである。たとえば、施主となる家は、古くなった自宅を取り壊すさいに、接しあっている隣家の壁を保護する工事まで、責任を負って行なうのが、決まりなんだそうだ。ところが私たちの場合、隣家がなくなると、こんなにぼろぼろの外壁が、祖父の家から現われてくるということさえ知らなかったわけで、こういうことはすべて、工事にさきだち、北隣の浜田さんのおじさん本人の口から、はじめて教えられたのだった。

「まず、お宅の北側、あの土壁一面をビニールシートで覆て、とりあえず雨に直接打たれんようにしときます。土壁は、雨に濡れたら、いっぱつで溶けて崩れてしまいよるからね。」

門口で、と言っても、もう浜田さんの家は壊されて消えてしまっているのだが、そこから、祖父の家の外壁を、ぐるりと指でさしながら、おじさんはあらためて説明した。

「はい。なるほど。」

神妙に聞くのだが、そのくらいしか答えられない。

ソフト帽をかぶって、クルマに乗り、おじさんは仮りの住まいからやって来た。両頬はふくぶくしいけど、目が真剣なままなので、多少こわばっているようにも見受けられた。短く刈りあげた髪はほとんど白くなり、おじさんも、もうとうに六〇を過ぎている。うちの祖父に、子どものころからなんだかんだと頭を押さえられ、いままた孫の私たちから文句をつけられては、おじさんはいったいいつになったら新築できるか。その物腰には、どこかしら悲愴な決心みたいなものが、混じっているのを感じたりするのである。

「そこまでやっといてから、ヨウジョウの工事に入らせてもらいます。」

おごそかな口調になって、おじさんは言った。そして、くるくる巻いて右手に持っている設計図を、ほとんど無意識に、ちいさく振りまわした。

「ヨウジョウ？　ですか。」

私は訊き返した。

「はいな。」おじさんはいくらか安堵したようで、顎を心もちしゃくるようにして、説明した。「お隣、つまり、お宅の建てもんのことですけど、前にもちょっと申しましたように、これを保護する工事のことを言うねんやわ。」微笑して、つけ加えた。「からだの養生の、ヨウジョウいう字を、書きますんや。けったいな言いかたやけど——。」

設計図をひろげて、ていねいに説明してくれた。

なるほど。また私は、相づちを打った。

「一週間ほどですわ。」さらにおじさんは説明した。「壁一面をね、トタンの波板で覆いますんや。釘を打つ場所には、ちゃんと木板をわたしといてからやりまっさかい、壁は傷みまへんのや。そうやっといたらね、もう台風が来たかて、ぜったいにお宅の土壁は濡れへんし、どうもないんやわ。」

それから一カ月以上たつ。

祖父の家のヨウジョウは、まだできていない。というか、できていないらしくて、連絡が、浜田さんのおじさんからまだ来ない。

「だいじょうぶ、かなあ。」

と、妹が、ため息つきながら言うのは、このことなのである。

土壁は、雨に濡れたら、「いっぱつで溶けて崩れてしまいよる」と、おじさんは言った。ぼろぼろの、その壁一枚を隔てて、なかは畳敷きの部屋である。おまけに二階は、すでに雨漏りが、あちこちする。

このままじゃあ具合い悪いなあ。いっぺん、浜田さんのおじさんに電話してみるよ。

そう妹には言いながら、私は私で、おじさんに電話もかけずに、ここ東京での仕事にかまけて、ぐずぐず日をやりすごしている。

地図をトレースする。

それが私の仕事だ。

というか、トレースという言いかたも、コンピューターをつかった製図技術が進化したいまでは正確ではなくて、実のところは、既存の地図の上に別種の情報を合成しながら、「新しい地図」を「生産」していく。だけど、「生産」とは何か。trace の手作業がなくなった分だけ、実際には、steal に何歩か近づいていているのかもわからない。steal に steal を重ねることが、「合成」であったり、「生産」と呼ばれたりしているのかもわからない。それでも、誰も、少なくともわれわれみたいな職業の者は、これを steal とは呼ばない。定義が変わったのだ、そう自分に言い聞かせる。そういう時代なのだ。

雑誌や本の編集部から、地図の挿図の注文が、ファクスや電子メールで入ってくる。そこには、最終的なレイアウトの縦横のサイズ、地図中に必要な地名、河川や山、道路、鉄道路線、なんかが指定されている。

たいていの地図のパーツは、ハードディスクに取りこんで、手元にある。

ウズベキスタンの国内全図。

アカプルコの市街図。

マクドネル山脈の地形図も。

必要に応じた地図を選択し、指定された情報を、ドロー・ソフトをつかって加えていく。あるいは、不必要な情報を消去していく。拡大し、組みあわせ、合成し、補正する。作業の痕跡は、何もあとに残らない。

見知らぬ土地を、私は画面のなかにスキャンし、加工する。必要な変更をくわえ、指定されたレイアウトのなかに収めていく。見栄えするものに仕上げることが大事だ。

できあがった画像をMOディスクにコピーし、それに出力見本をつけて、編集部にバイク便で送る。圧縮したファイルで直接送信することもある。

ウズベキスタン。

アカプルコ。

マクドネル山脈。

どんな風景が、そこで実際に広がっているのか、私は知らない。

『『ネイチャーランド』のホリウチです。」編集者が電話をかけてくる。彼は言う。「来々月号で〝北極圏が新しいぞ〟って企画、すすめてるんです。いちばん日本から近いヨーロッパはどこか。それはフィンランドだって、のりで。」

「そうなの?」

「うん。飛行機で一〇時間、かかんない。」

「嘘だ、そんなの。」

「そうなんですよ。ヘルシンキ。」

「ヘルシンキは北極圏じゃないよ。」

「まあ、そうなんですけど。実は、そこから国内線に乗り換える。イヴァロ空港って、とこまで。」

「はあ。」

「だからね、日本とフィンランドがいっぺんに入ってる、ぱっと見た目でそれが近距離だってわかる地図が、ほしいなあと。北極点の上空からとか、地球を見下ろしてるかんじで、どうすかね。北極点を地図のまん中あたりにして、下のほうにフィンランド、上のほうに日本があるとか。それだったら、ふつうの地図と違って、日本が南北さかさまにひっくり返って、入るでしょ？」

「うん。」

「それだとインパクトあるかなあと。」

「でも、やっぱり遠いよ。あいだに、どーんとシベリアがあるんだから。」

「なんとか、そこを。両端の、日本とフィンランドを、できるだけ強調して。」

「じゃあ、超縦長の、柱みたいなかたちの地図にするとか。」

日本とフィンランドの中間地は、おおまかに見て、ほぼ東経八〇度の線上にあたっている。

一方、北極圏は、北緯六六度三三分以北である。

これの限界線と、東経八〇度を通る経線の交点。つまり、北緯六六度三三分、東経八〇度という一点を中心とし、この上空から地球を見下ろす地図をつくれば、どんなものになるか。

私は想像してみる。

いや、中心点の緯度は、もっとずっと南に寄せて、北緯五五度くらいまで下げたほうが、日本とフィンランドは互いに点対称の位置に近づき、近く見えるか。いやいや、それでは〝北極圏が新しいぞ〟という本来の編集意図が、かすんでしまうか。

「いいすね、それ。で、ついでにノルウェイのフィョルド海岸、いちおう、はっきりわかるように入れといてください。ウリですから、北欧の。」

「まさか。シベリアが、どーんと入ってくるのに、それでも目立つフィョルド海岸ってか？」

「うーん、そこをなんとか。あと、レンメンヨキ国立公園。ウルホ・ケッコネン国立公園。」

「どこ、それ?」

「えーと、フィンランド北部の、ばっちり北極圏の公園で。だけど、いま、手元の資料じゃ、よくわかんないっす。いちおうファクスで流しますけど。あとは、詳しいこと、図書館かどっかで、お願いしまっす。」

地図には、著作権がある。でも、この仕事は、それを侵し、犯しあう。世界中のコンピューターに、無数の地図がスキャンされ、複製され、蓄積され、合成されていく。需要が掘りおこされたところに、「新しい地図」が供給される。消費と再生産のサイクルを、またそれは形づくる。

自然を模倣したものが、地図なのか。

ならば、なぜ私たちは、これに関して著作権を主張するのか。

そうではなくて、地図製作者は、そこに滴らし入れた自分の嘘に著作権を主張するのだ、と考えればどうだろう。歪曲の連鎖を、地図は形づくって、その領域を拡げていく。

新しい嘘は、きのうつかれた嘘とは違っている。むかしの嘘が囁きかけてくるのを、古い図書館のなかで聞く。未来の嘘は、まだ声を発さず、世界のなかに身を潜めている。


妹は、だけど、それどころではないのである。

「だいじょうぶ、かなあ。」

もういっぺん、言ったので、とりあえず私は返事した。

「どうかな。わからんな。」

父が死んだとき、祖父はもう入院していた。ある日、急に便所で立てなくなり、父が入院させたのだが、運動中枢に障害が出ていると言われた。歳をとってもたばこをやめなかったので、肺気腫もひどい。やがて、熱が高くなり、胆嚢炎を併発していると言われた。胆管の手術を勧められたが、祖父は拒んだ。

「あかん、あかん。やめてんか。」

と、祖父は若い医者に言ったのである。

「そないな体力、もう、あらへん。どないか、もういっぺん家に帰れるとこまで、薬で、やってもらえまへんか。」

話が出るたび、何度も同じことを言い張って、泣きつくように断った。

やがて敗血症の兆候が出はじめて、呼吸することに苦しみだした。幾度かもう危ないとも言われたが、そのつどまた祖父は持ちなおした。

そのあいだも、いつか退院できることを、疑っている様子はなかった。気分の良い日は、ベッドに半身を起こし、肉が落ちた二の腕や腿をさすって、

「これやと、もう自転車かて乗れへんがな。」

情けない顔をつくって、まだそんなことを言ってぼやいた。

酸素マスクをつけてあえぎながら、わざわざちょっとそれを外して、

「塗炭の苦しみや。」

なんだか、他人事みたいに言ったりもした。

それでも、ベッドのなかで腕時計をはめている。発作がおさまると、時間を確認し、テレビのチャ

ンネルを吉本新喜劇に合わせて、うほっうほっ、と、笑いながら噎せていた。

私はといえば、いよいよ危なそうだと父から電話が入ると、そのつど二、三日の時間をむりやりあけて、京都に出向いた。病状が落ち着くのを見届けると、なかば拍子抜けしたような気持ちで、また東京に戻ってくる。

「俺のほうが、もつかなあ。じいさん、あれで、けっこう元気や。」

だんだん父のほうが、弱気めいたことを口にし、電話口で笑った。彼も、自転車に乗って、祖父の病院まで通っていた。何ができるでもなく、ただ一〇分か一五分、話題もないまま枕元に座り、また自転車に乗って、傾いた家に帰ってくる。

そして、週に二、三度は、市営の温水プールに出かけて、なかなか激しく泳いでいるらしかった。けれど、いまになって考えれば、父は、そのころすでに自分の体に異常を感じていたはずだ。しんどいから、こんなはずではないと焦り、もともと散歩や水泳が好きでもあって、少なくとも運動しているあいだは爽快だし、いっそうそれにのめり込んでいったのかもわからない。

そんなふうなことが、なにかとあり、祖父が入院したまま、父はさきに死んだ。

「おとうさん、風邪こじらせて、熱も高いし、入院させよと思とるんやけどな。」父が死んだとき、私は、祖父に事実を告げきれずに、遠くなった耳元で、大声にそう言った。「しばらく、ここ、見舞いに来はらへんようになっても、ええか?」

「なんやて。」祖父は、やつれた白い顔をこわばらせた。「早よ、そないしてやってくれ。いちばん悪い病気や。急性肺炎やろ。えらいこっちゃ。」

なぜそんなふうに彼が決めつけたか、そのときわからなかった。あとで思いおこすと、一五年前に祖母が病院で死んだとき、最終的な死因が「急性肺炎」だったのである。

「入院、どこにさせるんや。」

自分が死にかけているのをそっちのけに、祖父が、泣きだしそうな顔で、また言った。

「F病院にしよう思てる。」

見舞いに行く、と、祖父がベッドから這いだすのを恐れて、私は、市内のいちばん遠い病院の名前をあげていた。

「そうか、あそこならええ。」起こしかけた体を、またふとんのなかに倒して、続けた。「兄貴が、入院しとったとこや。行ったことある。」

まずいな、と焦ったが、すぐ行く、とは祖父も言わなかった。

「ええか。わしのほうはええさかい、明彦のこと、あんじょうしてやってくれ。」

そう言って、目をつむった。

その日から、しばらく。

「どないや、明彦は。」

病室を覗くたびに、祖父は尋ねた。

熱は――。ちゃんと食べられとるのか――。酸素マスクはつけとるのか――。しょんべんは出とるか――。

そんなことしか言わなかった。

あるとき、妹は、祖父の耳元に口を近づけ、何か答えようとしたのだが、詰まってしまい、そのまま彼の枕元に顔をうずめて声を出さずに泣きだした。

「わかっとる、わかっとる、みっちゃん。」祖父は、仰向きのまま、細くなった右腕だけ伸ばして、妹の頭をなでた。「耳は、もう聴こえんけどな、みっちゃんの言おうとしとることは、ちゃんとわかる。」

そして、また目をつむった。

死ぬとき、どんなことを考えていたか、確かめる手だてがない。そんなものらしい。

「雨漏り。」

隣のふとんのなかで、また妹が言う。

ぽつんぽつんと、雨垂れみたいな喋りかたをする。気弱なときはなおさらである。なんというのか、石地蔵みたいなかんじが、ふだんから妹にある。膝をかかえた子ザルなんかも、私は連想する。

「あれは、困ったな。ちょっと。」

私は答えた。

無人になった家の二階、三畳の板の間に、雨漏りの水が溜まるのである。先々月、京都へ家の整理に行ったとき、これは発見した。よく晴れた冬の午後だった。床に、直径三〇センチほど、水たまりができていた。丸く、表面が膨れている。カーテンの合わせ目から入る陽を受け、きらきら光った。私たちが部屋に踏みこみ、床がしなると、薄い表皮が破れたように、それはじわじわ大きくなった。つま先立ちし、天井を指でさわると、そこはまだ濡れていた。前夜、かなり強い雨が降ったせいらしかった。

板の間と振り分けになった、西向きの六畳の部屋には、天井にこげ茶色のしみができている。長径五〇センチほどある楕円形で、これも雨漏りらしく、真下の畳が黒くなって窪んでいた。腐りはじめた畳は、さわると、ぶかぶかで、いやな柔らかみを帯びていた。父が寝ていた万年床は、そのままで、天井のしみとは反対側の壁ぎわに敷いてあった。枕元に、ガストン・バシュラールの『蠟燭の焰』が、五〇ページほど読みかけで、畳に伏せたまま置いてある。

ふだんはほとんどの時間を階下の「書斎」で過ごし、夜が更けると、暗い階段を上がって、このふとんに潜りこんでいたらしかった。

バシュラールは米屋だった。

というのは嘘で、彼は郵便局員だった。

米屋と郵便局員に共通するのは、どちらも、仕事で自転車に乗ることである。十代から仕事に出て、二十代の大半をパリの郵便局勤務についやして、彼はほとんど独学で、自分の学問を積んだのだった。

「ミチコ。」

「ん。」

「まだ決心つかんか、あの家のこと。」

「そうやな。」

「どうにか建て替えるしかないやろ。まだ、あかんか。」

「自信ない。」

「学生アパートにでもしたら、どうや。奥の半分をおまえの住まいにして、ちいさなアトリエでもつくったら。」

「いやや、それは。」

妹がやがて京都に戻って、その家に住むというところまで、どうにか私たちは決めていた。けれど、そうすると妹は、いまの勤め先を辞めた上で京都に戻ることになるわけで、とりあえず、この家をつかって何か収入の道を得るのが現実的ではないかと、漠然とだが、私には思えた。土地を担保にすれば、建て替え資金程度は、どうにかならないものか。好きで描いてきた油彩画にでも、そうやって本腰を入れてみたら、どうなのか。妹ももうじき三〇だ。三〇で、独り者で、仕事もないまま、ただ故郷に戻るというのでは、きっと困る。

だけれど、これも気楽に過ぎる思いつきなのかもわからない。たかが四、五室程度の学生アパートの新築に、借金までつくったところで、その返済は、いっそう彼女を締めつけるだけなのかもしれなかった。

妹は、べつのことを考えている。

あの傾いた家を、いま壊すのはいやだと、彼女は言うのである。まるで生き物みたいに、あの家を感じているのかもわからない。

それはわかる。けれど、愛惜にとらわれすぎると、ひとは身動きがとれなくなる。傾きを増し、雨漏りで屋根板も畳も腐りだし、いつ倒れるともしれないあの家のなかで、どうやって暮らしていくというのか。

「食い物屋は、どうや。大学も近いし、若者向きの、スパゲッティとか、ピッツァとか、そのくらいのメニューで。あとはビールとワイン程度。一階を店と厨房にして、庭にも、テーブルひとつくらい、狭いけど置けるやろ。」

「自信ない。」

「そう言わんと。なんかやらんと、あかんのやから。」

「そんなこというたかて、おにいちゃん、できるか？」

「いや。自信ないな。」

話しているうち、目はいっそう冴えてくる。ふとんから這いだし、パジャマの上からセーターをかぶって、階下の冷蔵庫から缶ビールを二本、ひっぱりだしてくる。足裏が冷たい。ヒーターをつけ、電灯をともし、ふとんを片寄せて、ふたりで飲みはじめてしまったりするのである。

妹の名前は「路子」と書く。

路上のミチ。

「おとうさん、むかしデモばっかりやってたから、わたしの名前、こんなふうに思いついたって、いうてたなあ。」

子どものころ、父に訊いたら、そんなふうに答えたんだそうだ。

一方、母のほうは、ときどき彼女に言っていた。

「路子って、いやな名前ね。道ばたで立ってる女みたいで。それとも、乞食の子とか。」

どうして、娘の名前に、そんなことを言いたかったか。

ここのあたりのいろいろは、子どもの立場からも、謎である。いったい、どうやって、彼らは娘の名前をつけたんだか。

――わたしたちに祝福されて、おまえは生まれてきたのよ。

――どんなに、かわいかったか。

たったそれだけのことを、それだけのために言える親をもつ子は、幸せである。

愛の名による禁止。

愛の名による命令。

愛の名によるおあずけ。

愛の名による罰。

愛というものは、これが語られる数だけ、愛ならざるものを生んでしまう。

——かわいかったわよ、とっても。

ひとがここに生きて在ることの「自由」を、その声は承認する。

Yes. と、それは言う。

あなたが、いまここにいること、そのすべてが、イエスなのだと。


〈大昔、蠟燭の焔は賢者たちを思索させたものだった。それは孤独な哲学者に数知れぬ夢想をあたえていた。〉

（バシュラール『蠟燭の焔』、二九頁）


父は、娘の名前を勝手に付けて、ひとりで役所にとどけたんだろうか。

そんなはずがない。

ある朝。

若い両親が、私をまん中にはさんで、畳の上に新聞をひろげている。紙面をのぞきこみ、かわるがわる、彼らは話しかけてくる。

写真が刷ってある。

「ほら、ここに、おまえが。」

母が、群衆のなかにちいさく突き出している頭を、指さして笑った。

父が、私を肩車して、デモの隊列のなかを歩いている姿が、そこにある。それは正面、高い位置から撮られている。

写真のなかの「私」は、まだとても幼い。私は、それを、どこかの知らない子どものようにも、感じている。

紙面の白黒写真のなか、父のかたわらに、母がいた。はじけるような笑顔を、父の肩の上、「私」のほうに向けていた。

「うまい具合いに、撮られたな。」

父も、写真にメガネを近づけ、はずんだ声で言った。

前日。日曜の午後。よく晴れた気持ちよい天気で、私たちはデモ隊にまじって、山すその大きな公園まで、ぶらぶら歩いたのだった。

ヴェトナムせんそう、という言葉を、よく聞いた。

それは、祖父母が見ているテレビの画面にも、映っていた。

おとなたちは歌をうたっていた。父と母も、うたっていた。「私」も、ぱくぱく、口を開けた。その姿が、いまは、新聞のなかに枠取りされ、印刷されていて、私はそれを見ている。このとき、幼い自分の年齢というものを、はじめて私は意識した。

「《この街に暮らし、行き交うひとびとから愛されるように、路子という名をつけました――》って書いた、名刺みたいなカードを、おとうさん、近所の印刷屋に注文してつくってたよ。おまえが生まれたときに。誰に配ってたのか、わからんけど。」

「え、あ。そう。」

「うん。角(かど)を丸くした、女もののネームカードみたいなやつで。」

自分のいる世界を、いま、はるか上空から見下ろせば、どんなふうに見えるか。

そのとき私は七歳だった。なにか、いくぶん浮き足だって、あやうく華やいだ父の気分を感じたのである。


いま母は、京都から電車で小一時間ほど離れたJ市の家に、一人で暮らしている。父とは、十数年前に離婚した。

私が六つのとき。母は、私を連れて、父や祖父母とともに暮らしていた家を出た。離婚しようとしたのではなかった。むしろ、舅・姑にあたる米屋の祖父母と暮らすのがいやで、一人息子だった私を〝人質〟に、父をおびき出しにかかった、というところだったのではないかと思う。

「この子も、また明彦とおんなじ目に遭わせるんか。」

祖母だけが、私を抱き、そう言って泣いたんだそうだ。

戦前の東京の官吏の家に育った母は、米屋の舅・姑のような京の庶民の暮らしぶりに、およそ馴染みあわないところがあった。

その上、母はまだ若かった。大学在学中に私を身ごもり、出産後すぐに勤めはじめたので、こんなはずではないのに、こんなはずではなかったのにという焦りを、いつも体中から撒きちらしていた。

それなのに、婚家の二階で子育てにかかずらううちに、父のほうは、すたすたと彼女を置き去りにして、デモだか勉強会だか、どんどん「外」の世界に出かけていく。

でも、とにかくこの時点で、彼女には離婚する気なんかぜんぜんなかったと、断言することができる。なぜなら、彼女が新しく借りたアパートは、父が暮らしている米屋の家から、たった二百メートルしか離れていなかった。

「神さま。お許しください。」

日曜の朝、私を隣に従え、教会で母は祈った。

「愛してる。」

部屋の三面鏡の前で、低くひとりごとをもごもご言って、口紅を伸ばしているときもあった。

「愛ってなに？」

と、尋ねてみたかったが、黙っていた。テレビの歌番組やなにかで、「愛」とか「恋」とかが、似たような文脈でつかわれるのは知っていた。けれど、どうやら互いにいくらか違っているようで、この違いを、私は少しばかり怯えながら警戒していたのである。

代わりに、生理用ナプキンの徳用大袋を指さして、訊いてみたことはある。

「これ、なに？」

「女のひとが泣いたときに、涙を拭くの。」

と、母は答えた。

もちろん、それは嘘だ。

この世界には、目に見えない秘密があると、そのとき私は確かめたのだった。

六畳と、台所付き三畳。共同便所のアパートだった。もちろん風呂はないのだが、これは米屋の祖父母の家のような古い町家でも同様で、たいていどの家も、町内の銭湯に通ったのである。

朝は早く起きて、近くの鴨川べりを、毎日、ふたりで散歩した。川原の芝生の上で、反対方向に別れ、母は職場にむかうバスに乗り、私は入学したばかりの小学校に歩いていった。

寒い季節になってくると、窓の外が暗くなるのも早い。ちいさな部屋で、こたつに両足をつっこみ、待っている。やがて、こつこつ、足早なハイヒールの音の響きが近づいてきて、それは止まり、かちゃかちゃ、鍵を回す音が聞こえる。

「ただいま。」

ドアを外から開けながら、彼女は言った。

《あなたももう四〇です。ふつうなら、社会的にも家庭的にも、立派に責任ある立場を果たしている年齢です。一事が万事です。あなたの過去の個人生活における失敗にも、社会人としてのちゃらんぽらんぶりが反映していると思えてなりません。母として恥じています。もっと有望な長男だと期待していたのに。情けなくて、涙が出てきます。》

母は、ときどき手紙を書いてくる。

まだ三六だよ。

口のなかで、もごもご言い、机の引き出しの底にほうり込む。

いったいどれだけの期間、あのとき母は、夫婦間のつばぜり合いに私まで巻き込んで、あそこのアパートで粘ったのだったか。

やがて父がやって来た。しばらくして、彼も祖父母の家を出て、そのアパートで暮らしはじめた。母が、つばぜり合いに、とりあえずの勝利をおさめたのである。

母は、アパートの隣室もさらに借り、私にはそこを寝起きする部屋として充てがった。そして、両親のあいだに妹のミチコが生まれた。

妹のあとに、弟が生まれ、それから一四年かけて、両親は正式に離婚した。

この世界で、いったい誰が、世界地図の正しさを証明するのか。ほんとうらしくあろうとすれば、そこには、より多くの嘘が要る。

〈点っている燈明と夢想にふけっている魂とのあいだには、ひとつの類縁関係がある。どちらにとっても時間はのろい。〉

（バシュラール『蠟燭の焰』、二〇頁）

眠れない。

寝汗で目が覚め、よく寝たかと思っても、一時間たってない。いつも現われる女が夢に出てきて、われわれは喫茶店で向きあって座っている。白く、広い店のなか、ほかに誰もいない。何か言おうとするのだが、「帰る。」かたんと音をたてて彼女は席を立ち、冷めた寂しい微笑を残して、振りかえらず、白い店の外に出ていく。そうじゃない、と言おうとするのだが、急に黒い驟雨が降りだして、それを遮る。影が、そのずっと奥のほうでよぎる。どんな顔でいるのか、振りむかないので見えない。

「しょうがないな。」

週に一、二度、妹はそう言って、三キロほどの距離を自転車に乗ってやってくる。籠には食材を積んでいる。遅い夕食をいっしょにとる。ふたりでワイン一本飲んで、たいてい、まあいいかと、泊まっていく。

「スープつくっといたし。自分で、ごはん炊くか、パン買(こ)うて、たべてや。」

朝早く、そう言って、自転車にまたがり、出勤時刻に間にあうように、帰っていく。

「たとえばこんなことがあるね。」

最後に会ったとき、父は言った。かつての米屋の店先で、ディレクターズ・チェアに座っていた。本棚から、本が、いくつもちいさな山をつくって、床に溢れている。急須に、彼はポットから湯をそそぎ、とぽとぽとぽとぽとぽ、二つの湯呑に注いだ。茶渋が、だんだらな縞になって染みついている。えらく旧式なパソコンが、机の上に置いてある。

「電子メールの送りかた、やっと覚えたんだが。若い人たち、いまは、携帯電話でメールのやり取りをやってるね。駅のホームなんかで、みんな、携帯電話をいっせいに取りだして、――かちかちかちかち、かちかちかちかちかち、かちかちかちかち――って、やるだろう。ホームは人でいっぱいなのに、声は聞こえないんだな。――かちかちかちかち、かちかちかち――って、かすかな音だけが聞こえる。なにかい、あれは。遠い距離をあいだにはさんで、手話か、手旗信号みたいな合図を、送りあってるみたいなものなのかな。」

サイン・ランゲージ。

そう言って、父は、茶をすすった。

「そこで思ったんだが、デッド・レター、ていうのがあるだろう。死に手紙。とでも言うのか。受取人の転居先不明で、差出人の住所もわからず、しょうがなくて郵便局の引き出しにでもほうり込んであるような手紙だ。受取人がもう死んでしまってる手紙も、むろんある。

電子メールにだって、デッド・レターはあるだろう。たとえば携帯電話なんか、便所に落っことしたりして壊すじゃないか。そんなふうにして、二度とつかわれなくなったアドレスが、この世界にはいっぱいある。そういうアドレスに向けて、発信されてしまった電子メールというやつも。

俺は思うんだが、こうやってデッド・レターになってしまった電子メールも、この世に**実在してい**たことに、なるんだろうか？　単なる電気的な信号として、それはプロバイダーのメールボックスに一カ月ほど保管されたあと、完全に消える。これを読んだ者は、どこにもいない。そんな手紙が、この世界の**見えない場所**には、いっぱい詰まっている。そして**消える**。それでも、これは、**実在した**と言えるんだろうか。そこに書かれたメッセージは、なにかの意味を持つんだろうか？」

私は笑った。

「さあね。」

「どうも、おまえは、事をはぐらかそうとするところがあるな。」

いくらか苛立たしげな口調になって、父はなじった。ディレクターズ・チェアの上で身を立てなおし、黒縁のメガネをこちらに向けてずらしあげる。

空になったセブンスターの包装をひねって潰し、彼は、百円ライターの火にかざす。めらめら、銀紙の上に焔がまわるまで持っていて、ぽとんと、これを灰皿に落とした。

「じゃあ言おう。」私は答えた。「いま思いついたことなんだけどね。それは、**実在している**。」

「そうかね？」

「うん。なぜかと言うと、それについて考えることが、誰かの心のなかに、引っ掻き傷を残すからだよ。いまのおとうさんの話を聞いたことで、その読めない電子メールの所在が、ぼくのなかに残る。この世界の見えない場所、そのかけらのような場所が、まだ**開かれていない場所**のままで、誰かのなかに残るってことなんだと思う。ぼくたちは、そんなふうにして、それが存在している場所を、空けておくことができる。そして、この場所のありかを感じていることによって、ほんの少しずつでも、それを理解していくことができると思うんだよ。たとえ、そこに間違ったものが、含まれているとしても。」

「なるほど――。」

低くしゃがれたような声で言い、彼は、ちいさく頷いたようだった。

灰皿の焔は、みるみる灰のなかに鎮まって、赤黒くちいさな熾火（おきび）になる。

「――もどろきさん、みたいなものなのかな。」

「え？」

父の影は、消えている。

《人は過去から持ちこされた、なにほどか不本意な現実に生み落され、それを与件として出発せざるをえない、といったのはマルクスであるが、その限りで私もまたマルクス主義者である。》

以前勤めていた職場の組合の機関誌に、父はこんなことを書いている。無人になった祖父の家を整理しているといろんなものが出てくるが、埃だらけの書類の山のなかから、これなども見つかった。

それでも、祖父が寝起きしていた一階奥の居間のほうは、わりにきちんと片づいている。

——たんす、手文庫、仏壇の下の開き扉。

死んでしまった祖母の着物。

祖父が一八、祖母が一九で、祝言を挙げたときの、神前の誓詞。

米屋の掛帳や証書類。戦前のものから、これは残っている。

祖父が召集を受けたときの餞別帳。

日の丸への寄せ書き。二枚あり、ともに応召時のものらしく、絹製。

父と母の結婚がきまったときの結納の目録。

もっとむかしの親戚たちの結納の目録。

祖母の葬儀のときの香典の一覧帳。

年賀状、そして、手紙の束。

祖父の部屋には、こうした一つひとつが、ひもで縛って整頓し、しまってある。

自民党の党員証。祖父の名前が書いてある。

私の子どものころの写真もある。


父が「書斎」につかった、もとの米屋の店先は、ずっと乱雑で、ひどい。


中古のコピー機。

ショッピングバッグ。三つ、四つと、それに詰めこんだ、汚れた下着類。

ジャンパー、ズボン、ジャケットは、似たようなデザインのものばかりいくつも買って、ハンガーに掛けている。

革靴三足。トレッキング・シューズ二足。スニーカー二足。サンダル一足。

ボータイが三本。

分解して運べるサイクリング車。

旧式のパソコン。ディスクドライヴは五インチ。

じかに床に置かれたトースター。

電子レンジ。

ビニールパックに入った切り餅の残り。真空パックの白飯。レトルトの白がゆ。

電気ポット。

茶っ葉が干からびて残っている急須。使ったままの湯呑。

インスタントコーヒーの小瓶。

足温器。

使いすてカイロの束。

CDラジカセ。グレン・グールドのCDが一枚。

壁に画鋲でとめた、手紙や、電話番号のメモ書き。

ディレクターズ・チェア。

机の上の時計。

留守番電話。

本棚から床に溢れた、本と書類。

どれも、いまは、灰でも降ったように、薄く埃をかぶっている。

むかし、精米機が、ここにあった。

電気で、あれは動いていたのだったか。子どもの背丈よりずっと大きく、ブリキの四角い筒から、どっどっどっどっと、腹に響く音をたてて、白い米を吐きだしていた。

米を量る秤。鋳鉄や真鍮の分銅が、大きなものから小さなものへ、順番に並べてある。

ブリキの、大きなバケット。ざくざく、ざっざっざっ、と景気よく音をたて、袋にそれで米を詰めていく。

大きな米櫃が三つある。うち一つには、黄色い「強化米」が混ぜてある。店先で、よく遊んだ。米のなかに両腕を埋めると、ひんやり、気持ちいい。精米したての、さわやかな米の匂い。透きとおって、微かなやわらかみを、その粒は保っている。米櫃の内板には、湿りを帯びた米糠が、幾何学模様をつくっていた。

黒い電話機が鳴る。

「まいど。米屋です。」

受話器を取り、そう言うのだ。屋号とか、なかったんだろうか。

「おおきにっ。」

と客を見送り、

「ほな、行ってくるでー。」

祖父はがたんと勢いよく自転車のスタンドを倒し、配達に出ていく。

父は、祖父母の、ほんとうの子ではなかった。

父の実母は、すでに四人の子をなした未亡人だったのだそうだ。近江のひとだった。実父は、その家に下宿していた二〇近くも若い学生だった。二人のあいだに「不義」が生じて、子ができた。実母は、郷里に四人の子をすてて、この若い男とともに逃げてきた。

どういう経緯があったか、身を落ちつけたのは、京の西院(さいいん)だった。父はそこで生まれた。

父の最初の戸籍には、そう書いてある。生まれたそのときから、単独の戸主なのである。

実母と実父の仲は、やがて裂かれて、父はその実父の親戚の手で、ひそかに「里子」にまわされた。実母には、わが子の「里子」先さえ知らされなかった。

《父母ノ家ニ入ルコトヲ得サルニ因リ一家創立》

こうやって、三歳か四歳、あるいはまだ二歳だったか、父がやって来たのが、この米屋、わがしぶちんの祖父の家なのだった。つまり、祖父母と、父のあいだには、血縁がないのである。それまで、祖父母には子がなかった。

とはいえ、私はこんな経緯について、これまで、さほど詳しく知っていたわけではない。

祖父と父が死に、無人になった家を、ミチコと私は少しずつ整理しはじめた。もちろん一日二日では片づかない。たいてい週末を利用して京都にやって来て、私は市内のビジネスホテルに泊まり、廃墟みたいなその家に通った。妹は、ホテルにいっしょに泊まるときもあったし、母がいるJ市の実家を訪ねて、そこに泊まってくることもあった。父が講師をつとめた講座の学生が、レンタルの2tトラックで、大型ごみの運搬などを手伝ってくれたりもした。

「なんや、これ。」

軍手で、祖父のたんすをがさごそやりながら、妹が言う。

手紙の束が、いくつも出てきた。

マスクと、軍手で、彼女は武装している。アレルギー体質がひどく、ハウスダストに触れるとやっかいなのである。私も、そう。気管が腫れて、息が苦しくなる。鼻水がとまらない。目も、かゆくて、たちまち赤く腫れてくる。

「まだまだ、ある。」

妹は、さらに奥のほうまで、軍手でかき回す。

掘っていくにつれ、手紙の束は、だんだん古くなっていくらしかった。「軍事郵便」と刷られた封筒の束が出てきて、親戚や近所の男たちが、出征先から、祖父に宛てて手紙を書いている。差し出しの住所は、派遣先の「北支」、あるいは「中支」「上海」とかの、部隊名になっている。

——思いがけない慰問品、御恵贈下され、本日、荷造完全にて受け取りました。何より私の大好物な品ばかりにてまことに嬉しく、戦友諸君と舌つづみを打ちました。——

などと、わりあいに呑気な文面である。

酒造会社の景品らしい「軍事郵便」の簡易書簡には、「ストトン節」「串本節」「佐渡おけさ」、それに、石版多色刷りの女優の艶姿なんかも、印刷されている。

《親も妻子(つまこ)も　わすれたこの身
　国のためなら　いのちまで
国境千里に　夕陽(ゆうひ)が落ちてよ

黍（きび）の畑に　雪が降る

……佐渡おけさ……》

と、戦争まで都々逸の調子である。

私が生まれる前に死んでしまった、北隣の浜田さんのおじいさんからの手紙もある。いまの浜田さんのおじさんの、おとうさんだ。

——私も出征以来、益々元気で、去る二十四日、○○港上陸以来、○○の警備に着任致し居ります。

目下の作戦行動にかかわる地名は軍事機密らしく、○○とマル印を自分で書いて、伏字にしている。すでに通過してしまった土地については、具体的な地名を挙げても、お咎めがなかったようである。

それでも、

——

——文字通り敵の無数のトーチカ陣地が我方に銃先を向けております。また目下裸身の支那兵が盛んに陣地構築に働いて居るのが良く肉眼で見ることが出来ます。——

などと、さりげなく緊迫が伝わってもくるのである。

軍事郵便には消印がない。だから、現地から差し出された正確な年や日付はわかりにくいが、なかに、

——本月十五日、国府南京に入城しました。引続き警備の任に服しております。——

との文面の手紙もあり、これが一九三七年一二月、南京事件に加わった兵士によって書かれたことがわかるのである。

これを書いている野上正二というひとは、祖母の従弟にあたる。戦前の一時期、山間の郷里から出

てきて、ここの米屋の家に下宿していたことがあるのだそうだ。貞美という弟と、二人して「北支」「中支」の戦場へ、兵隊にとられた。ともに京都師団、つまり第一六師団統率下の連隊に属していた。それぞれの戦場から、二人は、かわるがわるといった具合いに、祖父に宛てて手紙を書いている。

南京入城の手紙を手がかりに、この野上正二さんが書いた、ほかの手紙も、末尾の日付や文脈から、前後関係をたどっていくことができる。彼は、この三七年夏八月、盧溝橋事件の翌月に、中国「北支」へ出征している。秋一〇月に、ようやくはじめての休暇があり、

——此の頃は銃声も止んで、村々には平和な太陽が光を放ち、今夜も静かな満月が出て、戦場とは思われません。——

と書いている。

一一月中旬、関東州の大連から船で出発して、上海戦線に転戦し、一二月、南京まで進んで、多数の捕虜、現地住民の殺戮をともなう掃討戦の一兵士となった。現地に入ったのは、日本軍による南京占領の二日後のことだった。この師走二〇日の手紙で書いている。

——砲火の止みし今日、華やかなりし南京城内も昨日に代わるこの姿には一抹の淋しさがあり、南風吹き、小春に晴れた日も高く、高く翻る日章旗の外には何物も有りません。——

年が明けて、三八年一月三〇日、南京を出発。上海から船でふたたび「北支」に転じ、結氷の海を渡って、秦皇島に上陸。船中で、弟と同船となり、「夢の様でした、共に身のみ元気でおります。」と、喜んでいる。ここから天津を通って南下し、邯鄲(かんたん)で下車。徒歩による行軍三日で、次の警備地点に着いた。

このあとしばらくは、手紙を書ける機会がなかったようである。四月下旬、邯鄲を出発してさらに

南下。徐州攻撃に加わって、街から東西に伸びている鉄道、隴海線沿線を攻撃する。西方の町、帰徳、その他の戦闘にも転戦を重ねた。

――其の後○○の地に守備致し居ります。想えば三ヶ月余は長かったです。――

七月下旬の手紙に、そう書いている。

上官による検閲の目のもとで、彼は、どれだけの思いをここに書けたか。

北から、東北へ、そこから南へ、ふたたび北に渡って、まただんだん南に下っていく。知らない地図の上を、彼らは、武装して、送られていった。

それから、なおどれだけの時間が経ったのか、これも消印がないのでわからないが、やがてこのひとは内地に生還して、伏見の連隊兵舎から、祖父に挨拶のハガキを出している。

――今回私も懐しの故国へ帰還致しました。近日中には皆様にも御目に掛れると存じます。――

もうとっくに故人で、私は会ったこともない。

もっと古いものになると、巻紙に書いた手紙もある。それがだんだん多くなる。達筆なのだろうけれど、どれも墨痕あざやかな行書体や草書体で、だんだん読みとれなくなってくる。やがて、祖父宛てのものから、祖父の父、つまり、米屋の曾祖父宛ての手紙に変わっていく。古いものでは、まだ祖父が生まれるよりかなり前、この家に移ってくる前の住所宛てで、日清戦争の時代に朝鮮から送られているものもある。

「読めんな。」

「うん。」

父宛てに、実母が書いている手紙は、いちばん早いもので、太平洋戦争末期のものである。「明彦様　昭和二十年一月」とある。ただし、宛名に住所は記されていない。父の名前と、日付だけが、封筒の表に書いてある。

《明彦さん、とつぜん手紙をあげ、びっくりさせてごめんなさい。堪忍してくださいね。ご養父様、ご養母様のお立場を思うと、申しわけないことですけれども、これだけ空襲も激しくなってくると、いつまで永らえる命かしれません。まさかと思った京都にさえも爆弾が落ちたと聞いて、わたくしは気が遠のくほど心配したのです。今に奈良へ爆弾が落ちて、わたくしがいなくなったら、あなたは何事も知らないまま、これからの人生を生きていかなければなりません。さようなわけですから、国民学校の校門で、あなたを待ち受け、これをお渡しすることにいたします。あるいは、お友だちに、これをあなたに渡してもらうようお願いするかもしれません。きっと、お家に帰ってから、ひとりきりで、これを読んでちょうだいねえ。……》

と、始まっている。

だが、この手紙が、そのとき父の手に渡ることはなかったらしい。

次の手紙は、戦争が終わり、昭和二二年、つまり一九四七年の春のものである。その手紙のなかで、最初の手紙のことに触れられていることから、こうした経緯がわかるのである。

《ありがとう、明彦さん。どうやってこの喜びを、あなたに伝えることができましょう。》

と、二通目の手紙は始まっている。

《二年前のことでした。戦火の下、いっこうに進んでくれぬ満員の列車で、停まっては退避、停まってはまた退避で、奈良から八時間も揺られて京都まで参りました。しかもあなたに手紙を渡すために、こうしてやって来たのに、それすらも果たせないで、あの日、わたくしは、泣きながらまた奈良まで戻ったのです。

あの日の悲しみが、今は嘘のようです。新制中学への入学、おめでとう、明彦さん。あなたはもう大人でした。いえ、二年前のあの日、あなたが、まだ幼な子であるのは、当然でした。あのとき、わたくしが声をかけると、あなたは怯えて、お友だちのほうに駆けだしてしまったのです。きょう、あなたは、あのときとはまったく違いました。わたくしに気づいて、足を止め、歩み寄ってくれましたね！ ありがとう。ご養母様にも、お礼の申しようがございません。あなたのうしろから、笑みを浮かべて、会釈してくださったのですから。》

こんな手紙が、きちんと整理して、養父母……つまり、米屋の祖父母のたんすのなかに残っている。つまり、どの手紙も、父は、すべて彼らに渡していたからなのだろう。

この一九四七年から翌年にかけて、実母から父に書かれた手紙は、たくさんある。わが子の「里子」先を、ようやく捜しあてた。そして、米屋の祖母が「会釈」してくれたことを頼みに、いよいよ、わが子との接触をしきりに求めだしたのかもわからない。実母は、その間、奈良から京都市内へ住所を替えている。どちらの土地でも、ちいさな孤児院のような施設で、看護の仕事にあたりながら、住みこんで暮らしていたらしい。私の父を生んで、四〇歳をいくつか過ぎてから、彼女は、独力で保健婦学校に通って看護の資格をとっていた。

写真が同封されていることがある。

こんな写真がある。ちいさな、名刺判のもので、「京都西院、明彦の生まれた家付近」と、裏に実母の字で、鉛筆で書いてある。土ぼこりの舞いそうな、幅三間ほどの道。平屋や、二階建ての、平凡な町並みが、その左右両側に続いている。

「これが西院か。」

父が、嬰児のまま、《父母ノ家ニ入ルコトヲ得サルニ因リ一家創立》して、《戸主》とされていた町である。

「戸籍の上だけかなとも思ってたけどな。住んでたのか、ほんとに。」

「うん。」

としか妹は答えない。

実母自身の写真もある。

どこの玄関先か、羽織姿で撮った写真。中年の、きゃしゃで小柄らしいひとである。

病院のベッドで、こちら向きに上体を起こして撮られた、初老に見える写真。入院中のものらしいが、自分でも気に入って、わが子に送ったものなのだろう。いくらか媚態を含んだまなざしにも見える。

「きれいなひとやな。」

妹が言った。

血縁から言うなら、私たちにとっては、実の祖母である。影みたいに、これまで存在を感じてはいたが、姿を見るのははじめてだった。

「――せやけど、羽織着たはるほうが、ええな。病院のほうは、わたし、ちょっといややな。」

父の実父の写真もある。ずっとこちらは若くて、赤ん坊の父を、膝に乗せている。写真館で撮ったものらしく、着流し姿である。父の父は、細面で、茹で卵をむいたみたいに、頬がつるんとしている。

丸メガネをかけている。

「似てるな。やっぱり。おとうさんと。」

また妹が言った。

実母からの父への手紙は、だんだん感情の起伏が激しくなる。便箋や原稿用紙、反古になった紙切れなどに、何枚も、あるいは十何枚もに書き継がれている。罫紙の欄外、裏にも、縦に横に、書かれていく文字が、せき立つ心を映しているようにも見えてくる。

か弱き者たちへの献身。神への祈り。また、保健管理上の心がけなどを、くどいくらいに彼女は繰りかえし何べんも書いてくる。中学に入っていくらも経たないころ、父は肝臓膿瘍を患って手術を受けたことがあったらしい。わが子のそばに、こんなときにいられないという事実が、いっそう彼女を炙るようにせき立ててもいただろう。文脈が乱れ、意味のわからないところもある。

養父母、つまり米屋の祖父母に宛てても、ときおり彼女は手紙を出している。

わが子宛ての手紙はどれもていねいな楷書だが、養父母宛てになると、その文面は、草体に崩してある。あまりていねいな文字ではなく、殴り書きに近い草体である。居丈高な態度もある。権威者の名、概念的な言葉をちりばめて「教育」の違いを示し、相手を圧倒してかかろうとしているようなところがある。

米屋の祖父母に、学問と言えるほどのものがないことを、彼女は知っていた。そして彼らは貧しかった。彼女自身は富裕な家の末娘で育ち、女学校を出て、その家での思い出を大切に抱いていた。亡夫との四人の子どもを振りすてて故郷を離れてからは、独力をふりしぼって医学上の知識と資格を身につけた。なぜ自分が、身近に接して、わが子の療養に尽くせないのか——。過度の悲しみは、ひとの心への想像を欠如させることがある。そのことがいっそう彼女を不幸にした。

実父からの手紙も、いくらか遅れて、父のもとに届くようになった。数は少ないけれども、東京の住所からそれは出されている。いまは、べつの家庭が、彼にはあった。東京の紡績会社で、責任ある立場にいる。

父の養父、つまり、私の米屋の祖父に宛てた手紙も、そのひとは書いている。わが子の実母の京都近辺での跳梁について、申し訳ない、と言っている。それは、十数年前に手をとりあって逃げた、一七歳年上の女のことである。

わが子である、私の父に宛てて、彼はこんなふうに書いている。

《君がまだほんとに幼かった頃、君の父母は余儀ない事情のために別離の非運に会いました。父母の余りの状況の相違のために悲痛な結果になりました。少し年齢を加えたら、賢明な明彦には判ってもらえると信じています。

当時やむをえず人を介して君のご養育をお願いしたのが、いまの御両親です。その後、長年月お世話になっている間に、いまの御両親が子供さんがないので是非君を貰いたいと、切なる懇望を申し出てくださって、いよいよ今日まで来たわけです。

これはお母さんからも聞いているでしょう。お母さんが父のことをどんな風に君に伝えているか知りませんが、私からお母さんのことは言いません。君を生んだお母さんですから君が自分で判断して下さい。

父の私は常日頃、一度君に会いたいと思いながらも、君がいまの御両親の子供として暮している気持を乱したくはなかったのです。また振りかえって言うなら、父母が余儀ない事情で到底一緒に住め

ない処では、君が幸福に大きくなれないと考えたのです。》

そして、私の父にとって、それまで知らされていなかったらしい事実を打ち明ける。

《お母さんは、一途に女の愛情から、君が可哀想だと言うのです。然しお母さんには、君以前に四人の子供があります。このことを考えると、お母さんの立場がわかると思います。私は君に利己的な愛情で接したくありません。君の両親たるわれわれに落度はあっても、君に何の罪もありません。父は、君が苦痛を乗越えて、立派に成人することのみを願っています。時期が来れば必ず理解できるでしょう。父はそのときを期待しています。

やわらかな優しい言葉をかけることだけが愛情ではありません。君の父母は世間の常道に叛いた結果、今日までともに苦労して来ました。君も、こうした父母の余儀ない事情から、寂しい思いをしたと思います。時にはつらいこともあったでしょう。父はこの点、君に済まなく思っています。》

こんなふうに届けられるいくつもの通信のただなかで、米屋の祖父母は、あわてたり、胸つかれるような風情を見せたりもしたらしい。けれど、父の目に、いやな感じに映るような態度は、一度も示さなかった。自分が育った環境によい感じをもつことに、このことは力あった。自分の内に根づいている庶民の暮らしへの親しみは、この育ての親の態度に培われたものだ――というようなことを、のちになって父はあるところで書いている。

中学生のとき、このような経緯があり、やがて父の正式な「養子」手続きがとられた。

高校に入っても、しかし、実母からの来信や、突然の訪問は、止まなかった。

このころ父自身が書いていた文章も、いくつか残っている。たとえば――、

《べつに用もないのですが、近くまで来たので、ちょっと寄ってみました。部屋の様子から、お元気

なことがうかがえて、嬉しく思いました。明彦》

ただこれだけの、実母宛ての書き置き。

どうしてこんなものが、米屋の家に残っているのか不思議だが、実母から来た手紙の封筒にこれは入っていた。たぶん、わが子がひそかに足をはこんでくれた「記念」の書き置きを、手紙に添え、わざわざ本人のところに送りかえしてきたのだろう。彼女には、そういうところがあった。それが、父には、いっそう息苦しくもあっただろう。

――あなたは、わたしを愛した。そうだったはずでしょう？――

こんな問いかたが、ありうるだろうか？

そう問うこととの上に成りたつ、そんな愛しかた、あるいは愛されかたというものに、いったいどんな意味があるのか。

もうひとつ、父の筆跡があるのは、引きちぎった大学ノート数枚へのメモ書きである。実母からのある手紙のあちこちに赤線を引き、それぞれの赤線に順番に数字を付してから、一つひとつに反問を加えるような体裁で、書いている。

たとえば――、実母は手紙にこんなことを書いてくる。

「冬のあいだ霜枯れていたバラが、春になり、たくさん蕾をつけて、きょう、ひと花咲きました。大事な、大事なバラ。」

何かのおり、父は、バラの苗をひそかに実母に贈ったことがあったのだろう。この一節の「大事な、大事なバラ」のところに、一六歳の父は赤線を引き、「（VI）」と数字を付している。そして、こんな反問を記すのだ。

《（VI）これは一体、なんのために付する言葉であるか。モディファイアーは、少女に対してなせ。》モディファイアー。

修飾、言葉の過剰な飾りつけ、甘ったるい誘い水——。高校一年の父は、覚えたてのぎこちない英語で、せいいっぱいこんなふうに書いている。

甘く絡みつくような生母の言葉は、なにか自分の心を虜に捕るように語りかけてくる。懸命に、だから若い父は、その手を振りほどこうとしている。

海のむこうで、ふたたび戦争が始まっていた。

けれど、こうした反論を書くだけ書いて、郵送するのは思いとどまり、彼は、実母から来た手紙とともに、同じ封筒に入れて、しまっておいた。だから、いま、ここにこうして残っている。

出会うことが、たぶん別れの始まりだった。

ずっとのち、労働組合の機関誌に、父は続けて書いている。

《不用意に子供を生むべきではない、ということはできる。それは様々な改良のプログラムによっても覆すことのできない私自身の実感だ。だが、同時に、生まれることはなべて不用意ではないのか、という否みがたい思いもまたある。人類は、すべての生物は、用意されて生まれてきたのか。われわれはこの間の事情に決着をつけぬままに生きる。いや決着をつけぬままに生きる思想を選ぶ。私の社会主義も革命もこの決着のつかぬものの悲哀を排除しない。私たちはいかなるプログラム、いかなる歓喜の中にあっても無限に悲しい。》

父の高校一年生の夏。海のむこう側で、朝鮮戦争が始まっていた。韓国軍を後押しする国連軍は、大半が、日本に駐留する米軍によって編成されていた。

家から自転車で一〇分ほどの府立高校に、父は入学し、生徒会活動に加わったらしい。一方で、日本共産党指導下の高校生細胞の一員にもなっていた。二年生となり、その年の一年間は、これの活動のため完全にやりすごした。

次の年、学校には戻ったが、実質的に非合法化され、分裂した「党」の指導のもとで、彼は火炎瓶を投げた。夕闇にまぎれるように、リーダーが投げ、彼も投げた。ガラスの破片と硫酸の飛沫が、額にはね返った。隣にいたもう一人の男は、その瓶を手にしたまま、震えていた。焔はあがらなかった。

いったい、彼らは何を襲ったのだったか。職務命令に従い配置されてくる警察官吏の宿舎か。朝鮮に運ばれる爆弾の部品を下請けでつくる、零細な町工場か。振りかえれば、それは使い走りにすぎないようなものでもあったろう。若い在日朝鮮人も、このとき、父たちの周囲におおぜいいた。彼らの親たちのいくばくかは、たぶん、同じような町工場で働いていた。

重い夏が過ぎ、警官たちがやってきた。逮捕され、京都拘置所の独房に、それから三カ月近く、彼はとどめられた。

息子との面会に、祖父は来た。当然、自転車に乗ってきたのである。

「えらいこっちゃ。保釈金、なんぼや思とるんや。三万円やで。どないしてくれるんや。」

いきなり泣き顔で、祖父は息子に、どなりこむように訴えた。

一方、祖母のほうは、また違った。

何度か、面会に、市電を乗り継いで、彼女はやって来た。わが子の顔を、金網越しに、じっと懐かしそうに見つめてから、にやーっと、笑ったのだそうである。

灰色の厚い壁。古びた天井。木でできた便器。壁に書いたらくがき。

父は、独房の床に坐って、そのころ刊行中の『スターリン全集』を、第一巻から順番に読んでいた。日に一度、中庭で、短い運動時間があった。私語は、そのあいだも、いっさい禁じられている。けれど、灰色のコンクリート壁に背をもたせて、隣の「囚人」仲間と談笑している男がいるのを、父は見た。もちろん、それは錯覚だった。男は、壁ぎわの日だまりのなかに立ち、ただ、ほほえんでいたのである。

臙脂というのか、真紅に近いセーターを、その男は作業ズボンの上に着けていた。痩せて、色白で、長身だった。いったい誰が、これほど鮮やかに似合うセーターを彼に選んで、差し入れてくるのか、父は想像してみた。それは、ただ機械的に差しだされる「救援」の手ではなかった。その両の手の触感を、ありありとそこに見た。この男と、その隣に立つ男は、泥棒でつかまって入ってきた、市内の小商人だった。

《牢獄を思わなかった日があろうか。》

親の金をつかわずに生きる、それは、はじめての経験だった。自分らを捕らえにきた権力を糾弾する、その稚さに、彼は若い恥じらいとともに思いいたった。敵を非難する虚妄を捨てよ。そう自分に言いきかせると、多くの甘ったれた希望が消えていった。それが、このとき彼の手にすることができた、ぎりぎりの認識だった。

一一月、晩秋の夕暮れ。独房の扉が開き、保釈命令が手渡された。外の闇に踏みだすと、雨に濡れたアスファルト道路が、うねり上がるように目の前に伸びていた。

京都地方検察庁による、訴訟費用「二千五百円」の領収証書が、いま祖父の引き出しに残っている。

どうして、父は、十代のとき、そこまで突き進むことができたか。そんなことも私は考える。「貰い子」という立場は、育ての親たちに迷惑がおよぶことへの警戒心を、人並み以上に、彼に抱かせていただろう。また、彼らの生活圏外に飛びだしてしまうことへの遠慮や躊躇を、彼に覚えさせてもいたはずである。

いよよ背丈延びしわが子に書く文はうれしも既に同志への文

実母は、歌を詠んだ。残された歌集のなかに、こんな歌があり、父の逮捕前後の事情を受けて詠まれたらしいことがわかる。実母の後半生、そのやみくもな「献身」への情熱は、彼に影響するところがあったか。たぶん。それは確かだ。

玩具店のかど足早やに行き過ぎぬ愛つくしむもの我れに無ければ
子に語る如く子猫にものを言う老尼の面に痘痕のあり
天井と睨めっこして一時間カカラカラカカラカラカラ
夢か否夢にはあらず玄関に投げて置かれし封筒の文字
稚とけなき此の文字抱きていねし夜よ乳ぶさに伝うこの体温は
此の路やかのみちなりし草笛を吹きて子犬と戯わむれし路

歌われる心。しかし、そこに、相手の心のなかのひろがりが、聞きとられ、息づいているとは限らない。相聞もまた孤独な仕業である。

「革命」だか何だか、若い父が思いえがこうとした社会の理想の主体は、むしろ米屋の祖父母の暮しに近い、庶民の幻像だった。貰い子であるという事実に足を縛られず、彼がそこまで突っぱしることができたのは、それだけ強く、育ての両親からの愛情を信じられたからでもあるだろう。

さみしくはあっただろう。けれど、概して、父は陽気だった。

事は、祖父の自転車と同様である。愛している、と彼らは言わなかったし、そんなふうに考えてみることもなかったかもしれないが、たぶん、彼らは愛そのものを生きていた。

拘置所を出て、父は、四年間すごした高校の最後の冬に、党の「査問」にかかって除名、追放されたようである。

《私は幽霊となる道を選んだ。》

のちにそう書いている。

さらにもう一年待って大学に進み、そこで私の母となる女と出会い、またぐずぐず学園生活を送るあいだに六〇年安保の騒ぎが起こりかけ、そのころ大学を卒業した。

「最初に就職したのは、二百人規模の製パン工場だった。社長の姉にあたるひとと、フランス語の市民講座で知りあって、彼女が、俺を拾いあげるみたいにして推薦してくれたんだ。弟の社長のほうは、そんな〝ヒューマニスト〟の姉を、彼なりによく見ていた。『姉は優雅で、この世でいちばん役立たずなひとですよ』なんてね。」
街で老舗のパン屋の名をあげて、いつか、父は言った。もちろん、製造部門じゃ役立たずだ。俺に割りふられたのは、おもに夜勤の現場仕事だった。

「はじめの半年は、夕方から深夜までの『製品種分け』。これは、焼き上がって次々に製造部門から運びだされてくるパンを、種類ごとにパン箱に仕分けていく。それが終わると、短い仮眠をはさんで、朝がたまでの『パン箱積み込み作業』。夜中すぎに集まってくる集配のトラックに、仕分けの済んだパン箱を積み込んでいくわけだ。

これは、思っていたより、ずっときつかった。頭ではわかっているつもりでも、系統的な肉体労働なんて、それまでやったことがなかったからな。見上げるほど積みあげられた、パン箱の山、山、山。やっと終わったかなと思うと、またどこかからべつのパン箱が運び込まれてくる。頭がぼやけて、体中がしびれてくる。シジフォスの労働っていうのか。退屈なんだが、もちろん、そんなことを考えてる余裕さえ、ないんだ。

それでも、いつかは不意に終わりがやってくる。食堂の机を並べ、その上で、互いの体をぶつけあいながら折りまげて、短い眠りにつく。夢なんかも、ちょっとは見るな。けれど、うっかりすると、もう外では、トラックが何台も幌をまくり上げて、俺たちを待っている。これぞ悪夢ってかんじだ。きょうも、あしたも、あさっても。

あとから考えると、これは、パン工場の労働としても、むちゃな時代だったんだ。あの六〇年安保の年、それは『高度経済成長』が政策的に定着した年でもあった。『所得倍増』、『石炭から石油へ』、そんなスローガンが、ストライキやデモの余熱を、工場や企業の内側に、より有効に、回収しはじめる年だった。

あの会社でも、さらにひと回り大きいパン工場の新設プランを進めていて、それの開業に見合うシェア獲得のために、生産の最後のラッシュをかけていたっていうわけだ。あとで聞いたんだけれども、会社の上層部は、ひそかにボイラーの爆発を心配してたんだそうだ。あんなに何もかもが密集してる工場のなかで、もしもボイラーが爆発したら、死者だって出かねない。なのに『労働者の爆発』ではなくて、『ボイラーの爆発』を心配するところが、まあ、あの時代の、まだしも明快だったところだが。」

だから俺はいまでも、朝にパンを食うのは好きじゃないんだよ、と言って、父は笑った。前の晩の労働者の恨みごとが、こもってる気がしてね。

「半年後、俺は、人事係に引き上げられた。経営者の親族の推薦で入社したから、これがお決まりの計らいだったんだと思う。経理担当の古狸、つまり練達の経理マンがいてね、彼の指揮下に俺は置かれた。『ここでは、工員に、あんまり居ついてもらうんも困りますんや』と、その男は言っていた。『そこそこ、ひとが回転しとってくれて、これでどうにか人件費が押さえられて、トントンいうもんですわ』ってね。

『労務管理が、ここでは、いのちどっせ』とも言っていた。『まあ、あんたはんかて、二年くらいのおつもりでっしゃろ』と。

この古狸の予言はだいたい見事で、二年とちょっとで、俺はそこを辞めた。けど、ひとつだけ、彼が予測しきれなかったことがある。それはね、俺が会社を辞めるころ、彼自身も、そこにいるかいないか程度の、影の薄い存在に変わってしまっていたということだ。もはや、お払い箱も同然だった。

つまり、あのとき動きだしていた高度成長の大波というのは、そういうものだったということなんだよ。」

まあ、それはさておき。

と、父は言った。

「人事係に配置転換されてしばらくして、古狸から、『えらいご厄介ですけど、これと、これと、この三人の身元を、ちょっと調べてきてくれはりまへんか』って、命令されたことがあった。」

そこまで話して、父は言葉を切った。

河原町蛸薬師のカフェテリアの窓べりで、われわれは話していた。八〇年代、たぶん、まだ私が大学生だったころだ。DCブランドが全盛にむかっており、街の女の子たちに、何度目かのミニスカートの流行が始まっていた。

窓ガラスのちょうど向かい側にファッション・ビルがあり、そこから出てきたカップルの女の子が、白い細かなプリーツが流れるように入ったミニスカートをはいている。左胸と右の肩甲骨あたりに、一つずつ椿のようなプリントのある、ノースリーブのシャツを着ている。スカートは、軽い素材で凝ったカットが施されているらしく、歩くと、空気にあおられるように、ヒップまわりの後ろ姿が、ちいさなちょうちんのように、ふくらむのだった。立ち止まると、細い腰の張りと、白くきゃしゃな両腿に、やわらかな曲線を示して、おさまる。

男の子の指先が、歩きながら、そのふくらみに軽く触れる。

父は、メガネの下で、目をしばたたかせ、眩しそうな顔で、その後ろ姿を追っていた。

「知り合い?」

冷やかし半分に、私は訊いてみた。

「いや。」

ちょっと顔を赤らめて彼は笑い、頭をちいさく振って、こちらに目を戻した。

もういっぺん、今度は窓と反対側に顔をむけ、ウェートレスの姿を探した。相手と目が合うと、右手の指を少しあげ、

「いちごクレープ、ください。」

と、彼は言った。

甘いものが好物なのである。

そしてまた話しはじめた。

「俺は出かけていった。渡されたメモには、三人の女名前と、それぞれ住所が書かれていた。製パンの女子工員の採用人事のためということだった。あれは夏のはじめで、とても良く晴れていた。だから、息苦しい事務所の外に出るのは、悪い気分じゃなかったんだ。

まっさきに向かったのは、会社から二キロ半ばかり北東、紡績工場の近くだった。住所のメモを頼りに、工場の裏の野原を横切っていくと、細いどぶ川に沿って、棟割りの建物がたっていた。

どうしてその家だと確認したのだったか、覚えてない。けど、いったんその家の前を通りすぎ、振りむいたとき、自分がここに差し向けられてきた理由が、俺にはわかった。腰の曲がったおばあさんが、戸口から出てきたところだった。洗濯物の入ったブリキのたらいを抱えて、彼女は、白い朝鮮服を着ていた。チマと、チョゴリだな。

日は高くなり、遮るものもない広い野原を横切ってきたから、俺は汗をかいていた。彼女と目が合

った。

『どこぞ、探したはるんか？』

朝鮮のなまりで、おばあさんは言った。髪は白く、うしろで束ねていた。陽に焼けたような肌で、額のしわが深かった。

いいえ、とだけ言って、俺は黙っていた。

嘘をひとつ、ついたわけだ。

『えらい汗や。』

って、俺の首すじやら、脇のあたりを、彼女は顎でしゃくった。

『すみません、水を一杯いただけますか？』

と、俺は頼んだ。

おばあさんは、うなずいて、たらいを足もとに置き、家の戸口のほうにむかって、

『ナミ！』

って呼んだ。

不思議なもんだが、それだけ憶えてる。彼女は、ナミって呼んだ。会社の古狸から渡されたメモ書きと、同じ名だった。字は忘れた。

きっと孫娘かなにかに違いなかろうが、その少女は現われなかった。

『おらんみたいやな。』

おばあさんは、ひとりごとみたいに言った。

彼女は、自分でいったん家に入り、アルミニウムのコップを持って出てきて、水場のポンプで、水

を満たしてくれた。

きこきこ、ざーって、コップから、勢いよく水を溢れさせてね。」

父は笑った。そして、しばらく黙った。

「そこは水場だった。コンクリートのちいさなたたきになっていて、おばあさんが洗濯しようとしていた場所だ。野菜も洗い、米も磨いだろう。顔も洗う。あの並びの何軒かが、共同で、そうやって使ったろう。つまりね、あそこの家のなかには、おそらく、水道なんてなかったんだ。

おばあさんはコップを差しだした。水滴が、陽を受けて光っていた。

うかつだった。何から何まで。そう思いながら、恵んでもらったその水を飲んでいた。」

ウェートレスがテーブルに置いたいちごクレープのフォークを、皿の上で、かたんと彼はうごかした。

窓の外。白いミニスカートの女の子は、もう人波のなかに消えている。

「それで？」私は訊いてみた。「会社には、どう言ったの？」

「立派な家でしたよ、と報告するはずもないだろう。」いくらか乾いた口調に戻って、父は答えた。

「べつにどうってことはありませんでした――そんなところだろうな。あの上役は、馬鹿じゃなかった。報告を信じたかどうかも、疑わしいと思うね。それでも、うかつではあったが、俺はそこに出かけたことを後悔しない。もし俺が行かなければ、きっと彼自身が行っただろう。そして、彼女の就職希望は書類段階で軽く撥ねられ、苦情が申し出られることもなく、すべては何事もなかったようにそれで終わったろう。そういうものなんだ。おそらく、あいつは最初から知ってたんだ。俺の報告を、さりげない調子で聞いてから、やつは、ちょっとだけ皮肉っぽくこう言ったのさ。『これからの時代は、あんたはんみたいな人どっしゃろな』ってね。」

　ひと息ついてから、続けた。

「俺は、白い朝鮮服を知らなかったわけじゃない。そんなこと、ありうるはずもないじゃないか。ただ、朝鮮戦争のとき、俺が出会った朝鮮人は、誰もああした白い服を着ていなかった。」

まだ、おまえが生まれるより、いくらか前のことだったよ——。

　それだけ低く言って、彼はフォークをとり、むしゃむしゃといちごクレープを食べはじめた。生クリームが、厚い唇の右上に、盛りあがって付いている。私がそれを指さすと、しわくちゃのハンカチを取りだして、唇を彼はぬぐった。そして、また言った。

「それが、高度経済成長の始まりだった。経営者にとって、それからの問題は設備投資と労働力だった。差別にはいろいろある。ただ、賢い経営者は、差別さえ、コストと効率上の問題として秤にかける、その必要を学びはじめていたということだ。そして、俺も、いくばくかはその恩恵を受けていた。あのときの女工志願の朝鮮人の娘は、そうやって採用された。そして、ほかの日本人女工たちといっしょに、工場の胃液のなかに飲み込まれた。それから、どんなふうに溶かし込まれ、あるいは吸い上げられ、どこへ行ってしまったか、俺は知らない。もとより彼女の顔さえ知らないんだ。どうやってそれが知れただろう。けれど、こうも思う。俺は、あれからの時間のなかで、あまりに多くを忘れてきた。同じ工場で、何度も体をぶつけあいながら眠った同僚たちの顔さえ、いつのうちにか思いだせなくなっていた。」

　冷めたコーヒーを飲みくだし、私は窓の外を見た。平日の午後だというのに、外の通りは、若い男女で、ますます雑踏しているようだった。

「それで、会社を辞めたの？」

私が訊くと、彼は答えた。

「たしかに、だんだん、苦しくなった。ノイローゼというやつかな。」

ゆっくりタンブラーの水を飲み干してから、目をこちらに向けなおした。

「——市役所の募集を見つけたのは偶然なんだが、失業したからには、なにか仕事にありつかなくちゃならなかった。そして、ヒラ役人で通す肚さえ括れば、どんな個人的な生きかたを選ぼうとも、公務員なら簡単にはクビにならないというのが、少しばかりの社会生活で身につけた俺なりの浅知恵だった。いくらかカフカを気取ろうとしたところもあったかな。いずれにしたって、その程度のもんだ。

採用が決まると、たいていの会社でもやることだろうが、例の宣誓の言葉というのがある。署名するとき、なんの気なしに見ると、『良心の命ずるところにより、日本国憲法の精神にのっとり職務を遂行することを宣誓する云々』っていうような文面が目に入った。俺は元過激派政治少年で、いささか日本国憲法からはみだすところがあったかもしれないが、少なくとも、この文面のなかの『日本国憲法』というのは気に入った。これで俺は、どこかの欲ばり社長に宣誓し、彼の意のままにならなくてもいいわけだ、ってね。

それから、ついでに言うと。

この就職を急がなくちゃならない理由が、俺には、もうひとつあった。それはね、おかあさんのお腹のなかには、もう、おまえがいたということなんだよ。」

実母が詠んだ辞世の歌が、彼のもとに届けられたのは、ちょうどそのころのことだった。死因が自殺であることを、彼はすでに知っていた。

とうに、ほとんどが、この世のひとではない。

「おにいちゃん。」ミチコが呼ぶ。「もどろきさん、って、知ってる?」

父の「書斎」、床に崩れた本の山と山のあいだで、彼女は掃除の動作を止め、一冊拾いあげて、ぱらぱらページをめくっていた。赤い無地のセーターを着て、ジーンズの尻ポケットに、携帯電話を差している。

「もどろき? え、誰?」

手を伸ばし、受けとった。綿ぼこりに汚れているが、それは二〇年以上も前に出版された、父の何冊かの著書のうちのひとつだった。開いてあるページのなかに、「**還来**(もどろき)**さん**」と、ゴチックで小見出しが刷ってある。

つきあってきた男の子と、ミチコは最近別れたんだそうだ。ジャンキーで、ときどき彼女のことを殴ったりもしたらしい。

壁に立てかけていた箒を持ちなおし、妹は、父がつかっていたディレクターズ・チェアを、かたんと脇にどけた。

「そこ、掃くし、どいて。」

3

モドロキさんというのは、ひとの名前ではなかった。

神様の名前である。

というか、もうちょっと正確に言えば、神社の名だと、わかった。

『ある労働者自立論の出生』という、へんてこなタイトルの父の著書——これは京都という街の都市空間論であり、職場論であり、また、自身の半生記でもあるような本だが、そのなかで彼は書いていた。

《例の古自転車で、父は「還来さん」にお礼参りにいってきた。》

もちろん、これは祖父のことである。敗戦後まもなく、まだ父が中学に入る前のことらしい。

《「還来さん」とは、前大戦中、応召者が生還を祈願して参った京都と滋賀県境の峠にあるほこらである。峠の名は「途中」という。なぜ、そんなところに、わざわざ自転車を駆ってまで、今更お参りするのか、子供心に不思議でならなかった。》

途中といえば、京の街を遠く北北東に離れて、八瀬を過ぎ、大原の里を過ぎ、さらにずっと山地に分けいった、その先である。行ったことが、まだ私はない。熊も出る。細く、荒れた山道だけが、うねうねと上っていったはずである。ふつうのひとが、自転車で行ってみようかなどと、思いつくようなところではない。

「なんで？」

幼い父は、不思議に思って、祖父に訊いてみた。

「あそこにはな。」自転車の泥を店先で無心に拭きとりながら、遠征の疲れも見せずに、祖父は答えた。「明治天皇のお妾さんが、まつられたはんにゃ。天皇陛下を恨んで、そのひとは、死なはったんや。国に、弓を引く気持ちでな。」

国に、弓を引く、というところで、祖父はその動作をしてみせた。これほど大仰なしぐさを、このひとが実際にやってみせるというのは、よほどのことである。

上機嫌だったのか。

一八のとき、ひとつ年上の祖母と、祖父は結婚した。

二十代なかばで、私の父を「里子」として、家に引きとっている。法的にはまだ「養子」ではなかったが、彼らとしては、実子ができぬことを見越して、わが子として育てるつもりであったらしい。

三三になって。戦争はもう押し詰まっていたが、祖父ははじめて兵隊にとられている。これだけ遅い召集なのだから、二十歳で受けていた徴兵検査は、もちろん甲種合格ではなかった。たぶん乙種、ひょっとしたら丙種の合格である。米屋ていどの肉体では、そんなものだったのだろうか。ともあれ、ここまで召集を免れていたのは幸運に属することではあろうけれど、むしろ祖父は、これで「運が尽きた」と受けとったかもわからない。むろん、そうだ。軍隊ではもはや老兵と呼ばれておかしくない年齢だった。しかも、ろくに装備もない、寄せあつめで、役立たずの隊である。

けれども、そこにまた彼にとっての「幸運」が重なった。

祖父が、伏見の練兵場で訓練を受けるうちに、南洋の日本軍は連戦連敗を重ねていた。

サイパン島。

グアム島。

テニアン島。

ペリリュー島。

そして、フィリピン・レイテ島。

戦線は、じわじわと確実に、日本本土に近づいていた。しかも、これらの大半の戦場で、日本将兵は事実上の「玉砕」である。

そのあいだに祖父の隊は九州まで移送されている。見込まれていた輸送先の「外地」が、南方か、中国か、沖縄か、あるいは、これも決戦がささやかれていた台湾だったか、わからない。もちろん祖父自身も知らなかった。

いずれにしても、もう制海権も制空権も失って、駆逐艦に護衛された輸送船団さえ望むべくもなく、港を出るや間もなく撃沈されることは、覚悟してかからねばならなかった。

戦場に行きたくない兵隊だった祖父は、どんな思いで、もたらされてくる戦況の知らせを聞いていたのか。早く戦争が終わるよう、もっとじゃんじゃん負けてくれと願ったか。それは身の毛もよだつ考えであったろう。友も、親戚たちも、戦場にいた。あるいは、敗戦などという考えは思いうかばず、ひたすらニッポンがんばれと願ったか。

どちらのように考えるでもなく、たぶん、兵舎の一日一日を彼は過ごしたろう。何かを固く信じるほどにも、若くなかった。もっと違うしかたで、この戦争の現実に耐えていた。

年が明け、硫黄島。

沖縄。

広島や長崎に新型爆弾が落ちたことは知らなかった。

結局、彼の隊は、「外地」の戦場に渡る方途さえ持てずに、九州の兵舎を転々とするうち終戦を迎え、全員が戦後に生きのびたのだった。

祖父のもどろきさん参りは、こうしたいくつかの「幸運」への「お礼」のつもりだったのだろう。ともあれ、このとき、祖父が、「国」に弓を引く姿をしてみせるほど高揚した気分にみちびかれたのは、それを問う幼い父の側に、よほどの熱心さがあったせいでもある。そうせずにおれない記憶が、父のほうにも残っていた。

まだ、戦争中のことであった。祖父のもとに、召集の「赤紙」が届いたときのことだ。その夜のうちに祖父母が見せた不可解な行動が、幼い父の目に焼きついた。

「ほな、いってくるわ。」

祖父は、祖母にむかって言ったのだそうだ。祖母は、黙って、伏し目に頷く。

深夜だった。そそくさとゲートルを、祖父は巻き終えていた。表情は、一〇歳の父の目にも、切迫したものがあった。「モドロキさん」に行くのだと、そのときも祖父は言っていた。

灯火管制で、空の三日月のほかは真っ暗な通りを、北のほうの闇にむかって、祖父は消えていった。このときは徒歩だった。家並みは、祖父の家を中ほどに、次の角まで一四軒並んでいる。その一軒一軒が、町内で共有する伝説の舞台だった。「不良になった……ちゃん。」「オッサンに逃げられた……さん。」「夜ばいの果てに自殺した……。」「……、……。」これら一つひとつを、踏みしめて確かめるように、祖父の姿は、足早に闇のなかへ溶けていく。

もどろきさん。

この夜から、その名は、少年だった父のなかで、謎めいた響きを帯びていた。

《もちろん、この還来参詣のたてまえは「戦勝祈願」であった。戦争末期には一夜に数百人の人の流れが、途中峠にひきもきらなかったという。官憲は、おそらく、その底にあるものを知っていただろう。それでも、たてまえを重んじる彼らにとっては、法さえ越えなければ、さして問題にする必要はなかったのかもしれない。あるいは、参詣人のすべてが、決して「反逆」の徒ではなく、私の父のように日常生活では律義でけなげな民衆であることをよく承知していたのであろう。いずれにしても、「ほな、いってくるわ」と出かけていく人びとのなかに、町の巡査さんたちすら含まれていたことは、ほぼ確実なところだと私には思われる。

ひるがえって、あの当時、官憲が日々何百人という参詣者を強権でもって取り締まったとしたら、どんな伝説がそこに生まれることになったか。「もどろきさん」という言葉がなにかひっそりと忘れられていく今の時代に、その可能性を追跡してみるのは、無意味なことだろうか。》

母は、ときどき電子メールを送ってくる。

《テキストファイルって何？　急ぎます。》

週にいっぺん、J市が公民館で開いている「熟年からのパソコン講座」に通っているのである。パソコン講座が週に一度。油絵教室が週に二度。それから、若いときからずっと勤めをしてきた習慣から抜け出せないまま、定年後のいまでも、週に三度、時給八五〇円で、コンビニエンスストアの経理事務に出かけていく。あと、町内会の役員会議が月に二度。

日曜の朝には、教会で祈る。

「テキストファイルって?」電子メールにすぐ返事をかえさないと、たちまち電話をかけてくる。早朝でも、夜中でも。「おかあさん、忙しいのよ。」

「違う種類のOSとかワープロソフトのあいだでも交換できる、共通の文字コード、ってことで、いいんじゃないかと思うよ。」

「それはテキストでしょう。テキストファイルは?」

「だからテキストでつくられてるファイルのことだろ。」

「ファイルって?」いらいらした調子の声を、母は立てる。「おまえのは、ぜんぜん説明になってない。講座のキムラ先生は、おまえよりずっと若いのに、もっとやさしく親切に教えてくださるよ。」

電話は切れる。

私は、ひとりきりの部屋でディスプレイの画面に向きあい、地図をつくる。

……リガ、サレマ島、イルベンスキー海峡、チュド湖。

……アラル海、タシケント、シルダリヤ川、バルハシ湖。

……ダルマチア、ムリェート島、ザグレブ、クリバヤ川、ベオグラード。

見たこともない場所の名前が、私のなかに、扁平な地理の広がりを、どこまでも果てしなくつくっていく。というか、いまここの部屋が、どこでもない虚空のなかに浮かんでいるのを、感じている。

あれは一〇か一一のころではなかったかと思う。

――あのな、父ちゃんはな、よそから貰われてきた子どもやったんや。――

と、父は言った。

下のきょうだいたちは、もう寝ていたのか、そこにいなかった。母はいた。このときは、父につっかかるでもなく、じっと静かに聞いていた。

おまえと、おじいちゃん、おばあちゃんのあいだに、血縁はないのだよ、という事実の通告である。けれど、私にすれば、少なくとも母が私を連れて出奔するまではずっと「おばあちゃん子」「おじいちゃん子」として育っているわけで、その通告は、ただ単純な事実として、ぼーっと聞き流すしかなかった。

この世界に、単純な事実は無数にある。

血縁がない。――それがどういう意味をもつのか、見当つけかねていたのかもわからない。けれど、いまは、あのとき彼がひそかに伝えようとしたのは、ほんとうはもう少し違うことだったのではないのかな、とも思いあたる。

――おまえは、いま、たしかに**ここにいる**。だけども、おれは、ほんとうは、**よそからやって来たのだ。**――

この孤身の心の置きどころのようなものを、父は、わが子とのあいだに、確かめておきたかったのかもわからない。

大学を出て、私が四ツ谷の地図製作会社で、ほんの数年のあいだだが、勤めていたころ。年に一度か二度、唐突に、父は会社に現われた。昼休みの時間に合わせて、受付から内線電話をかけてきて、ロビーに降りると、「やあ。」と、むこうのほうから上機嫌に右手を挙げた。メガネのふちのあたりに、ほくろが一つある。髪は黒く、ほとんど薄くもならなかった。「ちょっと出張があって来たから。」コーヒーだけラウンジで頼んで、いま自分が読んでいるというミシュレやらサルトルやら、バシュラールやら、なにやらほとんど一方的に話して、「じゃあ、元気で。」そう言って、またにこにこして手を挙げ、去っていく。背中は、ほんの少し猫背ぎみだ。
好きなように生きることとは、どこかで、いたるところで、横車を押しつづけることである。ひとは、いつか自分で、そのことにケリをつけなければならない。

《智子様
メールに返事を書いたのですが、何かの手違いがあったらしくて、戻ってきました。
君は自分の人生を失敗だったと潔く言い切っていました。僕にはそう言い切れるところがなかった事を恥ずかしく思います。死ぬことにしました。
最後までこういう次第で申し訳ない限りです。

△△月××日　明彦》

《できごとあるいは事象とは、空間のある一点と時間のある一点で起きるなんらかのことがらである。そこで、できごととは四つの数すなわち四つの座標で指定できる。
千二百字程度をめどに、これについての所感を述べよ。》
学生たちのレポートへの、彼の最後の出題。

〈隠喩だって？　焔が賢者たちを考えさせていたはるか遠い知識の時代には、隠喩が思想であった。〉

（バシュラール『蠟燭の焔』、三〇頁）

ベルリンにもう七年ほど留学している弟が、父の葬儀、祖父の葬儀で、戻ってくる。法事などでも、さらに何度か戻ってきた。

事後の処置について、私は彼に話した。長い遠国暮らしで、諸事の全体をいっそうはかりかね、自分の不在が彼には歯がゆいようだった。母の身への心配もある。また、兄の私に、いつも頭を押さえられているのを感じ、それが彼に息苦しさをもたらしているようでもあった。そのことがよけいに、身を持てあまし、落ち着かない気分で、欧州と日本を結ぶ飛行機に、また彼を乗せることになるらしかった。私自身も、ことさら長兄の役回りを演じている自分に、なにか白々しい、にがにがしさを抱いていた。けれど、苦しみの量は、弟のほうが上回っているらしかった。

「なんで、勉学生活をもっとしっかりせえとか、いまごろになって、おにいさんが、ぼくに言うんや。」

「おかしいか。」

「せやかて、これまで、そんなことおにいさんが言うこと、なかったやん。ほったらかしやったやん。なんでいまごろ？」

弟が訊き、しばらく言葉に詰まって、私は答えた。

「きょうだいとしての、それは、愛情からや。」

ラグビーで太くなった首を、弟はいくらか不自由そうにぐりぐりと回した。そして、少し笑った。

「いつから?」

「え?」

「おにいちゃん、いつから、ぼくに愛情もっとるの。」

弟の問いに、私はつまずいた。

ごく幼いころしか父と同じ屋根の下で過ごさず、九つ違いの私とも、小学生のうちしか暮らさなかった。

彼は、この根本のところを疑いながら、生きてきたのかもしれなかった。妹は、両手を膝につき、黙って下を向いていた。

《もうじき、おまえも四〇です。おかあさんこれじゃあ、死にきれないわ。六〇過ぎて、いまだに孫の顔も見られなくて。長男のあなたは、四〇になっても、浮き草みたいにぶらぶらしてて。ベルリンに電話したら、兄貴、あんなんで大丈夫か? って、ヒロシまで心配してたわよ。情けなくて、この一生、なんだったんだろうって思うわ。》

留守番電話に、母からのメッセージが入っている。

まだ、四〇まで、三年とちょっとある。

ひとりごとを言って、消去する。

晩年の数年間、父は、米屋の祖父の家に戻って暮らした。祖母はもう死んでいた。妻や子を追いかけるようにその家を出てから、四半世紀が過ぎていた。

母や私たちと暮らした安アパートを離れてからは、伏見の川港のむかしの遊廓に間借りして一人で住んでいた。祖父母の家から、一〇キロあまり南の町である。

紅殻の格子も黒ずんだ、古い木造の二階建ての家だった。塗りの剝げた幅広の階段が、暗い吹きぬけを上がっていく。それを取りまくように、二階には、一〇ばかりの部屋が並んでいた。どれも同じような四畳半ほどのつくりで、こうした商売の部屋には、押し入れがないのである。いまはどの部屋にも、初老や老齢の独り暮らしの男たちが、住んでいるらしかった。

父は、本やら衣類の箱やらを壁際から積みあげて、それが収まりきらなくなると、隣の部屋をさらにもう一つ借りたらしい。片方に机を兼ねたこたつを置き、もう一方に万年床をとっていた。どちらの部屋も、書類やら、カセットテープやら、灰皿などのがらくたで、畳もほとんど見えないくらいに埋まっていた。

朝は早起きして近所を散歩し、定食屋で飯を食い、役所に通って、夜には、下宿に戻ると、こたつや寝床で本を読んでいた。洋書も、日ごとのページ数をきめて、赤いサインペンでアンダーラインを引きながら、規則正しく読むようだった。原稿もこたつで書いた。五〇歳を過ぎて、社会人に門戸を開いた大学院に、仕事のかたわら通いだし、自分より若い数理経済学の教授に就いて、修士論文を書きおえた。役所での仕事は、最後までヒラの中小企業診断士で、ほとんどの勤務時間を、市内あちこちの商店街をぶらついたり、店のあるじたちと話しこんで過ごした。銭湯が好きだった。つきあいの生じた女性もあったようだが、これ以上、互いの暮らしを近づけようとした様子がない。妹や弟は、小学生の時分から、母の目をぬすんでは、この川港の町に通って父に会っていた。

市役所を定年退職してから、父は米屋の家に戻った。そして、週にいっぺん、自転車で、市内の私立大学に、非常勤講師として講義に通っていた。祖父と父とは、とくに何を世話するでもなく、食事さえそれぞれ勝手にまかなって、ただ同じ屋根の下で暮らした。

祖父は、何ほどでもない人である。また、自分は何ものでもないという信念に、疑いをはさまずに生きていた。かつて、夕食どき、ビール一本を二日間にわけて飲んでいた。祖母が死ぬと、自分で食事をつくりはじめ、それから一五年間、同じペースの暮らしを守った。おぼつかない足取りで、最後の入院まで、銭湯に通っていた。生活上の管理全般にわたり、金銭のことを含めて、最後まで息子を頼ろうとした様子がない。

「それで、おじいさんの家、片づいたの？」

「熟年からのパソコン講座」から話題を変えて、母は電話で訊いてくる。ほんとうは、たぶん、このほうが聞きたいのである。

「だいたいね。でも、雨漏りがひどい。お隣の浜田さんって、覚えてる？　あの家も建て替えをはじめたし、そろそろ、いまのうちが壊しどきやねって、ミチコには言ってあるんだけど。」

私は答えた。

父が死ぬ日の午後、たぶん数年ぶりに、母は彼と会っていた。「トモコの家の電話番号、何番だったかな？」と、前の日、父が電話してきたので、私はそれをあらかじめ知っていた。

「ちょっと詫びくらい入れておきたいと思ってね。」

あはは、と照れたように笑いながら、彼は言ったのである。

あの日、父は、週に一度の授業を休講にして、病院で肝臓の精密検査を受けることになっていた。そこで待ち合わせ、検査を待つあいだの病院の食堂と、終わってから近くの公園でしばらく話し、そこからぶらぶら歩いて、米屋の家の近所の喫茶店でまた一時間ほど話したと、母は言った。どんな会話があったか、尋ねてもなかなか要領を得ない。そんなものらしい。

私や妹や弟は「遺族」であるのに、母の立場は、離婚という経緯をはさんだことで、もう「遺族」ではない。それが彼女の気持ちを、いっそう寂しくした。母自身にすれば、父はまだなにがしかの部分で「夫」であり、こうしたどっちつかずが、彼らの関係なのかもしれなかった。三〇年近く、ほとんど交渉のなかった祖父でさえ、彼女にはいくぶんか「舅」であったろう。

「おとうさんのグレーのウールのコート、あったでしょう。あれ、おかあさん、ほしい。」と、母は言った。「あれは、おかあさんが、買ってあげたものだから。」

――「サルトル全集と、ボーヴォワールのシリーズ、あったでしょう。あれ、おかあさん、ほしい。」

――「おじいさんの焦げ茶のハンチング、なかったかしら。それ、おかあさんが、あげたものなの。だから、ほしい。」

――「おとうさんのコピー機、町内会の資料つくるのに便利だと思うの。だから、あれも、ほしい。」

あんなもの部屋に置いたら、家がますます狭くなるばっかりだし、やめなよ。

ものを捨てられなくて、溜めこむばかりで、いよいよ穴蔵みたいな暮らしになってしまっている母の家を思いうかべて、私は言った。

「そんなことない。」母は抗弁した。「パソコンだって、おかあさんが引き取ろうかと思ってるんだから。」

あれはだめ。旧式すぎて、いまのパソコン教室で習ってるようなやりかたじゃ、使いものにならないよ。フロッピーディスクなんか五インチで、もう、そんなのどこにも売ってないし。ハイテクの骨董っていうか、要するに、がらくたなんだよ。

また、くどくど説明しなければならなかった。

「それからね。」私は付けたした。「衣類なんかは、もう、だいたい処分したんだ。捨てたり、寄付したり。だから、おとうさんのコートとか、おじいちゃんのハンチングとかは、無理なんだよ。」

「なぜ?」受話器のむこうの声が、高くなった。「どうして、そんなこと、おかあさんに、ひとことも相談してくれないの?」

どうして、おとうさんは。

そして、おまえまでも。

悲鳴のような声をあげ、母は泣いているらしかった。

「あんなに、なにもかも、やってきたのに。あんなに愛したのに。どうして、おかあさんだけ、一人にするの。それがわからない。」

声が、叫びになり、それしか聞き取れなかった。

答えれば、彼女を、それは救うところがあるのか。

「あれ以上、おとうさんと、いっしょにやっていけたと、思うの? 苦しめあいながら、責めながら、それでもいっしょにいるべきだったと。」

「これから、新しく始まるんだと思ってたのに。」

たぶん、私の声は耳に届かないまま、切れ切れに息を詰まらせ、彼女は言った。

母は立派だった。

幼い私を連れて出奔してから、女手ひとつで、安アパートでの暮らしを守ったし、父がまたいっしょに住んで、妹と弟が生まれ、ふたたび父が去ってから、ちいさいながらも家を買った。家には、父のための部屋を空けて、ずっと待っていた。

夕刻、勤めを終えると、妹と弟の保育所の終了時間に遅れぬよう、一目散に帰ってくる。その足で買い物をして、料理し、夕食をたべさせる。早朝に起き、洗濯し、朝食を用意し、必要な人数分の昼食の弁当をつくり、子ども二人を乗せた乳母車を押して、保育所までの長い坂道をのぼっていく。

とても長かった諍いの時間を、思いだす。親子五人で食卓を囲むとき、料理を並べ終えると、きまって母は、背筋を正してから、言ったものだ。

——食べる資格のあるひとだけ、召し上がってください。——

父は、黙って、表情を押し殺した顔のまま、とてもゆっくりした動作で箸を取り、料理の皿に手を伸ばす。

荒い息遣いだけ、電話線を通して聞こえる。

「あそこの、米屋の家、行ってみる?」

訊いてみた。

そして、雨漏りの天井を眺める、父の万年床を思いうかべた。

それきり、待っていた。

「いっしょに来てくれる?」

やがて彼女は言った。

「行けない。ぼくは、いま、こっちで仕事があるから。」

「こわい。」

「こわくないよ。あのころと、ほとんど、同じなんだ。」

いくらかの説明。

――米屋のむかしの店先は、父が晩年、「書斎」みたいにつかっていた。

部屋のまんなかにディレクターズ・チェアが残っている。父が死んだ場所だ。机があり、古いパソコンと、留守番電話が置いてある。留守番電話には、きっと父の声が残っている。ただし、電話線のモデュラージャックは抜いてある。

「サルトルと、ボーヴォワールは?」

「あるよ。縛って積んである。」

――一階奥の祖父の居間は、もともと彼がきれいに片づけて暮らしていたので、むかしのままだ。

――二階に上がる。

東向きの六畳と三畳は、もう、ほとんどからっぽだ。

三畳の部屋は、むかし母が机と鏡台を置き、自分用につかっていた。北隣の浜田さんの家と接していた漆喰の壁が、いまは部屋の内側に、のけぞるように傾いてきている。ひび割れも、ある。隣家の新築工事が始まると、どさっと、この壁は落ちるかもしれない。雨漏りの跡も壁をつたっており、それを追っていくと、階下の父のパソコンの裏の壁際に、水滴のちいさな溜まりをつくっていた。

六畳のほうは、若夫婦の居間につかわれていた部屋である。私をあいだにはさんで、父と母とが、デモに出た自分たちの写真が載った新聞を広げていたのも、この部屋だ。日当たりが良かったせいか、傷みはわりあい少ない。ただ、床は、南にむかって沈んでいく。子どものころでも、畳にビー玉を置くと、ころころ壁際まで転がった。

短い廊下を西に渡る。昼間もここは薄暗い。遠い窓から、淡い光が、斜めに差してくるだけだ。西向きの三畳の板間は、雨漏りが、床に大きな水たまりをつくる。だから、いまはそれをバケツで受けている。この部屋には、親戚のおねえさんが下宿していた。祖母の兄の末娘で、つまり、血縁はないけれど、父の従妹にあたる。そして、この家から嫁いでいった。彼女にも、父は遺書を――《自分の体のことはよくわかっているつもりなので。》と書いていた。病いが進んで、体の自由がきかなくなることを思うと、いまさら誰かに面倒をかけるわけにいかない、また、頼みたくないということでもあったろう。病院の祖父の枕元で、いっそう父はそれを考えてもいただろう。いまは、雨漏りの位置を避けつつ、母が置いていった机や鏡台、そのほかをまとめて、ここに置いている。

その並びの、西向きの六畳。父の万年床が残っている。反対側の天井に雨漏りの染みがあり、その下の畳が腐っている。むかし、父の勉強机が、この部屋にあった。書棚に、アルファベットで綴られた大学ノートが並んでいた。ギターと、ここにも白黒テレビがあった。週末の夜、電灯を消し、テレビの洋画を三人で見た。『灰とダイヤモンド』とか。

「テープレコーダー、なかった？」

「オープンリールの？」

「ええ。」

「あったよ。」

「あれに、あなたの三つくらいのときの声とか、残ってるかも。」

「憶えてる。夜、おとうさんとおかあさんと、三人で、歌うたったりした。ぼくは、照れて、ぷわりんぷわりんぷわりんこ、って、即興でふらふら踊りながら、うたったんだ。」

母は笑った。

「──だけど、捨ててしまった。もう、つかうことも、きっとないから。」

「そう。」

──万年床の枕元には、バシュラールの『蠟燭の焰』が、読みかけのまま置いてある。妹は、そこだけ、まだ手をつけようとしなかった。

『蠟燭の焰』は、バシュラール最後の著作である。最晩年のバシュラール。森の隠者みたいな、あの、白くもじゃもじゃな髭と髪。

「鍵を送るよ。郵便で。」

「そう？　いつか行ってみるかも。ひまができたら。」

ガストン・バシュラールは、一八八四年、フランス、シャンパーニュ地方の田舎町、バール・シュル・オーブに生まれた。祖父は靴屋。両親は、町の通りで、ちいさな新聞販売店とたばこ屋を営んでいた。

一八のときから働きだし、一九歳で、ロレーヌ地方南部のルミルモンという町に出て、郵便局の臨時局員の職を得た。二一で徴兵されて、ロレーヌ地方北部のポンタムソンで二年間の兵役についた。二三で兵役を解かれ、故郷に戻らず、パリの郵便局で働きはじめた。

二五の夏。ブレリオが初めて飛行機でドーバー海峡を横断し、パリは沸いた。郵便物はますます増えた。局内でも働き者で知られたバシュラールは、一つひとつの郵便の山を慎重に秤にかけ、手早く仕分けし、さばいていった。前世紀なかばミショーが量産化した自転車は、英国人ダンロップが空気入りタイヤを発明して飛躍的に性能を向上させ、ここ、パリの郵便局にも、配達業務用に多数配置されていた。けれど、バシュラールは、自転車が苦手だった。左右のハンドルがぐらぐらし、どうにも均衡がつかめないのだ。それよりも内勤が好きで、静かな微笑を浮かべて、秤に郵便物を載せていた。バランスの不可思議について、彼は考えていたのである。

来る日も、来る日も。

けれど、彼は、ほんとうはもっと勉学をしたかったのだ。秤の針をにらみながら、青春のすべてが郵便物に押しつぶされていくのを感じると、不安だった。当面、興味を抱いていたのは数学と物理学だった。下宿暮らしの出費を切りつめ、仕事のあいまに都合をつけて、大学の理学部での聴講に通いはじめた。学士号（リサンス）をこうやって取得するには、一般に週六〇時間の勉強が必要です、と彼は事務局で告げられた。週六〇時間！　どれほどのあいだ、俺はそれに匹敵する時間を、秤の前で過ごしてきたことか。

郵便局では、ちいさなテーブルの上に、宛先不明の手紙類が、外から戻ってきた配達係によって投げ出された。テーブルは秤のすぐ横にあって、三通、五通、ときには一〇通以上、溜まっていく。差出人の住所がわかる場合は返送されるのだが、それさえないものは、一日の終わりに、テーブルの下の引き出しのなかに放りこまれた。それは地下墓地同然の場所で、いっぱいになって溢れだしでもしないかぎり、ふたたびそこから郵便物を取りだそうとする者はいないのである。こうした郵便物を、局員らは「死者たち（レ・モール）」と呼んでいた。〝Les morts ont toujours tort.――死人はいつでも悪者にされる〟というへたくそな冗談に、少しばかりの罪の意識を、まぎらわせようとしたのである。

深夜。屋根裏の下宿部屋で、バシュラールは大学の教科書を読んでいた。磨りへった机。ランプの光。漆喰の壁。まだ読みきれずにいる、いくらかの本。据え付けのベッド。わずかばかりの食器と衣類。ほかに部屋にはなにもなく、自分の影が、漆喰の白い壁に揺れていた。ページをめくるとき、ランプの光に、衣蛾が舞うのが見える。羽をひろげても、せいぜい一センチばかりのちいさな蛾で、焔にまといつくように集まり、ひらひら、上下する。

故郷のちいさな家を、彼は思いだしていた。

病気のとき、父親は、部屋に入ってきて、暖炉に火をおこしてくれたものだ。焚きつけの柴の上に、まっすぐ薪を立て、うまを組む。そして、細心の注意をはらって、すき間にひと握りの木屑をすべり込ませた。火種をはなつと、赤い舌がちろちろと姿を現わし、薪のうまの周囲を縦横に駈けめぐる。しばらくの時間。やがて、柔らかな熱をまんべんなく帯びた焔が、ぼっと立つ。

この役割を父に代われる者がいるとは、夢にも思わなかった。けれど、子どもというのは、いつかプロメテウスみたいに、父親から火種を盗みとろうとするものだ。彼が、はじめて自分の暖炉の主人になったのは、一九のとき、故郷の家を出て、ひとりきりで暮らしだしたときだった――。

ときおり、ランプの火屋の内側まで侵入してしまう衣蛾があり、それは、迷わず焔のなかに身を投じ、ちっ、と、かすかな音をたてて消えていく。それを見て、本能、という動物の行動原理について、彼の頭をなにかがかすめた。また、屈光性、という物理的な概念から、これを考えなおしてもみた。それは一九一〇年代前半のことであった。戦争が起これば、ふたたび彼は兵隊に取られて、前線に送られることは確実だった。気配は、実際、近づきつつあった。押しつぶしてくるような夜の闇の重さに、彼はそうやって耐えていた。

ところで、還来神社のほんとうの祭神は、明治天皇のお妾さんではなかったのである。仕事場の棚に並べている地名事典なんかで、これは、ちょっと調べてみてわかった。還来神社に祀ってあるほんとうの祭神は、桓武天皇夫人にあたる「藤原旅子」というひとなのだそうだ。

桓武天皇といえば、平安京を建設した、そのひとである。

旅子は、桓武の謀臣、藤原百川の娘で、伝えられるところでは当時の龍華の荘、いまの途中峠近くの生まれだった。平安京造営に踏みだされる直前、延暦七年（七八八年）に、その山背国の西院にて三〇歳の若さで没したという。「わが出生の地、比良の南麓に梛の大樹あり、その下にまつるべし。」信頼を寄せていた武人に、そう遺言したことから、彼は馬に跨がり、みずから遺骸の車をみちびいて、この言いつけを守った。それが還来神社の始まりとなった。――自分の生まれた土地に、もどってくる。ゆえに、「もどろき神社」で、「もどろき大明神」ともいうらしい。

これについては、父も『ある労働者自立論の出生』を書き進む道筋で行きあたってはいたようで、旅子という女性について、ただこんなふうに書いている。

「桓武はこの女性を終生深く愛したという。」

なぜ、そんなふうに、信じることができたか。

五〇歳を過ぎ、なお壮年の桓武は、当時、呪われた苦境を裂きひらきながら生きていた。長岡京への遷都まもなく、腹心の藤原種継が何者かによって殺された。そのおじにあたる百川はすでに亡かった。まだ山部親王と呼ばれていた若き日、桓武は、百川の手引きで、皇位継承上の敵対手である異母弟・他戸（おさべ）皇太子と、その母・井上（いのえ）皇后を、死地に追っていた。そして、今度、種継の命が奪われると、彼は同母弟・早良（さわら）皇太子を幽閉して、死に至らせた。みずから殺しつつ、彼は、怨霊の影に怯えていた。

そして、旅子が死ぬ。

さらにわずかのうちに、実母の高野新笠（たかののにいがさ）が没する。皇后の乙牟漏（おとむろ）が死ぬ。都周辺には疱瘡が蔓延して、あまたの人命を奪う。桓武が、平安新京へ再度の遷都を決するのは、これらを経て、七九二年（延暦十一年）のことであったとされている。

わが骸（むくろ）、故郷の山里に葬らしめよ——。旅子という女人は、乙女のころ、郷里の山あいを、世界のすべてとして生きていた。里に寺を開いた僧につかえて、「龍華婦人」とも呼ばれたという。もしも、都に召されなければ、ただそうやって生きていく道筋もありえた。それを振りかえってみると、夫の桓武をうらむ思いもあっただろう。それでも、桓武自身の心もちでは、年の離れたこの若い夫人を、彼は愛していた。

彼女は、その名の通り、旅の守護者となったのだろう。遺骸を運ぶもののふも、これに守られながら、険しい山道を進んだ。

明治天皇が、平安京に幕を引くまで、それから一千年余のひらきがある。伝説は転移するのである。父が書き残しているところでは、彼自身も、もどろきさんを訪ねたことはあったらしい。私が生まれて、まだ間もないころのことだ。

——それは一月で、途中峠付近の山々は、一面、樹氷に覆われていた。日に二本だけのバスを峠で降りると、雪のなか、段々畑らしいところの中腹に、ぽつんぽつんと、戦没者をまつる石碑が見えていた。

《彼らは死んで還ってきたのだろうか。》

冷蔵庫の缶ビールも全部飲みつくした。もう夜明け近い。

あきらめて蛍光灯を消し、妹はもういっぺんふとんにもぐりこんだ。

サッシをそっと開け、ヴェランダに出た。雨はもう上がっている。冬の終わりの外気が、針でつつくように私の体を包みこむ。ゆるい傾斜地の木立ちの影が、うねるように重なり合って、街のほうへと下っていく。ぽつん、ぽつんと、街灯が、アスファルトの道に差している。傾斜のふもとで、それは白い光の野に変わる。オレンジがかった光の帯が、国道の位置をうごいている。ずっと遠くに、照明を落とした東京タワーの影が見えていた。

震えながらたばこを一本吸い、部屋に戻ってセーターを脱ぎすて、私も自分のふとんにもぐりこんだ。

「おにいちゃん。」

暗がりのなかで、また妹が言う。

「なんや。おまえ、まだ起きてたんか。」

「うん。」それだけ答えて、喉の奥で少し笑った。その声だけ聞こえる。「小説、書いてる？」

「……うん。まあ、なんとか。」

闇のなかで、頬が赤らむのを感じていた。

父が死に、そして祖父が死んだ。それからも私は毎日、パソコンの画面上で地図をつくった。母とのつきあいはいっそう重苦しく、親戚との交渉ごともやっかいだった。きょうだいでさえ。ねっとりした廃油のなかを、歩いているような時間だった。

稼ぎ仕事の地図だけじゃなくて、文字にして、何か書いてみたいと、はじめて思った。それが、小説というべきなのか、もっとほかの何かなのか、茫漠としてわからなかった。踏んぎりがほしくて、「俺、小説書く。」と、とにかく妹に言ったのだった。

何か始めないと、不安でしかたなかった。そうでないと、いまの自分のすべてが、架空のままに感じるのだ。

「小説を、俺、書く。」

そう言うと、ひとは少し笑った。そういうものらしいのだった。けれど、その気分は悪くなかった。

「ちゃんと最後まで、書いてや。」とだけ、このとき妹は言ったのだった。

あれはもう半年近く前だったか。それを彼女は覚えていたのである。

毎日の地図づくりの仕事を終えると、外に出て酒を飲んだり、友人と会うのをひかえて、夜、少しずつ書いている。それが、ここしばらくの私の生活だ。

読みかえすと、膨大なゴミのかたまり、空想の老廃物の寄せ集めに見えてきそうでこわくて、そうせずに、どんどん書いている。

「どれくらい、書けた？」

　妹が言う。

「四分の三くらいかな。とりあえず。」

「最後まで書いたら、きっとええよ。」また妹が言う。「溜めてしもた家賃も、払えるかもしれんよ。

小説だけ書いて、いつか、暮らしていけるようになるかも、しれんよ。」

　しつこいな。

　小説というものを書いて発表するには、いったいどんなふうにすればいいのか。誰か、知りあいの
編集者……、『ネイチャーランド』のホリウチにでも訊いてみなくちゃな。そう思いながら、ずっと
それが言いだせない。

「タイトルは、決めた。」

「何？」

「もどろき。」

　ふーん。とだけ、妹は言った。

「どう？」

「わからん。」

「今度、読ませるよ。まだ途中までやけど。」

「うん。読むよ。せやけど、それからでも、最後まで書いてや。」

　しばらく、私は両手を頭の下に組み、天井の闇を見上げて、じっとしていた。どこかのクルマの音

が、ずっと遠くから、だんだん坂を上がって近づいてくる。

「あったかくなったら。」眠ったのかと思ったのに、妹がまた言った。「もどろきさん、行ってみよか。」

「ああ。それもいいな。」

かすかな寝息を、彼女はたてだした。

4

もどろきさんに私たちが向かったのは、四月一七日の朝である。

この春は肌寒く、桜が咲くのも遅かった。京都の桜は、それでも、ようやく満開をすぎて、散りはじめていた。

前の日。米屋の家の土壁の〝養生〟も、どうにか無事終わったことを確かめて、胸の荷をひとつ下ろすことができた。いずれは壊さなければならないとしても、とりあえず、ほっとするのである。

その夜、私はいつものように京都市内のビジネスホテルに宿をとり、妹はJ市まで足を伸ばして母親のもとに泊まった。朝早く、ふたたび落ちあって、タクシーに「還来神社。途中の。」と告げたのだった。

「龍華やね。」いっそう古風な土地の名で、運転手さんは答えた。半白の髪に、日焼けして引き締まった顔を持つひとである。「途中峠から、琵琶湖のほうむいて下りかけたとこにあるやつやな。」

高野川べりの桜並木に沿って、タクシーは北上する。

「このあたり、ついこの前まで、クルマうごきまへなんだ。渋滞して。」運転手さんは言った。「桜見ながら、みんな、のろのろ走りますよって。」

川の浅い流れが、桜の古木の若葉ごしに、低い陽を受け、白く波をたてている。ミチコは、コンビニエンスストアで朝食に買ったサンドウィッチの袋を膝に置き、窓に額を寄せる。川の水際あたりを、じっと見ている。

「——還来神社、あのへんやったら、桜、いまごろが盛りかもしれまへん。ずいぶん奥ですよって、春先まで雪も深いさかいに。」

「京都のかたですか。運転手さんは。」

私が尋ねると、彼は答えた。

「いえ、福岡です。高校出て、大阪で一年働いて、京都に来たんが、昭和三九年の五月一日。いつのまにか、ことばまで、こんなんですけど。」

京都で育ったのに、母が東京育ちのせいか、私には、京ことばがうまく身につかなかった。それでも、妹と話すと、生まれた土地のことばになってくる。そういえば、父も、どうしたわけか、あまり京都のことばで話さなかった。

「昭和三九年の五月一日……。」

妹が、口のなかでぶつぶつ復唱した。

「いや何もあらしまへんで。ここの街に来た日やよって、覚えとるだけですがな。」彼は笑った。「昭和四三年、四四年やったでしょうか、運転手の仲間同士でね、夏、途中峠を越えて琵琶湖の白鬚浜まで、泳ぎにいったことがあるんです。まあ、キャンプやね。せやけど、途中越えいうのは、えらいひどい道で。道はぼこぼこ、クルマかてどろどろになるし、難儀しました。せやから、ふた夏だけで、もうやめとこ言うて、それきりになってしもたんやけどね。」

八瀬の里を過ぎ、道は少しずつ勾配を増していく。川は幅を狭め、淵をつくって、右に左に流路を変えている。

「しんどいな。」目を前に戻し、妹が言った。「自転車でも。これは。」

半世紀以上前、細く暗く、石ころだらけだったこの道を、祖父は、ひとりのぼっていった。一度目は戦中で徒歩。二度目は敗戦直後で自転車だった。徒歩のときは、まだ夜明けにかかっていなかったかもわからない。

なにを考え、そのとき彼は、いただろう。

兵隊への召集は、あらがいがたい命運だった。もちろん彼は、ふつうに暮らして生きたかった。死をあらがいがたいものとして受けとめ、そのことをあらがいがたく生きながら、その矛盾をもってすがりつこうと、天皇の姿の怨霊のもとへ彼は急いでいた。

最初のうち、右手前方に見えていた比叡山が、どんどん後方に位置を移していく。

大原を過ぎる。

ハンドルからちょっと片手を離し、右手に迫る林を指さして、

「ああ、ええ林やなあ。」

ため息つくような声で、運転手さんは言った。

「杉ですか。」

「いや、檜です。こんな見事な檜林は、めったにないわ。檜はね、杉と違(ちご)て、こんだけ育てよ思たら、三代かかりまっせ。」

いまは二車線で、きれいに舗装された道を左右にカーヴを切りながら、クルマはなめらかにのぼっていく。

妹は、ガラスに額をくっつけ、また窓の外を見る。

帰還のお礼参りに行く祖父が、自転車に乗って、車線の外を走る。側溝に落ちそうなぎりぎりを、彼は走っている。車体は濃紺で、前のめりに体重を乗せ、サドルから腰を浮かせて、いちにさん、いちにさん、というリズムでペダルを踏んでいる。オーカー地のハンチングをかぶっている。色白な顔にピンク色がさし、ペダルを踏みながら、彼はこっちを向き、にやっと笑う。

並走しながら、われわれはどんどん追い上げる。ずっと前のほうをおぼつかなく走っている自転車、それとの距離が、縮んでくる。荷台に黒い大きな革バッグをくくりつけているのが見える。まだ髪は明るい栗色だ。もじゃもじゃのくせ毛で、それが若いバシュラール君だとわかる。自転車はぴかぴかに新しいが、ふらふらしている。祖父は、くいっとハンドルを内に切って、その自転車を追いぬいた。

――ボンジュール、死に手紙(セ・ラ・モール)、じゃなくて、郵便です(ジェ・ル・クリエ)!――

抜かれぎわ、彼はハンドルから右手を離し、振りあげて叫んだ。白い手袋をはめ、封書をそこに握っていた。

――戦争です(セ・ラ・ゲール)。戦争が始まりました。――

自転車はいっそうふらふらした。

――ぼくにもまた召集令状が来た。前線に行かなきゃいけないんだ。まあ、それはいいけど、その前にこれを配ってしまわなきゃいけないんです。もしもし、郵便です！　どこか、これの宛て先を知りませんか？――

みるみるうちに彼の声は後方に遠のいて、聞こえなくなった。

対向車線を、赤いランドローヴァーが、幻をちりぢりに吹きとばし、制限速度四〇キロオーヴァーで走り去る。

藤原旅子という女人は、途中峠を越えた龍華の荘に生まれた。やがて平安京となる西院に没し、ふるさとの湖を見下ろす土地に神となって戻ってくる。

京の西院は、父の生まれた町である。実母は、湖の国、近江の生まれである。生まれた土地の記憶もなく、米屋の養父母の手で、たいせつに育てられた。帰る土地を知らず、育った場所を故郷と思いさだめて、またどこか帰る場所を遠くに望んでいたのか、戻っていく。

「ここです。」運転手さんが言った。「途中峠は。」

突然現われた山肌は、高く、頂上付近まで、深く、えぐるように削られている。急斜面を、ブルドーザー、トラック、ほかの重機が、ジグザグに上っていく。草木はなく、山肌すべて、黒と、濃い灰色の、乾いたまだらに見えている。

「あれは？」

指さして、運転手さんに尋ねた。

「採石場ですわ。」

「いつから？」

「さあ。もう、ずいぶん前からやっとるけどね。」

かつて父が眺めた、戦没者たちの石碑も、いまはない。

「トラック。」それだけ言って、ミチコは息を呑んだ。「こんなにようけ、どこから?」

「これはね、滋賀の側から上がってくるんやわ。」

ゆるめていた速度をまた上げて、クルマは、新しい有料トンネルに入る。それを抜けると、螺旋状のジャンクションをぐるぐる下りはじめた。妹は、しばらく、じっと目をつむっていた。


境内の桜は、満開には、なお早い。せいぜい五分も咲くか咲かないかで、あと二、三日は、見ごろまで間がありそうな様子だった。

鳥居をくぐって正面に、梛の大樹の切り株が、石囲いに屋根までつけて守ってある。「還来(もどろき)」の謂れの神木なのだろう。杉の大樹もそびえている。檜皮葺きの神楽舞台がある。その奥に、一〇段ほどの石段があり、上がると、こぢんまりした拝殿がある。社務所は無人だけれど、三、四百坪ばかりの境内は手入れが行きとどき、いまも、里の人びとの暮らしに息づいているのがわかる鎮守さまである。

ぱんぱん。

ぱんぱん。

拝殿にむかって柏手をうち、がらん、がらん、大きな鈴を鳴らす。願い事を記すノートが置いてあり、妹は「家内安全」、そして祖父の家の住所を、ボールペンで書きこんだ。

「おなかへった。」

社務所の縁側に座って、コンビニのサンドウィッチと、牛乳パックを二つ、彼女は取りだした。

「たべてや。」

ポテトの三角サンドを両手で持ち、うつむきかげんに食べている。その姿が、子ザルみたいである。

「おまえ、いくつになっても、サルみたいやな。」

「そう?」

それだけ言って、黄色いウィンドブレーカーの背をいっそう丸め、ゆっくり嚙みながら、遠く鳥居のむこうの景色を、じっと見ている。

縁側の日だまりの状差しに、安手の茶封筒が、何通かささっている。「ご参拝の皆様へ」と書いてある。ストローで牛乳を吸いあげながら、手を伸ばし、封筒をひとつ手に取った。なかをのぞくと、神社の由緒書きが、A4判の紙一枚にワープロで印刷され、折りたたまれて入っていた。

「還来神社(還来大明神)【モドロキ　ダイミョウジン】/由緒」と、ワープロの記号表示の機能を、あれこれつかいながら、その由緒書きは書いている。

《御祭神　藤原旅子(フジワラノタビコ)は第五十代　桓武天皇の皇妃にして、第五十三代淳和天皇の生母であり、太政大臣　藤原百川(フジワラノモモカワ)の女(ムスメ)である。
往昔　此の龍華の荘(大津市伊香立途中町、上竜華町、下竜華町)は藤原氏の食邑地にして、当時其の邸宅あり(滋賀郡志賀町栗原地先)旅子此処に生まる。
長じて比良の南麓、最勝寺の開祖、静安に随従し佛に帰依す、土俗称して龍華婦人という。
静安勅を奉じ、屢々宮中に参候して、佛名会、灌佛会等を行う、是により才色兼備の旅子、桓武天皇に召し出され、第五十三代淳和天皇を生み奉る、旅子甚く帝の寵愛深かりしが、京都西院に隠棲され、延暦七年(西暦七八八年)五月四日病を得て逝去さる、病重篤と成りし時『我が出生の地、比良の南麓に梛（ナギ）の大樹有り、その下に祀る可し』と遺命されし故、此処に神霊として祭祀さる（鳥居真正面の古木が初代の梛の木）。……》

百川が「太政大臣」とあるのは、没後、この位が追贈されたことをさすのだろう。

「旅子甚く帝の寵愛深かりしが……。」

どうして、そう信じることが、できたか。

《……故郷に還り来たれるとの此の神社の由緒に鑑み、その後日清、日露の戦いに参戦する人、此の社に参拝をなし、無事帰還を祈願さる、大東亜戦争に至るや、参拝者引きも切らずとかや。》

たぶん祖父は、遠巻きにほこらを拝するだけでも、満足したはずである。

牛乳パックを縁側に置いて、私は言った。

「おじいちゃんたちのことを、おとうさん、何て呼んでたかな。」

「え？」

「それが思いだせへんのや。よそのひとには、『うちの親父』とか『おふくろ』って、言うてたけど。あのひとらに直接、呼びかけてるときには、何て呼んでたっけかな。」

「ああ。」

「おじいちゃん、おばあちゃんのほうからは、米屋の家で、『明彦、明彦』て言うてたな。せやけど、おとうさんのほうからは、『おとうさん』『おかあさん』なんて、呼んでたやろか。それを憶えてない。」

「いやあ……。聞いたことないな。」

「『うん』とか『なあ』とか、『ちょっと』とか、たいてい、それだけやったんとちゃうかな。そんなもんで、いっしょに暮らしてたんと、ちゃうかな。」

「かもしれへんな。」

両頬を窪ませて、ストローで、妹は、自分のパックの牛乳を吸いあげた。

「おとうさんが、最後に、あそこの家に戻ったときにも、きっと、そんなかんじやったんやろな。『俺、ここに住もか。』『ああ、そないするか。』とか、せいぜいそのくらいの会話やったんとちゃうかな。こういうのって、自分が結婚してから、『おとうさん』とか、『おかあさん』とか、だんだん呼ばへんようになったのかな。それとも、ずっと子どものころから、そんな呼びかたをなんとなく避けてたのか。」

「そんなこと、あらへんやろ。」

ずずず、と、牛乳パックをすすって空にし、それを妹も縁側に置いた。

少年のころ、突然、実母が、彼の目の前に現われる。そのおばさんを、彼はどんなふうに呼んでいたのか。

「おかあさん」、そう息子から呼ばれることを、彼女は求めたろう。その気持ちを、彼自身も知っていただろう。そう呼んであげたのか。それとも、「ヤベさん」とか、「スミエさん」とか、そんなふうに呼んだのだろうか。

「俺かて。『おとうさん』って呼んだこと、あんまりない。」

「あ、そう?」

「うん。いっしょに住んだの、ちいさいときだけやからな。あとは、外で会って、たいてい二人きりやろ。わざわざ、『おとうさん』って言う機会、ないもの。『うん』とか『ああ』とかって、かんじで。」

「わたしは、『おとうさん』て、呼んでた。」

彼女は洟をかむ。鼻のあたまを赤くするまで、ポケットティッシュで、何度もかんでいた。

陽ざしが少しうつろい、座っていた場所は翳になる。手の甲をすり合わせ、妹は、三歩ほど横に場所をずらし、陽の当たる場所に出て、縁側に腰掛けなおした。

ちょっと言いよどむようにしてから、おにいちゃん、と彼女は言った。

「おとうさんのほんまのおかあさんって、わたしらのおかあさんと、ちょっと似てるって、思わへん?」

「うん……、どこが?」

「むちゃくちゃなとこかな。」はははは、と彼女は笑った。「それやのに禁欲的で。けど最後には、結局、やっぱり自分でぜんぶ欲しなるっちゅうのかな。――それからな、おとうさん、意外と、女のひとの好み、面くいやろ。あれが、ウィークポイントやったな、失敗のもとやったかもしれんな。」

「ああ。かもしれんな。」

立ちあがって、たばこに火をつけた。風はなく、ゆらゆら、煙は糸のように明るい外気のなかをのぼっていく。妹もしぐさで要求したので、彼女にも一本渡し、ライターで火をつけてやった。

「なんでやろな。」

深く吸い、ゆっくりと吐きだしてから、妹が言った。

「え？」

「なんで、おとうさんはおかあさんと結婚したのかな。……それから、おかあさんはおとうさんと。」

ぽわんと、もういっぺん、たばこの煙を吐いてから、彼女は言いなおした。

「わからんな。」

「自分に欠けてるもんを、相手に求めてしもたんかな。」

「そうかもしれんけどな。そんな認識は、ほとんど役に立ってくれんからな。とくに男女の関係では。」

自分の失敗もいくつか思いうかべて、私は答えた。

「そうやな。勝手な幻だけ、相手に追いかけるのかもしれへんし。」ミチコは同意し、縁側で両足をぶらぶらさせた。ジャンキーだった男の子を思いだしているのかもしれなかった。「学生運動とかで、気持ち、盛りあがってたりしたら、よけいかもしれへんな。」

たばこの吸い残しを地面にこすりつけて、彼女はそれを消した。消えているのを確かめると、空いた牛乳パックに入れ、ほかのゴミといっしょに、まとめている。立ちあがり、青い、午前の空を見あげる。

鳥居のむこう。

片側一車線の国道が、社頭を左右に横切っている。滋賀の町のほうから、途中峠にむかって、大型トラックがひっきりなしに上ってくる。スピードを落とさず、社頭のゆるいカーヴを、地響きたてて走りぬける。

「……小説、読んでくれたか。」

しびれを切らして、私は尋ねた。

「うん。」

「そうか。そんなら、なんか感想聞かせてくれよ。そのために渡したんやから。」これについて、いままで彼女が黙っていたことが、不満だった。「で、どうやった？」

「……最後まで、書いてや。」

「うん。あそこまでは、どう？」

「ええと思うよ。せやけど。」

「せやけど？」

「まあ、不満もあるな。」

「どんな？」

彼女は答えない。

深夜、米屋のかつての店先から、漏れてくる光。その家、そこの光を、じっと遠くから見つめている自分を、私は想像した。光のもとで、父は本を読んでいる。私は、もっとずっとあいまいな場所から、いまそこを眺めている。

「小説への不満なのか。それとも、あの小説を書いてる俺への不満なんか？」

「難しいとこやな。それは。」

ミチコの答えかたに、私は焦れた。

「おまえはどんなふうに不満なんや。いまの俺に。」

「べつに不満なんかない。」

ちいさな声で、彼女は言った。

「俺がどうすればいいって、おまえは言いたいんや。」

「おかあさんに謝ってほしい。」

きっぱりした口調で、妹は言いなおした。

「何を？」

「何をて言えるようなことは、ほんとに何もないのよ。ただ、謝られることで、自分はここにいていいんやっていう意味を、そのひとがつくり出せるとしたら。それが、大事なことやろ？」

そう言って、日だまりのなかで、妹はしばらく涙をこぼした。


「なんでかな。」

また縁側に座り、もうひとつ三角サンドをゆっくり食べてから、妹が言っている。

「――なんで、うちらの家族は、誰も、満足できひんかったんかな。ていうか、お互い、不満ばっかり持つようになってしもたんかな。べつべつでもええやん。べつべつでも、お互いがちゃんと考えてやってること、認めあえたらええのに。おとうさんも、おかあさんも、おにいちゃんも、わたしも、ヒロシも。

きのう、おかあさんの家に、わたし泊まったやろ。そしたら、また言うたはった。おとうさん、なんで、おかあさんを残して死んだのか、いまもわからへんて。」

私の残していた牛乳を、ストローで、彼女はひとくち飲んだ。

「まだそんなことを言うてるのか。おかあさんとの関係で死んだわけでも、おかあさんのせいで死んだわけでも、ないのに。」

「そうやけど。」

「もうずっとむかしに離婚してるのに。べつべつに生きることに決めて、べつべつに死んだんやから。」

「そういうことだけやあらへんやろ。」

いくらか妹は語気を強めた。そして声を静め、また続けた。

「――せやけど、なんで、いつもいつも、ああなんかな。おかあさんて、表情とか、昆虫みたいなとこ、ちょっとあるやろ。顔見てても、なに考えたはるのか、わからんようなとこ。わたし、ずっと、自分もそうかと思て、こわかったし。

そんなふうに言うてしもたら、受難者みたいな立場を、自分ひとりで抱えこむようなことになるやろ。受難者になるのも、加害者になって自己嫌悪するのも、紙一重みたいなもんで、そうなってしまうやんか。独占欲みたいなもんが、働くやんか。けど、こういうのは、受難とか加害とか、そういうのと、ぜんぜん違うやろ。せやから、そういうのは、わたし嫌やて、きのう、言うてん。

きのう、言うてみた。悲しいのは、おかあさんだけとちゃうやろって。おとうさんかて、きっと悲しかったって思うよって。それから、わたしも、おにいちゃんも、ヒロシも、もっとほかにも、悲しいひとはきっといて、これはそれぞれ、誰とも代われへんもんやろて。けど、思い出って、そんなもんなんとちゃうのん。悲しいから、このことを、ずっと自分だけで考えていられるし、大事にできる。」

父が死んでから、どんなふうに妹がそれを考えてきたのか、想像する。

「俺はそれほど悲しくない。」私は言った。「ただ、おとうさんがなんで死んだか、わかりすぎる気がして、困ってるだけや。」

「どうわかるの？　ほんなら、おかあさんの気持ちは、わかるの？」

え……。

足もとの小石を、妹は蹴った。

それでもな、きのう、おかあさん、こんなこと言うたはったわ、と彼女は続けていた。

「おとうさんとおかあさんは、わかりあえていなかったかもしれんけど、何がわかりあえていなかったのかは、いまごろ、ちょっとずつ、わかるように思えてきたって。苦しかったけど、それはいやな気分ではないって。あのおかあさんが、そんなこと言うの、はじめて聞いたけど、わたし。」

「そういうのを、うん、うんて、頷きながら、おまえ、聞いてるわけ？」

「うん。」

彼女は笑った。

幼い時分から、ミチコは、母によく打(ぶ)たれた。決まって、ふたりきりでいるときに、そうなるのだが、じっと我慢して泣きださないのが癪にさわると言って、さらに打たれたりするようであった。私が家を離れてから、いっそうそれはひどくなったらしい。ハイティーンで彼女は家出し、絵の勉強に行きたいと、父に泣きつき、どうにか数年間ローマに留学した。戻ってきて東京に就職してから、また折々に京都市近郊の母のもとに通っては、うん、うん、と、そのぐちを聞いている。

母も、歳をとった。

「――それから、おかあさん、言うたはった。おとうさんが死なはるちょっと前に、おかあさんのほうから、手紙を書いて、電子メールで送ったことがあるんやて。おとうさんに、わざわざ、いっぺん電話して、アドレス聞いてから送ったって。ままごとみたいやろ。電子メール、覚えたてで、送ってみたかったんやな、きっと。けど、いまでもときどき、それは思いだして、後悔するって。自分でも怖くなるくらい、ひどい手紙やったんやて。」

「何を書いたの？」

「わからんな、それは。せやけど、どうせ、自分はあれもやってきました、これもやってきました、それなのに、とか。わたしの人生を台なしにした慰謝料を払ってください、とか、そんなもんなんとちゃうのかな。

　おとうさん、遺書で『メールに返事を書いたのですが、何かの手違いがあったらしくて、戻ってきました。』って、書いたはったやろ。あれは、その手紙への返信やったんやろな。なんで戻ってきたのか、わからんけど。おとうさん、わざわざ自分でおかあさんのアドレス入力しなおしたりして、まちがえたのかな。なんか、いらんこと、やったんやろな。おとうさん、どんくさいから。

　せやけど、おかあさんは、おとうさんが死んでから、ずっとそれが気になってたって。どんな返事を、おとうさんが寄こそうとしたのか。ずっと、それが読みたかったって。」

「デッド・レター、みたいなもんかな。」

「なに、それ？」

　妹は、また両足をぶらぶらさせた。

「いや、わからんが。手もとに戻ってきたんやったら、デッド・レターでもないのかな。」

ふーん。とだけ、納得しかねたような相づちを打って、ミチコは続けた。

「せやけどな、あれから一年以上経って、いまになって考えてみると、おとうさん、きっと、ほんまは返事なんか書かへんかったんやなって。今度、おかあさん、そう言うたはった。

返事、書いたら書いたで、あのとき、おかあさんはもっと突っかかったやろうし。そんなことで、やりとりしてたら、きりがないし。

おとうさんが死ぬ日、昼間に、おかあさんと、ふたりで会(おお)たはったやろ。そのときにも、なんでメールに返事をくれへんのかとか、おかあさんは、いろいろ文句を言うてたんやて。けど、おとうさんは、とうとうその日別れるまで、はっきりした返事、しはらへんかったんやて。

あの遺書、日付のとこが『　月　日』て、空欄になってて、いつでも、その日の日付を書き込めるようにしてあったやろ。せやから、あの日には、もうすでに書いてあったはずやんか。それやのに、このメールの返事のことについては、何も言わはらへんかったんやな。遺書にだけ、それを書いておかはったんやな。

へんな話やけど。」

たしかに、へんな話である。

死ぬことを決めている人間が、遺書で、そんな中途半端な言いわけなんか、わざわざ残すだろうか。相手がこれを読むとき、もう自分は死んでいるのである。

けれど、その最後の日、父が、きっとどんなふうに返事しても、母はなかなか引き下がらなかっただろう。

あと数時間しか、自分は、この世界にいない。

彼女とふつうに語りあっておきたいことが、彼には、もっとたくさんあったのだ。

似たようなことがあったのを、思いだす。

実母からの手紙に、彼は反論を書いた。父が高校一年のときのことだ。しかし、それを発送はしないで、もとの封筒にいっしょに入れて、しまっておいた。

《モディファイアーは、少女に対してなせ。》

それが彼にとっての、この世界への、返答のしかたでもあっただろう。父は、こうしたやりかたを選ぶことで、何かを堪えていた。

あれは、死ぬ一〇日ほど前だったか。

最後に会ったとき、彼は言った。

「デッド・レターになってしまった電子メールも、この世に**実在していた**ことに、なるんだろうか？ そんな手紙が、この世界の**見えない場所**には、いっぱい詰まっている。そして**消える**。それでも、これは、**実在した**と言えるんだろうか。」

実在している。――と、私は答えた。

「いまのおとうさんの話を聞いたことで、その読めない電子メールの所在が、ぼくのなかに残る。」

そういう答えかたがありうることを、父は、とうに知っていただろう。それは、この世界に生きることで身につけた、彼自身のしぐさの秘密でもあっただろう。

おそらく父は、母に対する、彼なりの答えを用意していたはずだ。そして、これを彼女に直接送るのではなくて、この世界のどこかに、ひそかに留め置くことを選んだろう。

私の手には負えなかった、あのひどく旧式なパソコンの、磁気ディスクのどこかか。廃棄された、誰も知らないアドレスの、メールボックスのなかだったか。それとも、プリントアウトして、あの部屋の机の引き出しの奥にでも、ほかの書類とまぎれて、ねじこんであったのか。

彼は覚えていた。かつて愛したことも、諦めたことも。その記憶のためにも、彼は答えようとしたはずである。

もう消失してしまったか、ほかのゴミといっしょに捨ててしまったかもわからない。

父は嘘をついた。たぶん。

《メールに返事を書いたのですが、何かの手違いがあったらしくて、戻ってきました。》

——だから、**それは、どこかに、実在している。**

彼は、そう言いたかったのでは、ないのか。


縁側に座ったままで、残りの三角サンドを、私も食べた。

目を上げる。

途中峠のほうにむかう山の斜面に、白いこぶしの花が群れになり、ところどころで、雲のように咲いていた。

妹は、日だまりで、いつのうちにか、腰掛けたまま眠っている。首だけ、かくんと前に垂れている。黄色いウィンドブレーカーをはおって、グレーのとっくりのセーター、その胸のあたりが、ゆっくり、かすかに上下していた。

5

話はこれでほとんど終わりである。

ただ、それからしばらくあとの出来事をひとつだけ、付けたしておきたい。

京都で還来神社を妹と訪ねて、東京に戻り、それから一週間ばかりあとのことだったかと思う。

その日、私は、深夜すぎまで、仕事部屋でパソコンに向きあい、仕事をしていた。「太平洋諸島最新リゾート」とか、「カリビアン・ミュージックの知られざる旅」とか。もちろん、地図をつくっていたのである。京都に出かけたり、発表のあてもない小説を書いてみたりしているうちに、期日の迫ったほんとうの仕事が、うんざりするほど溜まっていた。フリーの個人業者とはそういうものだ。企業社会のスケジュールに結局縛られ、それを振りはらおうとすると食えずに、またここに戻ってくる。

夜明け近く、ようやく仕事にいちおうの区切りをつけ、通信ソフトで電話回線につないでみた。電子メールが一通届いていた。差出人の名前とアドレスは、死んだ父のものだった。

《長いあいだごぶさた。元気でやっていますか。》

と、その手紙は冒頭に書いていた。

夜明け前というのは、奇妙な時間である。神経のどこかが、糸が切れたみたいにさまよっているのか、一部は眠ってしまっているのかもわからない。このときも、最初、私は、「あ、父からだ。」と思うだけで、とくに奇妙なことだとも感じなかった。

手紙のほうも、これが当たり前といった調子で、いきなり用件（？）を語りだしていた。

《D・Kっていうアメリカ人の日本文学研究者がいるだろう。平安時代から近代まで、日本人の日記文学なんかを論じたひとだ。『蜻蛉日記』とか、『うたたね』とか、『奥の細道』とか、『新島襄日記』『一葉日記』とか。第二次大戦中、彼は、米軍の情報将校だった。》

いくぶんくだけた口調から、電子メールは続いていた。

《日本軍が真珠湾への奇襲攻撃を起こしたとき、彼は、ニューヨークにいて、まだ二十歳にならない学生だった。戦争が始まって、アメリカ海軍の日本語学校へ移った。ものすごく厳しいプログラムの日本語教育が開始された。それは、読み書きはもちろん、変体がなの草書体まで教えこもうとするものだった。わずか一一カ月で、彼らはこのプログラムを終えて、ハワイの真珠湾の情報部に配置された。

何カ月ものあいだ、そこでのD・Kの任務は、太平洋の島々の戦場で拾いあつめられた日本兵の日記を、翻訳することだった。あるものは血痕で汚れていた。あるものは、海水に浸され、ふやけていた。ガダルカナル島、タラワ島、ペリリュー島、その他、その他……ありとあらゆる戦場の島々で、それらは集められ、彼のもとに送られてきた。

もちろん、彼は、文学的な興味で、これらの日記の解読にあたったのではないのだ。必要とされていたのは、軍事情報だった。船が沈没したとの記述はないか。米軍の空襲が、どれだけの被害を相手にもたらしているか。撃墜されて日本軍の捕虜になったアメリカの航空兵が、ひそかに斬首されたという情報なども、彼らの日記のなかには混じっていた。やがてD・Kは、乱雑な日本語のなぐり書きや、奇妙な当て字にも慣れて、どんどん読みすすめられるようになってきた。

どんなにたどたどしい兵士たちの記述にも、軍の紋切り型の口まねみたいな表現にさえ、いったん前線に出れば、心底からの響きが宿る。「痛い！」と、彼らが書けば、それは読む者にも、裂かれるように痛いのだ。すぐ隣を航行していた船が、魚雷を受けて、目の前でみるみる沈んでいくときの恐怖。孤島で、七人の兵士が、わずか一三粒の豆だけを食料に、新年を迎えたときの絶望的なひもじさ。なかには、自分が戦死することを見越して、拾って読んでくれる米兵に宛てて、英語のメッセージを書きしるしているものもあった。

どうして彼らは、そんな状況においても、日記をつけたのか。米軍の兵士に、こうした日記をつける者など、めったにいない。自分が生きた証しを残したいという、ほとんど無意識な願望のせいか。それとも、もっと集合的で、文化的な産物なのか。

なんら軍事的な情報が得られない場合でも、D・Kは、夢中になって、それらを読むようになっていた。これが、彼のはじめて親しく知った日本人だった。そして、D・Kがこれらの日記を読んでいるとき、彼らは、もうすべて死んでいた——。

どんな真実を、われわれは、ここから引きだすことができるだろう。

とりあえず、ここで二つのことを、わたしは君に言うことができるよ。

ひとつは、D・Kという若者は、このとき、おそらく孤独というものの意味を理解したのだということだ。戦場の日本兵たちは、なぜ大東亜戦争の一員として自分たちが南の見知らぬ島で死ぬのか、その意味さえ了解せぬまま、たった一人で死んでいく。たまたまこれを見届ける巡りあわせになったことで、D・Kは孤独なのだ。なぜなら、もう彼らはすべて死んでいる、この事実に、彼もたった一人で向きあわねばならないからだ。彼らの「不在」を代償に、はじめて彼は、それを理解することができたのだ。

夢のなかで、懐かしい死者に会うようなものさ。それでも、ひとは、夜が明けると、たった一人に戻って、目を覚まさなくちゃならない。君がこの手紙を読むとき、もうわたしが、そこにいられないのと同様に。

もうひとつ。

それはね、人生は、なかなか、クソったれだということだ。

日本兵たちは無数の日記を残して死に、一方、D・Kは日本人の日記文学の研究者になった。この二つのことは、関係あるんだが、それが互いに、どんなふうに関係しているのか、生きてる人間には明確にはわかりそうにないということなんだよ。

無意味かもしれない人間の死は、無意味じゃないのかもわからない。

言えるのは、ただ、そういうことだ。

いくらたくさん兵士たちが死んでも、ひとりのD・Kも現われないかもわからない。たいていの場合が、そうなのだ。けれども、それが、すでに死んでしまった若い兵士に、いったいどんな意味を持つのか。

ひとが生きていることには、それでも、そういうふうにして、無意味なのかもしれない意味がある。わたしは、そういうふうに感じて生きてきた。だから、わたしが君に指摘しておきたいのも、そういうクソったれ、言ってみれば、不確実な愉快さについてなんだよ。

いろんな生きかたがある。これは人間に限らない。

シマウマは、いつ食い殺されるかしれないライオンの一、二メートル横でも、交尾する。

モグラの小便がかかったときにだけ発芽する、キノコの胞子というのもあるそうじゃないか。

なんてこった！

キノコの胞子の一生涯に、モグラの小便をかぶる確率は、いったいどれくらいあるんだろう。けれど、ともかく、それだけを待ってるんだ。じっと、この世界のすみっこで。》

ここから三行、電子メールはブランクになっている。

画面からいったん、私は目を離した。

椅子から立ちあがって、カーテンの片側を開けた。まだ夜明けまで、いくらか時間がありそうだった。

黒い林の傾斜が、街にむかって下っていく。ところどころ、花でも咲いているのか、白い影が、闇にぼんやりと浮いていた。そのずっとむこう、白い人工の光の野が、黒い空のふちまで広がっている。

——これは、母からの「小説」なのか。——

そんなふうにも思えて、私は彼女の姿を思いうかべた。

目が大きく、むかしは美しかった。

いまは、入れ歯の具合いが悪いらしく、口のまわりに皺が寄っている。

彼女は、合い鍵を回して、入っていく。

あの米屋の廃墟のような店先、父が「書斎」につかっていた空間に。もちろん誰もいない。クモの巣が張り、台所の吹き抜けの天窓から、月の光が、白い糸のように降っている。

母は、手探りで蛍光灯をつける。そして、あのひどく旧式なパソコンに、起動スイッチを入れていた。コートを脱ぎ、スカーフを解いて、父のディレクターズ・チェアの背にかける。父の著書やノートを、あちこち、ぱらぱら開く。拾って、また開き、机の上に積んでいく。

どれだけの時間が、あれから経ったのか。

母は、いま、二階にいる。

コートとスカーフを、また身につけている。父の万年床の上で、そのまま腹ばいになっている。スタンドをつけ、バシュラールの『蠟燭の焰』を読んでいる。

また時間が流れた。

母は、階下の父の「書斎」で、古いパソコンのキーボードを叩いている。

いまは二階にいる。

電灯をすべて消し、闇のなかで、コートのまま、万年床にもぐりこんでいる。カーテンのすきまから、月光が少し差しこむ。湿った掛けぶとんを、じっと抱くように眠っている。

もういっぺん、私は考えなおした。

——父のパソコンをどうにか開いて、母はこれを書き、彼のアドレスから送ってきたのか。——それとも、そこにあるハードディスクや、五インチのフロッピー、あるいは机のなかをあちこちいじって、彼からの「返信」を、とうとう彼女は見つけたのか。私に、それを転送してきたのが、これなのか。

　それとも……。


《もう時間がない。

だから、わたしは、さよならを言うよ。

過去のすべての、わたしの父母たちに。

お互いに失敗してしまった、たったひとりの妻だったひとに。

そのひととわたしのあいだに生まれた、子どもたち、一人ひとりに。

最後に読んだバシュラールは、こんなことを書いていた。

幼いころ、おばあさんが、暖炉で不思議な仕業を見せてくれることがあったそうだ。

――よくできた付け木の火を、焔よりずっと上で、煙のなかにかざすと、そこの位置から、煙はふたたび赤々と燃えあがる。――

煙のなかには、気体になった木の成分が、まだ燃え尽くさないまま、含まれているということなんだな。

「怠け者の火は、必ずしも木の精を全部一気に燃してしまうとはかぎらない。煙は輝いている焔を渋々と離れる。焔にはなお燃さねばならぬものが実にたくさんあった。人生においても、同じように、もう一度燃え立たせねばならぬものがたくさんあるのだ!」》

　画面に、私は目を戻した。

まだ、夜は明けはじめていなかった。

引用

ガストン・バシュラール『蠟燭の焔』(渋沢孝輔訳、現代思潮社)

〔八一頁での「出題」は、スティーヴン・W・ホーキング『ホーキング、宇宙を語る』(林一訳、ハヤカワ文庫、原題“*A BRIEF HISTORY OF TIME——from the big bang to black holes*”)に拠っている〕

イカロスの森

アリエクについて書いていたら、ちょうど、アリエク本人から電話がかかってきた。

そういうのは、わりによくあることなのかもしれないが、今度の場合は、ちょっと困った。私たちは、お互いのあいだで、言葉が通じなかったからである。

おととい、午後三時前のことだった。

私は、パソコンの画面に向きあって、かしゃかしゃ、書き加えたり、消したり、行きつ戻りつ、キーボードとマウスであれこれやっていた。サハリン島への旅の記録を書いていたのだ。なかなか、思ったようには、はかどらない。

ル、ル、ル、ル、ル。

電話機が鳴る。

こんなときの電話というのは、うっとうしい。

一度目のコールのうちに、左手を伸ばして受話器を取り、

「はい。」

とだけ、言った。

受話器のなか。ずっと奥のほうで、どこか遠い町のざわめきのようなものが聞こえていた。

「ア……、ウ。」

そこから、声がした。男の声である。

「もしもし。」

私はちょっといらいらしながら、もういっぺん相手に呼びかけた。

ざーざー。

回線のなかをひどい雑音が走って、ちゃんと聴きとれない。

「……、……。……。」

また何か先方はしゃべったが、外国語のようでもあった。

「どなた（フー・イズ・イット）？」

言ってみたが、その男の声は、黙って、これを無視した。

「もしもし（アロー）。何ですって（パルドン）？」

こわごわ言いなおしたら、はっはっはっはっ、と、今度は笑いだした。

かなり、いやなやつである。

それから、いきなり、

「オ・カ・モ・ト！」

私の名を呼んだ。

「――ヤー・アリエク。（ぼく、アリエク。）」

思いがけなく、ロシア語で、相手はそう言ったのだった。

「おお、おお。アリエクか。」

「……ダー、ダー。……オカモト。スパシーバ、……ファタグラーフィー……。」

——写真ありがとう。——

なんて、どうやら言っている。

たしかに、私は彼のところへ、いっしょに撮った写真を送った。けれど、それは、もう、ほとんど一年近くも前のことなのだ。

電話の声は、それきり黙った。

私も、黙った。

というより、私にロシア語ができないように、アリエクは日本語がわからない。英語も、彼はしゃべらない。身ぶり手ぶりも、電話じゃ使えない。だから、お互い、会話のしようがないのである。

アリエクという男は、北サハリンのオハ市で知りあった、もとカニ漁師、というのか、もと漁船員である。カムチャツカあたりでカニを獲り、日本の稚内や小樽、函館あたりの港まで運んでいた。三〇歳を過ぎたくらいでカニ漁船に乗るのはやめて、いまは、自慢の愛車ニッサン・サファリの中古車を元手に、地元のオハでドライヴァーの仕事がときどき舞いこんでくるのを待っている。たしか、私より四つ若い。

去年の秋、私がオハに行ったとき、彼が運転手、ニーナという女性がロシア語－英語の通訳をつとめてくれて、数日のあいだだが、われわれ三人、ずっといっしょに行動したのだった。

「かんぱーい。」

それから、

「すこーし、すこーし。」

北海道の港の酒場で覚えたらしく、アリエクは、この二つの日本語の単語だけ、タイミングをとらえて、みごとな発音でつかうのだが。

ともあれ、これでは、いったいどんなつもりで彼が電話してきているのかさえ、わからない。

ざーざー。

回線中の雑音だけが、沈黙のあいだを埋めていた。

(アリエク。僕が、いま何してたと思う?)

そんなふうにも、できれば私は言ってみたい。

(……君たちのことを書いていた。君と僕とが会話してる場面だ。ニーナもいる。彼女が、ロシア語と英語を交互につかって、通訳してくれている。)


……われわれは、いま、オハの町を離れて、密林(タイガ)のずっと奥へとクルマを走らせ、天然ガスの採掘場を訪ねていくところだ。

エゾマツ、トドマツ、果てしなく針葉樹ばかりが続く密林。そのなかの赤土の一本道をずっとずっと走っていくと、いきなり、森の樹々が二、三百メートル四方ほど伐り払われた場所にぶつかった。銀色で、高さ六、七メートルの縦長のタンクが、中央に一〇基ばかりずらりと並び、金属パイプが、それらを互いにつないで、荒れた土の上を巡っている。宿舎小屋が、敷地の奥のほうに見えていて、前に木のベンチが置いてある。若者と、中年、合わせて五人の男が、そこに座って休んでいる。二匹の黒い犬もいる。

クルマが、敷地のなかに入っていくと、犬たちは全速力でまっすぐ走ってきて、興奮してわんわん吠えたてる。


（そう、あのときのことを書いている。

ちょうど、去年のいまごろのことだったろう？）


アリエクは、宿舎小屋の前までクルマを乗りつけて、ドアを開け、外に出た。そして、彼らにむかって、私のほうを指さし、

「こいつは日本から来た作家だ。ちょっと施設を見せてやってくれ。」

とか言った。

「日本から（イズ・イポーニイ）」。「作家（ピサーチエリ）」。そんな単語が、声にまじっていたから、おおよその見当がついたのだ。

彼らは、きょとんと、最初は顔を見合わせた。それから、ゆっくり、表情を崩していき、やがて、いっせいに声をたてて笑いだす……。

あのとき、いったい何を彼らは笑ったろう。

ともあれ、彼らは親切だった。若者が二人、ベンチからさっさと立ちあがり、私たちの先に立って、採掘場の屋外設備を案内してくれたのだ。二匹の黒い犬も、わんわん吠えながらついてきた。

九月なかば、もう北サハリンは肌寒い。なのに、若者の片方は、明るいグリーンのTシャツを着て

いるだけだった。短髪に、だぶだぶしたジーンズを穿いて、ピンクの肌。名前は、たしかボリースだった。

「寒くない？」

しぐさで訊くと、
へ？

という顔を、彼はした。

「――ぜんぜん。」

もう一人、のっぽで口髭をたくわえた男は、赤いチェックのネルシャツ。毛糸の裏地がついていて、その下に、ハーフジップのトレーナーと丸首シャツを重ねて着ていた。セルゲイ、と彼は名乗った。

ぎっしり並んだ銀色のタンクを連結させて、背丈ほどの高さに、足場が組んである。軽合金の階段を駆け上がり、セルゲイは左手の黒い森のほうを指さした。

「ガス採掘の井戸は、あっちの、タイガの木立ちの奥に掘ってある。そこからパイプラインで、ガスをこっちへ引いてくる。そして、ここにあるタンク――つまり、セパレータのユニットを通過させる。」

ニーナの英語通訳を介して、彼は言った。

「――ガスは、採掘したままの状態では、水まじり……、水蒸気で飽和している。だから、ここの施設で、水とガスとに分離するんだ。」

それから、次には、反対方向の森を指さした。ここの施設から伸び出る幾本もの金属パイプが、ふたたび太い一本に合わさって、タイガの黒い樹々のあいだへ消えていく。

「ガスは、パイプラインで、ここから島を百数十キロ突っ切って、西海岸のポギビという町に送られる。そこから、タタール海峡の海底をくぐって、大陸に渡る。海峡の幅が、あそこは七キロほどしかない。そして、アムール河畔のコムソモリスクの街まで、さらにパイプラインは続いていくんだ。」

Tシャツ一枚のボリースは、のっぽのセルゲイの演説を、ぼさっと、腕組みして聞いている。Tシャツの胸には"EAST LAKE"とロゴがあり、そして、背中にも英文で、《おれたちは、一九九〇年、この地にやって来た最初のチームだ――。》と書いてある。

「一九九〇年から、ここで働いてるの?」

ニーナに通訳してもらって確かめると、は?

という顔を、また彼はした。

「背中に書いてある。」

「ああ、そう? いま初めて知った。」

ピンク色の顔をいっそう赤くし、ボリースは笑った。

「一九八一年だ。ここに採掘場ができたのは。」

セルゲイが、まじめな顔で言った。

「おれが働きだしたのは、一九九三年。」

ボリースも、まじめな顔でつけ足した。

冬の気温は、マイナス三五度くらいまで下がる。夏にも冬にも、自分たち要員は、五日ずつ交代で、ここで働く。冬のあいだ、ここは雪のなかに孤立する。だから、移動の足はヘリコプターだけになる。

口ぐちに、彼らは説明した。

「森の井戸から湧いてくるガスの量は、夏より、冬のほうがずっと多くなる。なぜかは知らないけど、そうなんだ。ただ、ここは、タイガのなかのガス採掘場としては、わりにちいさい。大規模なものは、もっとずっとタイガの奥にあるんだが、夏でも、そういうところへはヘリコプターでしか行けない。道が通じていないから。」

セルゲイが言った。

「ここの採掘場の名前は？」

尋ねると、

「ヴォルチンカ。」

ボリースが、そう答えた。

「〝ちいさな狼〟の意味だ。」

アリエクが、横あいから、そんな説明を加えた。


……ぱらぱらぱらぱらぱらぱらぱら……。

タイガの鬱蒼とした木立ちの上を、ずっと遠くのほうからヘリコプターが一機、飛んでくる。空は明るいが、薄く雲がかかっている。ごま粒みたいな黒い影が、じょじょに、だんだん大きくなる。ヘリコプターの機体はブルーに塗装されている。けれど、赤茶けた錆があちこちに浮いていて、おまけに機体の下半分ほどは泥で黄色く汚れている。

頭上近くに差しかかったところで、空中に、それはほとんど静止した。ゆっくり、横腹を見せるように、機首の向きだけを変えていく。「IKAR」と、機体の胴のところに書いてある。

……ぱらぱらぱらぱらぱらぱらぱら……。

大きな羽根（メイン・ローター）が、けたたましく音をたて、猛烈に回る。声は、これに邪魔され、聞こえない。

垂直に、ヘリコプターは降下しはじめる。機首と尾っぽが、小刻みに、交互に上下して揺れている。風にあおられ、時おり、いっそう大きくぐらりと傾く。横ざまに風で流されながら、少しずつ、われわれの眼前の敷地に、うまい具合いに降りてくる。そして、地面まであと一〇メートルほどのところで、また空中に静止した。

扉が、空中で、半分ほど開く。

人間の腕が二本、その隙き間で動くのが見えている。

大きめの段ボール箱ほどの荷物が、青いビニールシートでくるまれ、三つ、四つと、そこに積んである。二本の腕は、それを一つずつ押し出すように、空中から投げ落とす。どさっ、と、荷物は音を立てて、赤茶けた砂地の地面に落ちる。

乱暴である。

どさっ。どさっ。どさっ。どさっ。

と、荷物は次々、われわれの目の前に落ちてくる。

荷物を一つ落とすたびに、機体が左右に揺れている。

「生活物資よ。魚、肉、バター……それから、水とかね。」

ニーナは、私の耳もとに口を近づけて、言った。そして、機体を見上げたまま、赤いハーフコートの襟元を寒そうに掻きあわせた。風に、白髪まじりの亜麻色の髪がほつれる。枯れ草が、からまりあって玉になり、地面をころがるように散っていく。

ヘリコプターは、ふたたびそのまま舞い上がる。

……ぱらぱらぱらぱらぱらぱらぱら……。

飛来したときと九〇度ほど角度を変えて、別の方向に去っていく。

宿舎小屋の台所に、元気のいい、きれいな女の子がいた。二三、四くらいの。栗色の髪を頭のてっぺんで束ねて、青い水玉のエプロンを掛けていた。小麦粉で、指先から、てのひらまで真っ白だった。大きな鮭のぶつ切りを次々にフライにして、みんなの午後の間食をつくっていたからだ。内臓まで、小麦粉でまぶして、いっしょにこれも揚げていた。

彼女の名前は、何ていったろう？

思いだせない。

もう一人、おばさんもいたな。よく肥えた人だった。食堂のテーブルで、鮭の身をボウルにこそげ落として、それを具にしてペリメニをつくっていた。小麦粉の生地を麺棒で薄くのばして、二つ折りにし、具をはさむ。そして、もういっぺん、皮の両端を指先でくるりと回すようにして留めると、小粒の、白い野ばらみたいな形のペリメニができていく。手品みたいだ。おばさんの指はとても太いのに、それでくるりとひねると、ちいさなペリメニが現われる。そばで、大きなストーヴが、ぼうぼう音をたてて燃えていた。ひどく照れ屋な人で、彼女の名前は、聞きそびれた。

「お茶でも飲んでかない？」

ボリースが言い、食堂のサモワールから、紅茶を注いでくれた。揚げたての例の鮭フライ、それから、砂糖をまぶした揚げパンも食べた。

宿舎小屋の前で、台所の女の子もまじえて、みんなで記念写真を撮った。おばさんだけは、恥ずかしがって出てこなかった。

みんなの前で、私は尋ねた。

「『死の黒い湖』って知らない？」

「わからんな。」

セルゲイが答えた。

「石油の湖だ。油がべったり浮いていて、日が照れば、反射して白く光る。『死の黒い湖』っていうのはニヴヒたちの呼びかたで、おれたちは『鏡の湖』って呼んでいる。」

アリエクが説明を加えたが、

「このあたりに湖はないよ。」

ボリースが、あっさり決めつけた。

ガス採掘場のみんなと別れて、さらにタイガの奥へと、われわれはクルマを走らせた。ちいさな川があった。にわか造りの粗末な橋が、鉄パイプとコンクリートパネルを利用して架けてあった。

橋のたもとに、古ぼけた木材でつくった、貨車みたいな小屋がある。髯(ひげ)づらの若い男が、砂地のベンチに一人で腰かけ、焚き火を突っつきながら、ホーロー引きのカップで紅茶を飲んでいた。ゴムの長靴を履き、黒い髪で、精悍な顔だちだった。灰まじりのブルーの瞳を、その男はもっていた。

あれは、アリエクの友人だった。

煤けた大鍋を焚き火にかけている。蓋を開けると、澄んだスープのなかに、あばら骨つきの大きな肉塊が沈んでいた。

「これは、何?」

「トナカイ。」

と男は答えた。

彼は、ハンターだった。

そして、川の鮭の番人だった。

また、本来の職業は、消防士でもあるというのだった。

「イーガリ。」

と、彼は名乗った。

黒いセーターを着て、がっしりした体つきで、背は低い。

「これは、ぼくだ。」アリエクが、鍋のなかの肉と骨を指さして笑った。「アリエクっていう名は、トナカイ(アリェーニ)に似ている。」

この季節、山火事がタイガに多くなる。だから、一日何度か、イーガリはおんぼろのワゴン車を走らせ、森林の道を駆けまわる。車内には無線機を積んでいる。

強風が、タイガの上を渡る。森じゅうが、波のようにうねる。樹々の枝同士が、互いに強くこすれあう。そこは熱を帯び、やがて自然に発火する。ハンターたちの火の不始末も、たまにある。山火事は、いったん起こると風に追われて、北に走り、西に走りして、黒いタイガの茂み、ツンドラの低い草木を焼きながら、サハリン島では何カ月も燃えひろがる。

山火事の煙を見つけると、イーガリは、無線で消防隊を呼ぶ。

……ぱらぱらぱらぱらぱらぱら……。

やがてオハのヘリポートから、ヘリコプターが飛んでくる。

「彼らは勇敢なんだ。オハの町の誇りだ。」

アリエクが言った。

炎の舌がのぞく白煙にむかって、機首を下げ、切り込むように降下しながら、消火剤を散布する。あとから、消防車も、赤土の道を走ってやって来る。けれど、暗い茂みの深くには、彼らも容易に踏み込めない。

長い冬が終わって、六月もなかばを過ぎると、タイガの雪は、ようやくすっかり溶けてくる。その時期から、一〇月に入って、また雪が積もりだすまで。イーガリは、この川べりの小屋で暮らしている。

鮭が、川を遡ってくるからだ。密漁を、彼はここで監視している。雪のない季節が短いだけに、鮭は早くからやって来る。

はじめ、鮭は、ほんのわずかに。夏が盛りになるにつれ、だんだん増えてくる。八月に入ると、いよいよ黒い背びれを川いっぱいにひしめかせ、海のほうから遡ってくる。

「いまは、もうピークの時期を過ぎている。」

ニーナの通訳を介して、イーガリが言った。

橋の上に立つ。大きな鮭が二匹、背びれで波紋を静かにゆらめかせ、川をゆっくり、さらに遡っていくのが見えていた。

「入ってみても、いい?」

訊くと、黙って、イーガリは、小屋の扉を開けてくれた。

なかは薄暗い。ちいさな窓から、午後の淡い陽射しが、ひと筋、白く斜めに差しこんでいた。細かな埃の粒が、きらきら、光のなかに舞っていた。

翳(かげ)になった木の棚に、鍋とボウル、カップ、金属の皿が、鈍く光を放ちながら並んでいる。薪ストーヴが、床のまんなかに据えてある。木のテーブルの上には、ラジオと石油ランプ。防水ジャケットと丸首シャツが、壁の鉤(かぎ)に掛けてある。

小窓の下にはベッドがある。上半身を横たえるあたりに、陽射しがちょうど落ちている。枕の横に、文庫本ほどの大きさの本が一冊、読みかけで伏せてあった。ずいぶん古い本らしく、表紙は、かどが擦りきれ、丸くめくれている。タイトルのところのインクも薄くなり、細く美しい書体のロシア文字が、滲むように残っていた。

「『死の黒い湖』って知ってる?」

焚き火にあたりながら、私が訊くと、

「知らんね。」

と、イーガリは答えた。

「『鏡の湖』のことだ。」

アリエクが、ジーンズのポケットに両手を突っ込み、言いかえる。燃えのこりの薪を、彼は、ブーツの先で火のなかに蹴りこんだ。

「ああ。むかしは、もっと海のほうまで行くと、見かけることがあったそうだ。だけど、おれがここに来てからは、そんな経験はしたことないな。」

イーガリは答えなおした。

川の水べりのほうへ、彼は一人で降りていく。

やがて、また戻ってきて、

「これ。」

血抜きしたばかりの大きな鮭である。顋(えら)に指を突っこんで、それを持ち上げ、アリエクの顔の前に突きだした。

「——六キロある。」

彼は言った。

あとで私のホテルに戻ると、もと漁船員のアリエクは、革ジャンの内ポケットからドイツ製の鋭いナイフを取りだし、それを見事にさばいてくれたのだった。

あの番小屋のベッドで、イーガリは、何を読んでいたのだろう? どうして彼は、「森に暮らす消防士」と「川の鮭の番人」とを、自分の職業として選んだろう?

彼には、森の隠者になったつもりなどなかったろう。むしろ、無線装置のスイッチをときどきオンにして、彼は、深い森の奥での出来事を、この世界へとつないでくる。

だが、一方——。誰もいない場所で何カ月か燃え続け、やがて、誰にも知られないまま消えてしまう山火事もあるだろう。そうした出来事は、この世界で、どんな意味を持つのだろうか?

アリエクは、古都サンクト・ペテルブルクに生まれ育ったと言っていた。どうして、そこから一万キロ以上も旅をして、北サハリンまで移り住んできたのだろう。シベリアの大地を横切って、それは地球の表面を、ぐるりと三分の一ほども回ってしまう距離なのだ。

いまになって思い起こせば、そんなことすら、私は知らない。

「北サハリンは、自然がすばらしい。オハのまわりだけでも、湖が百以上もある。」

彼は、そう言った。

たしかに、そうだったのだろう。

オホーツクの荒海沿いに、湖が穏やかな光を受けて、彼方まで点々とつらなっている。赤、黄、オーカーに染まりはじめたツンドラを風が渡って、波打たせる。

丘の上から、そんな景色を眺めるとき。

また、獲物の鳥を、水辺の茂みでウォトカを飲んで待ちながら、猟する楽しさを語るとき。

そして、真冬のツンドラに出没する、体重五百キロの眠れぬ迷い熊(シャトゥーン)のおそろしさを語るときにも。

その表情やしぐさを見ていると、彼がどれだけここの自然を愛しているかが、よくわかる。けれども、ふつう、人は、そんな理由だけで、一万キロも引っ越したりするものだろうか。

ちょっと意地悪な気持ちになって、あのとき私は、彼に尋ねた。

「サンクト・ペテルブルクより、北サハリンのほうが、君は好きか?」

「いいや。」あっさり否定してから、彼は切り返した。「サンクト・ペテルブルクも、とてもすばらしい。どこの土地にも、それぞれの美しさがあるものだ」と。

アリエクは、オハ市から西北西に三〇キロほど離れたネクラソフカ村に、いまは住んでいる。北サハリンに来てから、ターニャと恋をした。彼女はそこの生まれなのだと、ターニャ自身から私は聞いた。彼女と恋をしたから、アリエクは北サハリンに碇を下ろすことにしたんだろうか。二四で彼女と出会い、結婚し、サーシャが生まれた。だから、そこが新しい故郷になった。それは、人にとって、ごく当たり前のことなんだろうか?

そう、いろんなことがアリエクについては、いまもわからない。

「カニは儲かった。」

ハンドルを切りながら彼は自慢し、結露で曇ったニッサン・サファリのフロントガラスに、

"¥2,200,000"

指でそう書いた。

それは、彼が買ったこのクルマの値段だった。

「ほんと?」

確かめると、彼はいつものちょっと困ったような微笑を浮かべて、

うん、うん。

といった感じで、いっそう誇らしげにうなずいた。

それから、何枚か、カニ漁船員時代の写真をダッシュボードから取りだして、私に見せてくれたのだ。

一枚は、北海道の寄港地の酒場でのものらしかった。漁師仲間らしい日本人のおじさんといっしょに、カラオケの装置をバックにして、アリエクがピースサインして写っている。

また一枚は、これも寄港中のものらしく、免税店の家電売り場のレジ係のおばさんと、細身の彼が、肩を組みあって写っている。

それから、もう一枚は、ネクラソフカ村の自宅に戻って、居間で撮られたとおぼしきものだった。

アリエクはシャツの胸をはだけて、にやにや笑いながら、仰向けに寝ころんでいる。その胸元や、胸ポケット、ズボンのポケット、ベルトの下、あらゆるところから、ドル紙幣がいっぱい溢れ出ている。床の上にも、からだの上にも、ドル紙幣が撒いて散らしてある。まだ三歳くらいのサーシャが、そのかたわらに立っている。彼も、胸元やポケットをドル札でふくらませ、両手に紙幣の束をおもちゃみたいに握っている。カニ漁の出稼ぎからの凱旋、「儲かった！」という記念撮影だったんだろう。

「バカだね。」

私は笑った。

アリエク自身も、にたにた、その写真を横目で見ながら笑っていた。

「こんな写真を、わざわざ撮ってやってるターニャもターニャだ。」

私はそう言ったが、これはニーナが彼に通訳してくれたのかどうか、わからない。

そして、このとき、私は、

――こいつ、さては密漁をやってたな。――

と思ったのだ。

なのに、それほど儲けたというカニ漁船にも、彼は、もう乗るのをやめていた。

「どうして？」

訊くと、

「トラブルが生じるまで、トラブルはない。」

アリエクは笑って、そんな言い回しだけで、ちょっとはぐらかすように答えた。

それなのに、〝密漁監視人〟のイーガリは、〝もと密漁者〟の彼と、いまだって仲がいい。

サハリン島の印象は、私のなかで、そんなところだ。

どれほどの失業率の高さだろう。まともな仕事口が、なかなかない。若者たちさえ、学校を出てしまうと、バス停あたりで昼間もたむろし、ぼさっとヒマワリの種なんか嚙んでいる。それでも、家庭菜園で野菜をつくったり、豚やニワトリを飼ったりして、どうにかめいめい工夫しながら暮らしている。河口にちょっとしたワナを仕掛けて魚を獲ったり、ベリー類を森で摘み集めてきたりして、路上のバザールでそれを売る。おかしなことに、そうやってつかまえている魚は、たいてい鮭なのだ。それまで咎めだてる気持ちは、誰も持ちあわせてはいないらしい。そして、勤め帰りの人たちが、これを足早に買っていく。

地方の町から、人が出ていく。無人になった工場や集合住宅の建物は、荒れ果てるにまかせてそのまま捨ててある。タイガのなかの強制収容所(グラーグ)だった建物も。老朽化した鉄道路線でさえ、そうなのだ。

ここでは、もう「国」というものが、こうやって朽ちているのだと、私は思った。

イーガリから鮭をもらった帰り道、われわれ三人は、森でいっしょにキノコを摘んだ。あれは土曜日だった。ホテルのキッチンを借りて、アリエクが鮮やかな手ぎわで鮭をさばいているあいだに、ニーナはキノコをていねいに洗って、大きな鍋でゆっくり下茹でしてから、ソテーにしてくれたのだ。

あのときアリエクと私は、ウォトカもずいぶん飲んだ。

「かんぱーい。」

「すこーし、すこーし。」

そればかり、お互い繰りかえして言いながら。

彼の足もとは、いつのうちにか、ふらふらしていた。

「泊まってけよ。部屋に、ベッドがもう一つ空いてるから。そんな状態で、ネクラソフカまで三〇キロも運転していくのは危ない。ニーナだけ、彼女の宿舎まで、歩いて送ってくればいいじゃないか。」

酔っぱらい同士で、私は彼に、身ぶり手ぶりで何度も言った。

「いや、それはできない。」彼は、これだけは断固とした身ぶりで、重ねて斥ける。「町のこんな路上にニッサン・サファリを置いておいたら、朝になる前に、ぜったい消えてしまう。マフィアたちが持っていってしまうんだ。これが〝サハリンの問題〟だ。」

〝サハリン・プロブレム〟——、最後のここだけ、彼は、そんなふうに英語で言った。

殺人とか。窃盗とか。麻薬とか。売春とか。

たぶん、マフィアの商売は、そんなものだけではないのだろう。レストランにも、町の雑貨店にも、ヤミ両替にも、運輸にも、漁業にも、あるいは政治にも。カニだって、きっとそうだろう。あらゆるところにマフィアの網の目はかかっていて、おそらく、これは、もはやひとつの社会的なシステムでもあるのだろう。「国」という強大なシステムが、朽ち腐って崩れる。そこに、マフィアという別種のシステムが、むくむく、森のキノコみたいにあちこちから生え出てくる。キノコを食べながら酔っぱらった頭に、そんな図柄が浮かびもした。しかも、実際のサハリン社会のなかでは、どこからどこまでがマフィアの領分で、また、どこからがそうでないのか、旅行者の目には見分けがつかない。いや、「国」と「マフィア」のあいだには、本質的な違いなど、存在しないということか？

ともかく、私は旅をして、彼らと出会い、数日間をともに過ごして、いろんなことを知らないままに、またこの場所に戻ってきた。

「オカモト！」

ざーざーいう音の向こうで、アリエクが言う。

「……ファクス。」

「あ、あん？」

「ファクス、ファクス。」

急かすように繰り返して、はっはっはっはっ、と、また受話器の向こう側で、その声が笑った。

ファクスか。

気づいて、私はあわてた。

——オーケイ。受話器はそのまま、送信ボタンをそちらで押してみてくれ。——

たったそれだけのことさえ、ロシア語で、言えない。

（どうしよう？）

電話回線のあっちとこっちで、いま、国境と二千キロあまりの距離をはさんで、われわれは同時に凍りついてしまっているわけか。

「パジャールスタ。（どうぞ。）」

わからないだろうな、これでは。と、思いながらも、どうにかそれだけ言った。

「……シトー？（何だって？）」

あんのじょう、アリエクは尋ね返した。

彼が、あきらめて、このまま電話を切ってしまわないかと、私は焦った。いったん切れたら、もう、二度と掛かってこないような気がするのだ。

——いいから押せって。このままで。——

それが言えずに、あわあわ、声を震わせ、

「プッシュ、プッシュ。……プッシュ・ザ・ボタン。……プッシュボタン。プッシュ……。」

と、私は言った。

「……、……、……。」

アリエクは、どこか事務所のようなところでファクス装置を使わせてもらっているのか、ロシア語で、周囲の誰かと、何か話しているらしかった。

——押せって、こっちに言ってるみたいなんだが。いいのか？　いっぺん切らなくて。——

そんな相談をしていたのかもわからない。

「……オーケイ。オカモト。」声が、受話器の向こう側に戻ってきて、言った。「……ダスヴィダーニャ！　（さよなら！）」

ぷつん、と唐突に音が途切れた。

しばらくの沈黙。

やがて、

……ピーー、ヒュルルルルルル、ピーー……。

ファクシミリのかん高い信号音が鳴りだした。

こちらもボタンを押してから、受話器を、そっと、もとの位置に置いてみる。

こんな手順でよかったのか、どうか。不安なまま、ファクス電話機をじっと見る。

しばらくすると、

……かたたた、かたたた、かたたた、かたた……。

機械は、微かな音をたてだした。そして、少しずつ、少しずつ、通信用紙を吐きだしはじめる。

私は、パソコンの画面に目を戻す。そして、マウスを動かし、文章を、いったんずっと初めのほうへと遡る。

○

子どもの私にとって最初の「旅」の経験は、生まれた町から、一人で歩いて外に出てみることだった。

すると、そこにも、町があった。

見たことのない人たちばかりが、通りを歩いていた。彼らも、いつもの私の父親や母親、近所の人びとと同じように、床屋に入ったり、八百屋で大根を買ったり、あくびをしたりする。けれど、いっこうに彼らは、こちらを振りむかない。

誰の関心も引くことなしに、子どもの私は、はじめての町を歩いた。

打ち捨てられたように感じ、からだが透明になったようにも感じ、またいくらかは、自分自身が伸びのびと遠くまで広がっていくようにも、私は感じていた。その感触は冷たく、けれど、けっして悪いものではなかった。

この世界は、こちらに向かって立てられている、芝居の書き割りのようなものではないらしい。このとき、私はそれを確かめた。

子どもは引き返す。生まれた町に戻り、生まれた家に入り、きのうと同じ布団にもぐりこむ。そして、旅の続きを夢で見るかもわからない。

はじめて一人でリュックサックを背負って旅をしたのは、一二歳のときだった。時刻表で列車のダイヤをあれこれ調べ、ユースホステルにハガキで予約して、一〇日間あまり、九州へ旅行しようとした。

父と母は、いくらか前に離婚していた。私は、父のもとで暮らしていた。九州に一人で行きたいと告げると、父は引き止めるでもなく、必要なだけの金を渡してくれた。とくに関心もなかったのだろう。家にいるのはうっとうしかったし、映画館に通うのも飽きてきた。それより、もっと外側の世界を確かめてみたい気持ちになっていた。

一二月も終わり近かった。夜汽車の座席は、帰省する学生たちで混んでいた。窓ガラスごしのプラットホームに、父と肩を並べて、そのときは、母も来ていた。母は、いったん私といっしょに車内まで乗り込んできて、周囲の座席の若者たちに何べんも頭を下げた。ホームに降りてから、窓のむこうで、こちらを向いて、涙をこぼした。それから父のほうを振りむいて、何か言っているらしく、ぱくぱく口が動いていた。

私は、人恋しかった。学校では乱暴者だと目されているのに、その自分が、うまくものが言えていないと感じ、二つの自身のあいだに隔たりを覚えていた。旅に出ると、さみしかった。それでも、旅には一人で出て、見知らぬ誰かが声をかけてくれるまで黙っていた。

未明に、列車は、広島駅の暗いホームに滑りこむ。線路に薄く雪が積もっているのが見えていた。夜が明け、関門トンネルをくぐって列車が北九州に入ると、雪の層はさらに厚くなった。九州北部にもこれほどの雪が降るものとは、それまで私は知らなかった。

ちいさな村、大きな町、道はうねうね曲がりながら、さらに先へと続いている。どこに行っても、そこを世界の中心に、いろんな人たちが働いて住んでいた。

中学に入ると、アルバイトを見つけて、いくらか金を貯めると、学校もさぼって、いっそう私は、よく一人旅をした。寝袋で駅に泊まり、ヒッチハイクし、食パンを嚙じって過ごせば、それほど金もかからなかった。北海道の岬でも、沖縄の先島諸島まで渡っても、さらにもっと先へ旅を続けることに憧れた。

あれは、一四のときだったろう。あのときは東北だった。まだ雪深い春先の東北の北部を、私は旅していたのだ。

旅の途中、たしか津軽あたりにいるときだったか、バックパックの旅行者のあいだで、こんなうわさ話を聞いた。

奥羽山脈ぞい、八幡平（はちまんたい）あたりの深い山中で、おゆきさんという名のきれいな女の人が、一人で旅人宿をいとなんでいる。ただし、電話もない。宿を求めるには、直接出むいてみるしかないという。

時間はいくらでもあったし、旅の目的地はべつになかった。私は、そこに行ってみたくなってきた。「おゆきさん」に惹かれる気持ちも、むろんある。けれど、それ以上に、旅を一日でも長く引き延ばすためには、次の目的地を見つけだしておくことが、とりあえず必要だった。

ヒッチハイクで町に出て、列車を待った。そして一両きりのディーゼルカーに乗りこんだ。乗り換えの駅では、雪が降っていた。長い貨物列車が、待避線で出発を待っていた。たしか、ホームからそのとき飛び降りて、線路を横切り、貨物の最後尾の車掌車に頼みこんで、便乗させてもらったのだ。

「ほんたあ、いげねんだがな。」

白髪の車掌さんは、そう言いながら、車両の上から手を伸ばし、私を引っぱりあげてくれた。

かん高く汽笛が鳴る。連結器の音が、……がちゃん、がちゃん、がちゃん、と、だんだん近づいてきて、軽い衝撃と同時に列車は走りだす。

ゆっくり、ゆっくり、それは走った。窓はちいさく、しかもガラスは汚れて曇っていた。額をくっつける。田んぼは、雪に埋もれて、ただ白い平野の広がりになっていた。

車掌車のなかは薄暗い。

「二時間くれぇはかかるであ。」

丸い筒型のストーヴの上で、やかんが湯気をたてる。それを床に下ろして、車掌さんは、アルミニウムの弁当箱をストーヴにのっけて温める。

眠ってろ。

しぐさで、その人は言う。

かたん、かたん。

かたん、かたん。

堅い座席の背中から、レールの継ぎ目を通過していく台車の音が、揺れといっしょに体に伝わる。

「なすて、こったな季節に。」

しばらく時間をおいて、またその人が言う。

「――まだ誰も行がねえど。そったなどがあ。」

弁当箱のふたに、やかんの番茶をそそぎ、ふうふう吹きながら、うまそうに啜った。

列車が駅にさしかかると、デッキから身を乗りだし、大きな声で指呼をする。

川を渡る。両側に、いっそう山が迫ってくる。

あれは、駅前だった。

私は思いだす。

ちいさなロータリーがあり、古びた木造ペンキ塗りのバス待合所が建っている。車道の雪は、泥とまじって、灰色にぬかるんでいた。そこから、日に数便きりのバスに乗ったのだ。

バスは川を渡る。中洲の葦原に、雪がこんもり積もって、巨大なまんじゅうみたいに見えていた。

傾斜は、じょじょに険しくなる。杉林の暗がりが、車窓をふさぐ。バスは前照灯をともして、うねうね山道をのぼっていく。どんどん、どんどん、のぼっていく。やがて、窓の外はふたたび開けて、眩しくなる。

葉をすべて落とした広葉樹の疎林が、雪原を覆っていた。人家は、どこにも見えない。

「ここです。」

若い男のバス車掌さんが、こちらへ振りかえって、大声で言った。教えられていた土地の名を、あらかじめ伝えておいたからだった。

いっしょに降りたのは、制服に、紺のコートを着た、同世代の女子中学生ひとりだけだ。赤い革の学生カバンと、チェックの傘を提げていた。

バス停の標識もない場所だった。ただ、山の傾斜はいったん緩くなり、ブナの林だけが、雪のなか、小道の左右に、どこまでとなくずっと奥まで続いていた。石の鳥居が、バス道路の左手、その小道へ入っていくところに立っている。バスは発車する。白い排気を残して、ふたたび傾斜を増していく山道を曲がって、消える。

あのとき、たしか、おれはキャメルのダッフルコートを着ていたな——。私は思いだす。前年の暮れ近くに、母親が、街のデパートまで電話でこっそり私を呼びだして、試着させ、肩幅や丈の具合いを自分の目で確かめた上で、買って渡してくれたのだ。

寝袋をくくりつけたバックパックを、また私は背中に担ぎあげる。

空は、午後から夕刻にかかりはじめて、薄く掃いたように曇っている。太陽の位置だけ、磨りガラスを通したみたいに、丸くぼんやり光っていた。

制服の女の子は、石の鳥居をくぐり、もう、すたすたと林のなかの一本道を歩いていく。ほかに人影もない。しょうがなく、私も鳥居をくぐって、いくらかあいだを置きながら、彼女の後ろについて歩きはじめた。

ひと足ごとに、キャラバンシューズの下で、きゅっ、きゅっ、と、雪が鳴る。淡い光が、雪面に樹々の影をおどらせ、ちらちら輝く。林の木立ちは、だんだん深くなる。四、五分ばかりも歩いたところで、いきなり、女の子は振りむいた。そして、私が追いついていくのを待っていた。

「どこに行かれるのですか?」きびしい声で、正面から、彼女は言った。「この道を行っても、わたしの家しかありませんけど。」

まっすぐにこちらを見る。白い息がよぎる。彼女がどんな顔だちだったか、思いだせない。けれど、同世代の女の子の口調に、そのとき、私はひどくたじろいだのだ。

「おゆきさんっていう人の、宿へ……。」

どうにか、そんなふうに答えたろう。

「ああ。」と、彼女は言って、いくらか気を許したように頷いた。「それだったら、こっちです。」

道から直角にそれた林のなかを、彼女は指さした。手袋は嵌めていなかった。冷気で、白い指が、赤くなっていた。

「——この方向にまっすぐ行くと、雪の下に、屋根と煙突が、見えてくるはずですから。うん、二、三百メートルくらいです。」

「屋根と、煙突?」

「ええ。まだ、雪が、けっこう深くて。」

とはいえ、そっちの方向は、いよいよ、ほんとうの林のなかである。除雪の跡もなく、新雪が降り積もったままなのだ。

「こっち?」

その方向を、私も指さし、確かめた。

「そう。」

彼女は笑った。

「——からだも、雪に沈むから。泳ぐようにそれを搔きわけて。」

言われるまま、あのとき、私は林のなかに踏み込んだのだ。

春先の雪原は、表面だけが、ぱりぱりしている。日中、太陽の熱に、いったん薄く溶かされ、またそれが凍っているからだ。踏みつけると、さくっと割れて、ふわふわ沈みこむ。胸のあたりまで、とたんに雪のなかに埋もれた。キャラバンシューズのなかにも、雪は容赦なく入りこみ、足を冷たく濡らしながら溶けていく。どうにか一〇メートルばかり進んで、もと来た道のほうを振りむいた。

制服の女の子は、まだ、そこに立っていた。

「そうそう。その調子。」

また笑った。そして、林のなかの一本道を、自分の家のほうにむかって、もう見返らずに歩いていった。


「——あの子はね、開拓農家の娘さんなの。あそこの一軒だけが、いまでは、このあたりで残ってて。」

あのとき、おゆきさんは、そんなふうに言ったのだった。日が暮れてから、宿への方向を教えてくれたその女の子の話を、私のほうからしたからだった。
三四、五歳だったろうか。眉が濃く、髪を後ろに束ねて、歯切れのいい東京の言葉で話す人だった。
「開拓……？」

もちろん、私はなんにも知らなかった。そのとき、彼女が話してくれたのは、およそこんなふうなことだった。

戦争が終わったとき、おゆきさんは、まだほんの子どもだった。

――満洲や南サハリン（敗戦までの日本領樺太）から、ぞくぞく、現地の日本人の引き揚げが始まった。彼らのなかには、日本の内地に戻ってから、身を寄せていくところのない人も多かった。また、国じゅうが、食糧に不足していた。役所の斡旋で「戦後開拓」の事業が始まり、これに応募した引き揚げ世帯の家族らが、全国あちこちの山奥や荒れ野の未開墾地に入って、土地を切りひらき、小屋を建てて、耕作や酪農を始めた。……たしか、そんなふうなことだった。

「このあたりの原始林に入ったのは、そのうちで、樺太から引き揚げてきた人たちだったんですって。」

と、おゆきさんは言った。

それからほとんど三〇年が過ぎていた。いまは、もうここでは大半の世帯が、山の暮らしに見切りをつけて、町に下って暮らしている。

……がら、がらがらがら……。

二重になった玄関の引き戸をがたぴし開けて、おゆきさんは外に出て行く。月光が、雪の壁にあたって、青白くそこから射していた。雪の階段が、玄関先から、だんだん上のほうにあがっていく。太いつららが、軒先から、何本も鋭くまっすぐに垂れ下がり、水のように光っていた。

大ぶりの土ものの器に、ふわりと雪を盛りあげ、彼女は月明のなかから戻ってくる。ウィスキーのグラスのなかに、ひとかたまりそれを落とすと、じ、じ、じ、じ……と、微かな音を発して、雪は酒になじんで溶けていく。

家のまんなかに、板敷きの、わりあい広い居間があり、囲炉裏が切ってある。私の正面、おゆきさんの隣には、髭づらの若者が一人、物静かに坐っている。

「いまはね、彼にしばらく手伝ってもらってるの。旅の途中、しばらくここに碇泊して。」

おゆきさんが言った。

「朝、起きたら——。」落ち着いた、ゆっくりした声で、青年は口を開いた。「玄関前の板敷きの下を流れてる、雪どけ水で顔を洗ってください。たとえ二日酔いでも、すっきり目が覚めるよ。」

少年の私は、彼の存在を、どこかしら、うとましく感じた。

なぜ、そこに坐っているのが、私ではなくて、彼なのか。けれど、この漠然とした悔しさの理由が、そのとき、まだ自分でも、よくわかっていなかった。

居間の奥には、男女別の相部屋が、一つずつある。部屋ごとに、二段ベッドが二台入れてある。あとは、玄関の側に、おゆきさんたちの私室がそれぞれにあって、台所と、風呂とが、さらにある。ただそれだけの旅人宿である。ここも、かつての開拓農家の家を、もとの間取りのままで使っているということだった。

「サハリン島なら——。」いくらか背伸びしたい気持ちもあって、私は言った。「見たことがあります。」

その前の夏の終わりごろ、北海道の北端、宗谷岬まで旅したことがあったのだ。

よく晴れた、それは風の強い日だった。海峡の海をはさんで、水平線とのあわいに、灰色をした陸の影が、ぼんやり広がっているのが見えていた。

ちゃちな展望台がつくってあって、双眼鏡が踏み台の上に据えつけてある。一〇円玉を一つ入れると、二分ほど、サハリン島をこれで眺めることができた。

はがね色の海が、波間は黒く、うねりながら続いている。望遠レンズの視野を少しずつずらしていくと、薄もやのなかに、その陸地が現われた。

「――むこうの島の海辺の崖上に、プラネタリウムのドームみたいな建物が、二つ並んでいるのが見えました。基地みたいな施設だったのかな。民家らしいものは一つも見えなかった。二つのドームは、金属でできているのか、午後の陽射しで、きらきら銀色に光ってた。」

かたん。

と音がして、所定の時間が終わったらしく、望遠レンズの視界は黒くなる。

「――駐車場の向かい側に、

《日本最北端の店》

って、ペンキ看板を掲げたちいさな売店があって、僕はそこでコーラを買った。栓抜きで開けてもらって、木の椅子に腰掛けて飲んでいた。

『一人なの?』

店のおばさんが尋ねてきたんです。

『はい。』

と、僕は返事した。

『内地からかい?』

と訊くので、

『ええ。』

って、また答えた。

『何しに来たのさ。子どもが、こんなところまで、一人で。』

おばさんは、今度はそう言った。

その言いかたに、僕は、ちょっと、腹がたった。」

おゆきさんと、青年は、肩を並べたまま、いっしょに笑った。

私は黙った。

だって、《日本最北端の店》なんだから。

あのとき私は、おばさんに言いたかったのだ。

あなたは、そのペンキ看板を掲げてここで商売をしている。なのに、僕のほうには、ここに来るべき理由が、ほかにあるとでもいうんでしょうか。おばさん、あなた、ちょっと、そんな言いかた、ひどいんじゃないですか。

そう反論してやりたかったのに、僕は、黙っていた。そして、ちびちびコーラを飲んでいた。

——と、そういう気持ちを、おゆきさんに伝えたくなり、そのとき私は言いかけたのだけれど、また途中で、黙ったのだった。

ともあれ、《日本最北端の店》のおばさんは、そんなことなど、気に留める様子もなかった。

「うちのとうちゃん、戦前は、商売で何度も、樺太さ渡ってたんだ。きょうは、よく晴れたから、見えたっしょ。」

「おとうさんが……。」

いきなり、そんなことを言ったりした。

「いや、いや。ちがう。亭主だ。」おばさんは私の言葉を訂正した。「戦争中は、兵隊にとられた。それから戦争が終わるまで、ずうっと、オロスケとの国境線のところで、国境警備やってたんだ。」

「オロスケ?」

「ああ、いまの子は。」おばさんは笑った。「ロ・シ・ア。……ソ連。」

そういって、壁に貼ってあるみやげ物のサハリン島のペナントを指さした。ひどく南北に細長い島を、ちょうど真ん中あたりで断ち切るように、東西方向の赤い線が、一直線に入っている。

「――あそこんとこが国境、戦争が終わるまで。北緯、五〇度線。」

おばさんは言った。国境線、それをどんなふうに思い描けばいいのか、わからなかった。深い森のなかを、まっすぐ、赤い線が走っていくようにも感じていた。

自分は宗谷生まれで、ここから外に出て暮らしたことは一度もない。だけどもさ、日本が戦争に負けて、そのときから、ここの家が、とたんに《日本最北端の店》になったんだ。そんなようなことを、たしか、あのおばさんは言っていたのだ。

かつて樺太と結んでいた連絡船は、もう稚内の埠頭から出ていなかった。船だけではなくて、飛行機も、日本からの便はどこにも存在していなかった。その島は、ただ、そうやって遠くから眺めることができるだけの場所らしかった。

記憶は、点々と、飛んでいる。

「……あの女の子の家のおとうさんはね――。」

おゆきさんは、話をもとに戻して、また言った。

山仕事を請け負って、沢から沢へと、いまでも山林を渡っている。冬のあいだも、伐り出しは忙しい。いったん山に入ると、家へは戻れない日が続く。

「おかあさんは——。」

ちいさな畑を耕し、牛の世話をする。ここから谷あいをさらに奥へ入ると、なだらかな山地が開けていて、夏にはそこに牛を放しておく。

味噌とか。

砂糖とか。

りんごとか。

牛をよく肥えさせる食べ物をかかえて、毎日、その傾斜地へと通っていく。

いまは、雪がある。親牛は、家の小屋にいる。雪溶けごろには、子牛が生まれる。うまく育てて、秋には町のセリ場に連れていく。

「おゆきさんは？」

私は尋ねた。

「わたしは違うの。ただの旅の者。」

リュックサックを背負って、ずっと彼女も、旅をするのが好きだった。ここから遠くない湖畔のユースホステルで、住み込んで働いていたこともある。そのうち、自分でも宿を始めたくなってきた。

「あちこち歩いて、ここを見つけたの。林のなかに、平屋の空き家が、いくつか建っていて。町に下りて、ここの持ち主のお宅を訪ねていって、頼み込んで。それで、土地が売れるまでっていう条件で、去年の夏前に、貸してもらえたばかりなの。」

「それにしたって。」かたわらの青年を無視したつもりで、私は尋ねる。「こんなところで、一人きりで冬越えしたりするのは、こわくないですか？」

「心細かった。」おゆきさんは即座に答えた。「とくに、最初にどっと雪が降った日。わたしね、雪下ろしなんかは、慣れてるつもりでいたの。だけど、ここの雪は、はんぱじゃなかった。屋根にあがって、まず一方の雪を下ろして、次には逆向きになって、反対側の雪に取りかかるでしょう。ちらっと、もとのほうを振り返ると、もうそこは雪に埋もれてて。そのあいだにも、どんどん、どんどん、小屋全体が、まっ白な沼のなかに沈んでいくような気持ちに襲われるの。泣きながら、それでもシャベルを動かして。」

だけど。

と言って、おゆきさんは笑った。

「――なにか思いたつときって、だいたい、そんなものでしょう?」

この世界は、いったい、どこまで続いているのか。私は、その輪郭を、確かめてみたかっただけなのだ。

十代も後半になるにつれ、取り憑かれたような旅行熱も、私のなかで少しずつ冷めていった。

バスを降りる。

雪のなか、ブナ林の道を歩いていく。

前を歩いている女の子が、振り返る。

それは覚えている。

けれども、あれは、どこだったのか。いつのうちにか、確かなところは、もう思いだせなくなっていた。

○

……かたた、かたた、かたたたた、かたたた、かたたた……。

ファクス用紙が流れ出てくる。

冒頭の紙の耳の部分に、送信記録が、英文でちいさくタイプアウトされている。

“FROM : Ikar Sakhalin Aircompany Russia
PHONE NO. : +42437 2015　Sep.11 2001 04:47PM”

やっぱり、「IKAR」か。

アリエクは、オハのヘリコプター会社イカル――「イカル・サハリン空輸会社」の事務所で、ファクス電話機をちゃっかり借り受けて、これを送ってきているらしいのだ。

……かたた、かたたたたたた……。

“Okamoto Takashi !”

アリエクの鉛筆文字で、私への宛て名が、ローマ字で大きく書いてあるのが見えてくる。

サハリン島は、時刻だけはまだ「夏時間」で、日本との時差は二時間。

もう、むこうは、そろそろ夕方だ。

「見つかったわよ。オハでのドライヴァーと英語通訳。ドライヴァーが一時間七ドル、通訳が一時間二ドル。……」

○

ユジノ・サハリンスクからオハに向かう、出発前夜。

国際旅行社（インツーリスト）に勤めるタマラは、ホテルのちいさなロビーで、外出先から戻ってくる私を待っていた。目つきの宜（よろ）しくないホテルの用心棒が二人、彼女を両側から挟むように、左右の一人掛けのソファに座っていた。片方は、痩せた中年男で、ネクタイなしのワイシャツに、くたびれたスラックスをはいている。顎に無精髭。長い両足を組んだまま投げだして、つけっぱなしのロビーのテレビを、口をなかば開いて眺めていた。タマラが私に英語で声をかけたとき、ちらっとそっちに目を向けたが、すぐ、もとに戻した。

もう一人は、まだ少年っぽい小柄な若者で、坊主頭にダブルのスーツなんかきちんと着込んで、広げた新聞から、尖った目線をちらちら周囲に走らせてみたりする。

「こんばんは。（ドーブルイ・ヴェーチエル）」

ドスを利かせたちいさな声を出し、彼は腰を浮かせて、私に席を譲ってくれた。そして、少し離れた別のソファに座りなおして、また新聞を読みだした。

サハリンの州都ユジノ・サハリンスクは、全長千キロのこの島の南端に近く、オハから八百キロほど南に位置している。

　この街のホテルやレストランは、どこも玄関の周囲に、こうした男たちを一人か二人、置いている。店内の安全確保のために、安全を危うくしそうな当の相手を、あらかじめ雇い入れておくようなものらしい。もっとも、彼らとて昼間のうちは時間をもてあまし、厨房のなかに入って、調理係の若い女たちのペリメニづくりを手伝っていたりする。

　大柄なタマラは、ダークチェリーのスーツに身を包み、両肩を縮こめて座っていた。膝丈のスカートの上に、黒い大きなバッグを載せている。

「そうか。助かったよ。どうもありがとう。」

　私は言った。

　オハなんかで通訳できる人間を見つけだすのは難しい、と、あれほど言っていたタマラだが、どうにか英語通訳を探し当ててくれたのだ。

「どういたしまして。」

　黒ぶちのメガネごしに彼女は微笑し、スカートの裾を、バッグの下でちょっと直した。レスリングのテレビ中継が終わって、中年の用心棒が、そこに目を落としたせいらしかった。

「じゃあ、あしたオハでは、どこで、僕は彼らと落ちあえる？」

「空港に迎えにきてくれるでしょう。飛行機の到着時間は知ってるはずだから。」

「名前は？　彼らの。」

「知らない。会ったら、ご本人たちに直接訊いてみて。」肩をすくめて、タマラは笑った。「わたしも、オハなんて、行ったことがない。」

そんなものらしいのだ。

「だったら、どうやって君は……？」

釈然としないまま、私は訊いてみた。

「まず電話をかけたの。オハでのルートを持っていそうな人たちのところへ。

『何日の飛行機だい？　その日本人（イポーニッツ）がこっちへ来るのは。』

知らない人から、きょうの午後になって、いきなり事務所に電話があった。それだけのことよ。あなたさえ、この条件でオーケーなら、あとは彼らがうまくやってくれるでしょう。」

じっと、私の視線をとらえてから、彼女は言いたした。

「――これが、サハリン流の旅行術なの。非正式（インフォーマル）なね。もしも、あなたにもっとたくさんお金があって、一日五、六百ドルの正規料金をインツーリストに支払えるなら、あなたは外国人旅行者としての『正式（フォーマル）』な扱いで、通訳とドライヴァーのサーヴィスを受けることになるでしょう。ただし、どっちの場合でも、あなたをサポートしに現われるのは、たぶん同じ人たちよ。そして、あなたが支払う大金のほとんどは、ドライヴァーも通訳も、そしてわたしも、誰の財布の中身も潤さずに、結局、一切あずかり知れないところに消えていく。

もしも、ここの社会にインフォーマルな扶け合いがなかったら、サハリン島の六〇万人の住民は、無事に生きてこられたか疑わしい。『統計的』にはね。生きるために、人は、お互い、融通しあう。外国人のあなたが、そのお裾分けに少しくらいあずかっても、誰が迷惑をこうむるわけでもない。」

とは言っても、ほかならぬタマラ自身が、「正式（フォーマル）」に外国人客から外貨を稼ぐ、半国営の旅行会社の社員なのである。

「その点は、いいの？　あなたの立場としては。」

尋ねざるを得ないではないか。

「二四時間、ずっと社員でいる必要は、わたしにはない。」きっぱり、彼女は言い放った。「……それにしたって、一時間二ドルの英語通訳なんて、インフォーマルな値段でも、これは格別に安い。ツイてるって、お思いなさい。」

「ちゃんと彼らと会えるだろうか？」

「あのね、あした、あなたが乗るのはジャンボジェット機じゃないのよ。」細い眉を、片方だけ吊りあげる。「たった三〇人ほどしか乗れない、しかも一週間に二便きりのプロペラ機なの。そのなかに、一人だけ乗ってる日本人旅行者を、どうやって見逃すの？」

「だいじょうぶかな？」

まだ不安で、しつこく私は念を押す。

「すべてが予定通りっていう保証はない。たぶん変わるでしょうね、人生と同じで、いろんなことが。」歌うように言って、タマラはウインクした。「だけど、行ってみなさい。サハリン島で、もしも何かをお探しなら、そうでもしないと見つからない。」


オハ空港に、結局、出迎えらしき人影はなかった。二〇人ほどの乗客は、機体のトランクから投げおろされる荷物を受けとると、たちまち、家族らしい迎えのクルマに乗るか、滑走路をそのまま歩いて散っていった。

九月なかば、もう冷たい風が吹き抜ける。曇り空。遠くに見えるヘリポートのスポットで、赤、青、オレンジのヘリコプターに、Tシャツ姿の大柄な男たちが取りついて、機体の整備か、ひどくゆっくりした動作でうごいていた。

滑走路わきのエプロンに一人残って、どれだけのあいだ、私はそれを見ていたろう。

やがて、滑走路のむこう側から、白いぽんこつのワゴン車が、仕切りの鉄柵を開けて、こちらに入ってくるのがちいさく見えた。滑走路の上を、フルスピードで突っ切って、それは走ってくる。どんどん、こっちに迫ってくる。そして、ブレーキを踏み込み、タイヤを激しく軋ませながら、私の目の前で急に停まった。

《ロバのパン》

ワゴン車の側面には、大きく、太い日本語のロゴタイプで、そう書いてある。

バタン。

激しくドアを後ろ手に閉めて、赤鼻で、ぼさぼさの赤毛、あばた面。中年の大男が、運転席から降りてきた。

そして、

「乗りな。」

というしぐさで、彼は自分のあたまを、軽く、助手席のほうに傾けたのだ。

サハリン島を走っているクルマは、おそらく半数くらいが、日本製の中古車である。ロシアの漁船や貨物船の船員たちが、日本の港に寄港するたび、中古車業者から買いこみ、船に積み込んで戻ってくる。業務用のクルマは、「〇〇商会」とか「××運輸大田営業所」とか、日本語の屋号や、電話番号まで、車体に残したままで走っている。

だから、この赤鼻の男も、きっと、パン屋というわけではないのである。とはいえ、ジーンズにグレーのジャンパーを引っかけた、この大男は、いったい誰？　マフィアの親分にも見えないが、堅気というわけでもなさそうだった。

「頼んでいたドライヴァーか？」

英語で訊くと、男は首をかしげてしばらく考え、

「ノー。」

そして、

「――ホテル。」

親指の腹を上げてみせ、低い声で、ひとこと、また言った。

もう、こうなったら、オハには頼れる人もない。ひょっとしたら、どこかのホテルの番頭なのかもしれないではないか。そう思い決めて、後部座席にバッグをほうり込み、私が助手席に座ると、男は無言でワゴン車を発進させた。

空港の鉄の柵囲いから外に出て、ぐんぐんスピードを上げつつ、荒れた丘陵を上下しながら、走っていく。周囲に広がっているのは、奇妙な光景だった。地熱でもあるのか、高さ二メートルばかりの鉄パイプが、赤土の土地のあちこちに埋けてある。工場らしい建物が、赤錆びた姿で、そのなかに立っている。低地に下り、また上がって、道は、ずっとむこうに見える丘のうえまで続いている。

二〇分ほど走ると、眼下に、やがて、ちいさな町の広がりが見えてくる。

クルマが、また急ブレーキで停まったのは、ひび割れだらけの市営住宅みたいな団地、そのひと棟の前だった。

どの棟にも、最上階の五階まで上がっていく階段のエントランスホールが、四カ所ある。けれど、《ロバのパン》のクルマが停まった場所の入口だけは、重そうな赤茶けた鉄扉が、がっしり塞いでいる。

――どこに行こうというんだ？　ホテルに行くんじゃなかったのか。――

そう言いたいのだが、そのロシア語がわからない。

男は、運転席から降り、後部座席から私のバッグを取りあげて、もうすたすたと先に立って歩きだす。数段のステップを上がって、鉄扉のかたわらのベルを押している。

《гост. Охабанк》

ベルの上には、表札程度の真鍮製のプレートがついている。

それを指さし、男は、こちらに振りかえり、低い声でなだめるように、

「ホテル。……ホテル・オハバンク。」

とだけ言った。

ガチャン。

内側から、鈍い金属音が響き、鍵が外れたらしかった。

鉄扉を引く。薄暗がりのなかに、けれど誰もいない。暗い階段を上がっていく。塗料の剝げた壁。

二階の階段ホールも、さらにいっそう暗くなる。

左手のドアが開いていて、奥にちいさなカウンターがあり、スタンドランプが点っている。そのむこう側、金髪に弱い光を受けて、中年の女が座っていた。

「ようこそ（ズドラーストヴィチェ）。」

ハスキーな声で言い、彼女は立ち上がらずに、微笑した。

白黒画像のちいさなテレビモニターが、カウンターの隅に据えてあり、さっきの鉄扉の前のステップが、頭上からのアングルで映っている。遠隔操作で、ここから、彼女が鍵を開けたらしかった。

私のバッグを、赤鼻の男は、どしんとカウンターに下ろす。それから彼らは、早口にしばらく何か話しあった。

「……ダー、ダー。……スパシーバ。」

女主人は、やがて笑って男に礼を言い、その会話を締めくくる。私の身柄は、どうやら、彼女のほうに移されたものらしかった。

「さよなら（ダスヴィダーニャ）。」

右手を軽く挙げ、男は初めて笑顔を見せて、出ていった。黄色い歯と、痩せた歯茎まで、よく見えた。

やがて、ぶいん、と、出窓の下で《ロバのパン》がエンジンをふかす音がした。土の路上を激しくターンしたらしく、きゅるきゅるという摩擦音を残して、たちまちそれは遠のいて消えていく。

小刻みにドアをノックする音で、目が覚めたのは、それから数時間後のことである。陰気なベッドルームのコンクリートの壁に、深い山吹色の陽が当たり、もう夕刻らしかった。

ドアを開けると、

「あなた、オカモト？」

赤いハーフコートを着けた初老の女が、いきなり英語で尋ねた。

「そうですよ。」

「捜したわ。ドライヴァーといっしょに、町じゅうを。」

くたびれきった表情で、ため息をつき、ほっと両肩を落とすしぐさをして見せて、初対面のニーナは言った。

すらりと長身で、顔がちいさい。白髪まじりの亜麻色の長い髪を、きちんとセットし、頭頂にまとめている。黒いスラックスをはいている。

「──ドライヴァーが、うっかり、滑走路への入構許可証を、どこかに置き忘れてきたらしくて。だから、わたしたちは空港の待合室で、あなたが出てくるのを待っていた。けれど、いつのうちにか、人影はみんな消えてたの。」言いながら、彼女は自分ひとりで、今度は笑いだした。「それから、あわてて空港と町とを四回も往復して、やっと、いま見つけた。ごめんなさいね。あなたも、不安だった?」

「ええ。かなり。」

ただそんなふうに答えたが、眠っていたとは言いそびれた。

背筋をぴんと伸ばした美人である。

「七〇歳よ。娘と、孫がいる。」

付けたすように、彼女は言った。

ニーナは、アエロフロートのもとスチュワーデスだった。オハのヘリコプター・チームに、英語の速成レッスンの講師役を頼まれ、大陸のハバロフスクからやって来て、たまたま、三週間前からこの町に滞在しているということだった。ヘリコプターのパイロットたちは、他国のヘリコプター・チームとも連携が取れるよう、管制用語を含めた英語の知識を、大急ぎで頭に詰め込む必要があったのだ。

「このレッスンも、もうじき終わり。月が明けたら、彼らはパプア・ニューギニアに派遣される。」

「え？」

聞き間違えたかな？　そう思って、訊き返した。

「パプア・ニューギニアよ。赤道直下の。」

ゆっくり、もういっぺん、彼女は言いなおした。

「何をしに？」

「たぶん、何か救援活動なんでしょう。……それとも、スパイ活動かしら？」

ちょっと皮肉な冗談口をきいてから、ほほほほ、と、また笑った。

パイロットたちへの英語レッスンは、平日の夕食後の時間に、毎日やっている。

「だから、その時間さえ外せば、通訳をするのは、あなたの必要次第で、わたしはいつでもいい。」

ドライヴァーらしい男が、彼女の背後の暗い階段ホールの下から、足早に上がってきた。革ジャンにジーンズ、手のなかでクルマのキーをちゃらちゃらもてあそび、ちょっと困ったような照れ笑いを浮かべていた。

「こんちは（ズドラーストヴイチェ）！」

言いながら、右手を差しだし、

「――アリエク。」

と彼は名乗った。

さっきの赤鼻の《ロバのパン》の男が、いったい何者だったかは、わからないままだった。

○

……かたたた、かたた、かたたたたた、かたたた……。

サハリン島から、アリエクのファクスが流れてくる。

“Привет из Охи! С острова Сахалин!……”

アリエクの鉛筆文字は、やたらとたくさん「！」を、文末に付けている。

あとでゆっくりロシア語の辞書でも引かないと、私にはちんぷんかんぷんで、まったくわからない。

本文は、大きな、きちょうめんなロシア文字で、書いてある。

文末に、「アリエク」のほか、「タチヤナ」と「アレクサンドル」——つまり女房のターニャと息子サーシャの名前も、差出人として連ねてある。これは、ロシア文字とローマ字、その両方で書いている。

ざ、ざーっ。

余白の部分の紙が、機械から流れ出る。

……ピーッ。

信号音が鳴り終わり、ファクスの機械は動きを止める。そして、部屋は静寂をとりもどす。

窓の外は、まだ雨。

手紙は一枚。本文は、たった六行だ。

○

オハに着いた翌朝。デイパックにいくらかの資料をつっこみ、ホテル二階のロビーに降りたのは、九時二〇分ごろだった。

「おはよう。」

ニーナは、もうソファに腰掛け、しゃんと背筋を伸ばして待っていた。

「おはよう。」私は返した。「早いですね。約束の時間まで、まだ三〇分近くある。」

こげ茶と白のアンゴラのセーター。赤いハーフコートを畳んで脇に置き、唇にヴァーミリオンの口紅をつけている。テーブルの上に新聞があり、いままで読んでいたのか、鎖付きで細い金属フレームのメガネをかけている。

「よく眠れた？」

メガネをはずして、彼女は、胸もとにそれをぶら下げた。

「ええ、ぐっすり。」

「いかが？　オハで初めての朝は。」

「シャワーのお湯がちゃんと出てくれるかどうか、心配にはなりましたけど。それ以外、気分は良好。」

デイパックを足もとに置き、隣のソファに、私も腰を下ろした。

「オハに来たのは、わたしも今度が初めてなの。そして、もう、これが最後。いざ来てみると、風は強いけど、雨はそんなに降らないし、寒さもまずまずで、思っていたほどオハの町は悪くない。年をとってくると、そんな程度のことが、うれしく感じられるようになってくる。」

「けさは、少し、雨が降ってる。」

ニーナの背後の出窓ごし、レースのカーテンの向こうで、細かな雨粒がときおり風に運ばれ、窓ガラスを濡らすのが見えていた。

「ええ、三週間ここで暮らして、雨はこれで二回目。でもね、傘なしで、きょうはわたし、ここまで歩いてきたのよ。一〇月に入れば、もう、すぐに雪だということだけど。」

ああ、ところでね、オカモト——。思い出したように、彼女はさらに言った。

「——アリエクが少し遅れる。さっき、電話があったの。急にほかの仕事が入ったとかで、お昼近くになりそうだって。だから、お気の毒だけど、きょうの午前中は、クルマがない。」

「だいじょうぶですよ。とくに急ぎの用事もないから。」

「ならいいんだけど……。ちいさな博物館が、この近くにある。しばらくここでおしゃべりしてから、そこまで歩いて出かけてみるのは、どうかしら？　きっと、お昼ごろには、雨も上がるでしょう。」

「うん、いいですね。」

「プラスチーチェ、パジャールスタ……。（あの、すみませんが……。）」

薄暗いカウンターでぼんやり肘ついているホテルの女主人に声をかけ、ニーナはコーヒーをふたつ頼んだ。そして、私のほうに向きなおって、微笑した。

きのうの夕方、ニーナとアリエクがホテルに私を探し当てたとき、三人とも、どうやら腹ぺこだった。

「空港と町とのあいだを、四回もよ。」

ニーナは、からだが冷えてしまった様子で、寒そうに手の甲を擦りあわせて、もういっぺん、少しこぼした。昼食をとる暇もなく、ずっと彼らは、私を探していたらしいのだ。

夕暮れ前の町に飛びだして、市役所前の広場のカフェで、われわれは壺に入ったスープ仕立てのペリメニを食べた。

はふはふ、やけどしそうな熱さのペリメニを、壺のなかからスプーンで掬(すく)いだす。

「おいしい(フクースナ)。」

そう言うと、

「そうそう(ダー・ダー)。とてもおいしい(オーチン・フクースナ)。」

屈託なさそうに、アリエクは笑った。

豚の挽き肉を具にした小粒のペリメニが、サワークリーム入りの淡泊なブイヨンスープに、たくさん沈んでいる。奥歯でそっと噛む。薄皮が、はじけるように破れて、熱い肉汁が舌の上にこぼれだす。

食べながら、私は、少年のころの旅の話などをした。宗谷岬から遠く眺めたサハリン島の影とか。偶然行き着いた、南サハリンからの引き揚げ家族らの開拓集落とか、そんな話だ。

それから、

「『死の黒い湖』って、知ってる?」

アリエクに訊いてみた。

「いいや。」

そっけなく彼は答えた。

しかたがないな、と思って、ペリメニをまた食べた。そして、念のためにと思って、おおよその話をしたのだった。

「そうか……。」

「あのね、僕が、本やなんかから知っているかぎりで、それはこんなところだ。

——サハリン島の北東端、オホーツク海の側に、「死の黒い湖」がある。いつも静かで、さざ波も立たず、どれほどの深さがあるのか、水面は真っ黒に凪いでいる。陽の向きによって、反射で、それは銀盤のように光る。

水鳥が、空から、まっすぐ黒い湖に舞い降りる。やがて羽音は消える。鳥は二度と空に飛び立たない。この湖は、あらゆる命をとらえて、呑みこんでしまうのだ。「死の黒い湖」、そう呼んできたのは、あたりを狩り場としている先住民ニヴヒの男たちだった。

「石油に違いない。」

一八八〇年。この噂にいち早く目をつけたのは、大陸のアムール河口、ニコラエフスク在住のロシア人の商人、イワノフだった。

イワノフは毛皮商だった。毎年夏になると、彼は大量のウォトカを携え、タタール海峡を対岸に渡って、サハリン島にやってきた。そして、ニヴヒの男らを酔っぱらわせては、つまらない生活用品を貸しつけて、次の冬のクロテン猟の獲物までカタとして取り上げる。さらには、乱暴な手口で貢ぎ物を取りたてた。しぶる者は拷問し、ときによっては縛り首にした。

「死の黒い湖」の噂を知ると、さっそく彼は、石油の探査と試掘の許可を、沿海州の役所に申請している。けれど、許しが下りる前に、イワノフは死んでしまった。——

「ああ……。」

なんだ、それのことか、といったふうにアリエクは笑った。

「鏡の湖（グラス・レイク）。」

彼の答えを、そんなふうにニーナは訳した。

「——ほら、いまあなたも言ってたことだけど。もしも湖に石油が浮いてたら、太陽の向きによっては、光線の反射で、湖面が『鏡（ルッキング・グラス）』みたいに輝いて見えたりする。そんな状態のことを、彼は言っている。」

「どこにある？　その湖は。」

「そこらじゅう、いたるところに、いっぱいあった。」アリエクはまた笑った。「ここはオハだ。サハリン島でいちばんの油田地帯だからな。道端のぬかるみまで、石油が黒く浮き出て、なにもかもがそんなふうに黒く光ってたんだ。」

「光ってた、って？」

過去形なのが気になり、訊きかえす。

「いまは、もう、そんな湖は、めったに見かけない。」窓の外の街路を、彼は指さした。「この町の建物は、五年前の大地震のせいで、どこもひび割れだらけでひどいもんだ。けれど、道路だけは、土のままのところにも、もう石油が滲んでなんかいないで、こんなにきれいだし。きっと、オハの陸地からは、もう石油が尽きかけてるんだよ。」

「その湖を見たいと思って、僕はオハに来た。」

「タイガのずっと奥なら、たぶん、まだ残っているだろう。ただし、クルマじゃ行けない。ヘリコプターで行くしかないんだが、チャーター料は一時間に四千ドルだ。」

「四千ドル？」

思わず私は笑った。ニーナの通訳料の二千倍じゃないか。

どうして、ここでは、値段がこんなにデタラメなのか。

「わかった。じゃあ、とにかくクルマで探そう。運が良ければ、何か見つかることだってあるかもしれないし。」

「探してみないと、わからないのか？」

「このごろの『鏡の湖』は、逃げ足が速い。」おかしな言いかたを彼はした。「たとえ見かけたときでも、次に来てみると、ただの真水の湖に戻っている。いきなり探し当てるのは、だから、なおさら難しい。そんなものを見たいっていう人間が、いたとしたらの話だけれど。」

手を伸ばし、紙ナプキンで、彼は口をぬぐった。

「――ほかにも、見たいものは、何かある？」

「日本人捕虜の墓地があるかもしれないって聞いたんだが。第二次大戦後の。いまも、残っているんだろうか？」

「それも、ぼくは知らない。」笑って、手帳に彼はメモした。「あしたまでには、ちゃんと調べておく。」

当てにしていていいのかどうか、アリエクは、まだ来ない。

「オカモト。じゃあ、わたしから、ひとつ質問。どうして、あなたは『鏡の湖』なんかに興味を持ってるの?」

コーヒーに落としたクリームをゆっくりかき混ぜ、かたん、と、ニーナはスプーンを受け皿に置く。

「まあ、なんとなくだけどね。」

「もちろん、興味なんて、なんとなくよ。」

「偶然もある。」

「もちろん。人生は、ほとんど、それによってできている。」

彼女は微笑を浮かべて、じっと見る。

「ええとね、何から説明すればいいのかな。少年のころ、旅の途中で、山のなかのちょっと不思議な場所に行き着いた。そこは、南サハリンからの引き揚げの人たちがひらいた開拓集落だった。この話は、きのう、したよね。もう、二十何年も前のことだ。そのときには、すでに、最後の一軒になっていたのだけれど。」

「ええ、聞いたわ。あなたの初めてのロマンスみたいなお話を。」

ちょっぴり皮肉っぽい例の口調で、ニーナは言った。

「実は、三年ほど前の春の終わりのことだけど、僕は、もういっぺん、そこに行ってみたんだよ。」

「あら。センチメンタル・ジャーニー?」

「もちろん、それもあるかもしれないが。そのしばらく前に、僕は離婚していた。いよいよせいせいして仕事に集中できるつもりでいたんだけど、現実はそうでもなかった。頭のなかがね、まっ白なんだよ。なんだろうな、あれは。コンピュータの画面に向きあっても、考えがとりとめなく広がっていくだけで、ひと文字も書けないんだ。それまでは、どんなにひどい夫婦喧嘩をしながらでも、僕はずっと自分の作品だけは書いてきたのにな。」

「離婚だったら、わたしも経験はある。四〇年も前に。だけれどね――。」彼女は笑った。「センチメンタル・ジャーニーの余裕なんて、とてもなかった。乗務過多の腰痛と、生まれたばかりの赤ん坊を抱えていたから。」

「たしかに、僕には子どももいなかったし、ひどい腰痛もまだなかった。だから、気楽と言えば、まあ、そうなんだ。晴れた日には公園のベンチなんかに一日中座ってね、ただぼーっとして、しばらくのあいだ毎日をすごした。そうやって何をしていたかというと、空想のなかで旅をした。これまでの人生をまじめに振り返ろうとするのだけれど、いつのうちにか、空想のなかでも僕はやっぱり家から抜け出して、旅を始めてしまってるんだよ。

　自分のなかの原始人みたいなものが、そんなときには、ものを考えている気がする。川の流れに行き着けば、その川が海に注ぐところを見たくなる。海の彼方に島影が見えれば、そこまで渡ってみたくなる。地平線が見えれば、そこまで歩いて、むこうを確かめたくなるだろう。たぶん大昔のひとも、そんな取るにたりないような動機で、旅を始めたりしたんだろうと思うね。だってさ、はるかな沖にむかって点々と連なるちいさな島づたいに、遺跡が残っていたりする。地球上のいたるところに、そんな場所があるらしい。だけど、大きな陸地から、危険を冒してわざわざそんな小島に渡っていっても、暮らしが豊かになるはずもないじゃないか。

　そんなことをぼんやり考えているうちに、長いあいだ僕自身も、一人旅なんかしていないことを思いだした。もう、少年のときみたいな旅はしていられないかもしれないが、あのころの僕が旅した場所を、いまの僕自身の目で、ちょっと覗いて、確かめてみたくなったんだよ。

そんなばかげたこと、離婚のあとくらいじゃないと、思いつきもしなかったかもしれないが。

あの場所は、きっと、もうない。それはわかりきっているんだが、そこに行ってみることで、どんな時間が自分自身のなかで流れてきたかを、ぼんやりした頭なりにも了解できそうな気がしたのかな。」

「わたしはずっと仕事で、何十年も旅をしたから、そんなにロマンチックな考えは、とうの昔にどこかに置き忘れてしまっている。」

コーヒーをひと口すすって、受け皿に戻し、ニーナは少し笑った。

「――けれど、あなたの話を聞いていると、ずいぶんせっかちに聞こえる。

いろんなことに、わたしたちは、もっと長い時間がかかる。

たとえば、子どものときの孤独。その理由を自分で順序だてて理解できるようになるのは、きっと青年になってからのことでしょう。子ども自身は、それを持てあましてしまう。だからこそ、孤独なの。それと向きあうためには、時間がかかる。青年になったあなたは、きっと、子ども時代のあなたを慰めることができるでしょう。けれど、もう、子どものままのあなたは、そこにいない。子どもとしての試練を、答えのないままくぐり抜け、あなたは、もっとべつの、青年としてのあなたになっているから。

だけど、きっと、それは意味のないことではない。

離婚だって、わたしにとっては、そうだった。

どうしてそれが必要だったか、自分にきちんと説明できるようになったとき、わたしはもう中年女になっていた。若くて、赤ん坊を生んだばかりの、娘時代の続きみたいなわたし自身は、もうそこにいなかった。——あなただって、まだこれから、それについて初めて気づいていくことがあるかもわからない。

けれども、それは、意味のないことではない。なぜなら、わたし自身が、そうやって過去の自分に説明できるようになることを、必要としていたから。

そんなふうに、青年としての難問は中年に持ち越し、中年としての難問は老人になった自分に持ち越していくものだった。わたし自身の経験から言えば。そして、老人になってからの難問については、きっと確かな解答を持てないままに、わたし自身がここから消えていく。

だけれども、それは、意味のないことではない。わたしは、それを受け入れる。」

「なるほど。そういうことなのかも。」

コーヒーカップを、私も口に近づけた。

二〇年あまり前とは違って、雪はもう消えていた。

山のほうに上っていくバスに乗り、記憶のなかの地形と似た場所を見つけたら、降りてみようと決めていた。けれども、別の新しく開けた道路を走っているのか、バスはいっこう深い山道には入らず、川沿いに点々と民家が続く広い道を、ずっと、ゆるゆると上っていく。

車内は空いていた。午後の陽射しが車内をけだるく温め、いつのうちにか私は眠った。目が覚めると、バスは、明るい緑の広葉樹の疎林を抜けるところだった。もう民家は消えていた。片側一車線の山道は、すでにかなりの高度に達しているらしく、左右に穏やかなカーヴを切りながら上っていた。

道路の傾斜は、だんだん、いったん緩くなる。

石の鳥居が、左手の窓際をよぎった。

そのむこうに、別荘用のログハウスらしい建物が、ぽつん、ぽつんと見えていた。そこは、いちめん芝地に整備され、遠くから、山の連なりが取り巻いていた。

(ここだったかも。)

とっさに停車ボタンを押していた。停留所の標識が前方に見えて、バスはすぐ停まった。

降りたのは私だけだった。

バスは発車する。排気をふかし、山道を曲がって、消えていく。

鳥居の下を、アスファルトの脇道がくぐっている。ゆるい傾斜をじょじょに上がって、別荘地の広い芝地を突っ切り、正面の谷あいに向かって伸びていく。その途中に、体育館らしい大きな建物もたっている。谷のほうから、ちいさな川の流れが、道と五〇メートルほどあいだを置きながら、うねうね曲がりくねりながら下ってくる。

芝生の若草に、午後の陽射しが、陰翳をつくる。けれど、人影は、どこにも見当たらない。

(ここだったな、きっと。)

建築飯場のプレハブも、芝地のあっち、こっちに、三つばかりある。けれど、まっ黒なガラス窓が、青空を映しながら並んでいるだけで、誰かが立ち働いていそうな気配はまるでない。

不景気で、別荘開発が途上で投げ出されているのか、すべてが真新しいまま棄ててある。

(明るい廃墟だ。)

私は思った。

鳥居をくぐり、谷のほうに向かって、まっすぐ歩いた。

道の左手。

おゆきさんの宿があったあたりに、杉の若木のちいさな茂みが見えていた。湧き水があるらしく、それが池をつくって、晩春の遅い陽光を山吹色に映していた。

私は谷の入口まで歩いて、振り返り、また同じ道を下ってきた。


「一人かね?」

その夕暮れ、温泉宿のおやじさんは、私に尋ねた。

「――何しに来なさったかね、こ、こんなとこまで。連れもなしに。」

石鳥居の前から、バス道路を一五分ほど、さらに山上のほうに歩いたところに、その古ぼけた宿は建っていた。道が左に曲がり、次には右に曲がりはじめて、このカーヴが終わったところにまたバス停があって、そこである。

灼けた畳の客室に通され、熱すぎるほどの湯に浸かった。中途半端な季節の平日で、客は私だけらしかった。

床の間には、すすけた山水画の複製が掛かっている。小壁には、右上がりのいかつい筆蹟で「和而不同」の額がある。

農家のおかみさん風の初老の女性が、夕飯を盆にのせて運んでくる。絣のもんぺのようなズボンを穿き、頬がてかてか赤茶に灼けていて、伏し目がちなまま後じさるように消えてしまった。

箸を取ろうとしたら、

「あ。えー、おばんです。」

いきなり襖が引かれて、宿の主人とおぼしきおやじさんが、有無を言わさず部屋に入ってきた。七〇歳をいくらか過ぎたくらいか、丸顔で、白い短髪は頭頂で薄くなり、小柄な人である。ブルーのポロシャツに、鼠色のスラックスをはいている。半身に支障があるらしく、右脚を、重そうに、めんどくさそうに引きずっていた。

型通りの挨拶なのかと思ったが、

「一人かね?……」

そう訊いたあとは、答えは待たず、私の座卓の向かい側、座椅子にゆるゆる腰を下ろして、そのまま居座った。こちらの都合は、尋ねてみようともしなかった。

「な、なんか、飲むかね?」

おやじさんは、その席から私に訊いた。

「び、ビールですかね。やっぱり。」

「うぉい。ビール、いっぽん。」

おやじさんは、部屋の外にむかって、大きく声を張りあげた。

「――さ、ささ。食ってけれ。」

並んだ料理を、こちらに押しやるようなしぐさをし、私に向かって言ったのだった。

運ばれてきたビールを、かたかた左腕を震わせ、グラスに注いでくれる。それから、私の手もとをじっと見る。

どうも、落ち着かない。

「飲みますか？」

ビール瓶をもちあげて、訊いてみたが、

「おれは、いらね。」

おやじさんは斥けた。

あまり気にかけないように思い決め、薄緑色のゼンマイみたいな山菜、それを白和えにしてある器に、箸を伸ばす。

「そ、そ、それは、こ、こごみ。」もつれがちな呂律（ろれつ）で、おやじさんは言った。「ち、ちょっと、大きくなりすぎちまったかもしれねえが。」

アジの塩焼きに箸を出す。

「それはアジ。」

わかってます、それくらい。——そうとも言えずに、黙って、私は食べている。

「がっこ、食え。」

おやじさんは、また言って、たくあんが盛られた器を指さした。

「ど、どうもね……。」それから、おやじさんは、自分の頬っぺたを、震える指でぎゅっとつねった。

「脳梗塞（のうこうそく）やっちまって。十何年だか前にいっぺんと、三、四年前にもういっぺん。言葉が、どうも出てきにくくてな、じ、じれってえんだ。それまではよ、山仕事だって、やってたんだが。」

もつれ気味にぼやきながら、おやじさんは、それでもけっこうおしゃべりだった。口調は、土地の人の言葉と、ずいぶん違っているように聞こえていた。

ごはんを自分でお櫃からおかわりし、私は、話題を変えてみる。

「もう二〇年ほども前だけど、僕は、いっぺん、このあたりに来たことがあるんです。」

「ほ、そうかね。そ、そんときも、宿は、うちだったかい？」

「いや。鳥居の近くの林のなかに、開拓の農家の家が、いくらか残っていたでしょう。おゆきさんって人が、そこで、若者向きの旅人宿をやってて。まだ、僕が、たしか一四だったけど。」

「ああ。お、おゆきさんな……。」

「電話もなかった。」

「んだべさ。開拓の家はどこも、最後まで電話はなかったから。電話線が、あそこらの林んなかまでは行かねかったんだもの。」

「さっき、そのあたりを歩いてきたけど、もう跡形もなく消えていて。たしか、おゆきさんって、生まれは東京のほうの人でしたね。きれいな人だったな。」

「いまでも、それなりには、き、きれいだべ。」おやじさんは言った。「もう、五〇代なかばか。じきに、そろそろ六〇で。髪は、し、白くなっちまったけども。」

「え？――」

私は訊きなおす。

「――いまも、いるんですか？」

「ああ。下の町から来た若けえもんと、所帯持って。たしか、し、四〇過ぎてからだったろうが。それからは二人で宿をして。ありゃあ、どのくれえ前だったかな。もとの小屋を、べ、別荘地の開発で立ち退いて。そのあと、もうちょっと、ここから町のほうへ下った沢べりで、また家借りて、宿始めて。」

「むかし来たときには、まだ、雪が深い時分でね。バスを降りてから、どう行けばいいのか、わからなかった。そしたら、いっしょにバスを降りた制服の女の子がひとりいて、『あっちです。』って、指さして教えてくれたんです。最後に一軒残っていた開拓の家、そこの娘さんだったらしいんだけれど。」

「そ、そりゃあな、おれの姪っ子だ。」おやじさんは、言った。「サカタんとこの末の娘で。」

「え？」

「め、姪っ子だよ、おれの。妹が生んだ娘でよ。『おじさん。』なんて、おらあ呼ばれてよ、学校帰りにこっちさ遊びに来たり、飯ぐれえは炊いてくれたり。たしかな、あの家が山から下りてまもなく、ま、まだ一八で嫁に行ったんだ。だども、もう三〇に手が届いたころか、もうちょっと前だったかもしれねえが、夫婦別れしちまって。と、東京さ行ったはずなんだが、どうしてるんだか。妹からも、き、聞かされてねえしさ。息子が一人いたんだけどよ、そ、それも、もとの亭主のほうに渡しちまって。」

白い息がよぎる。

手は、寒さに赤らんでいた。

それは覚えているのだが、その女の子の顔だちは、思い出せないままだった。

「そんな経緯で、僕はその旅館の主人から、山での開拓の暮らしについて、その晩、いくらか話を聞くことになった。」

かたん。また微かな音をたてて、ニーナはコーヒーカップを受け皿に置いていた。

「その人も、南サハリンからの帰還者なの？」

「うん。南サハリンのトマリ――日本領時代の泊居(とまりおる)っていう町の生まれでね、彼が一九歳のとき、戦争が終わった。父親は鍛冶屋だったそうだ。」

「だけど――。」ニーナは言った。「そうやって戦後日本に戻って開拓農民になった人たちは、もうその山から、町へみんな下りてしまっていたんでしょう？　彼だけ、山に残ってたの？」

「あのね、要するに、彼は開拓の集落からドロップアウトした人だったんだ。両親は、亡くなるまで、山の開拓地での暮らしを続けた。妹も、開拓の家の若い者同士で所帯を持って、例の制服の女の子とか、三人の子どもたちを育てながら、最後の一軒になるまで、そこで暮らした。

けれども、そのおやじさんは、若いうちに、そういう開拓集落のなかだけで生きていくのが、いやになったんだね。

女房をもらうと、開拓集落の家を出て、近くの硫黄鉱山の社員寮に住みこんで働きはじめた。けれど、鉱山はまもなく閉山して、また開拓の家に戻らなければならなかった。

そのころから山仕事を始めた。廃業したちいさな宿屋が、もとの鉱山の近くに残っていた。沢から沢へ渡って、薪を伐り出し、それを売った金を貯めて、宿屋の建物を買いとり、安宿をはじめた。一九六〇年ごろのことだ。午前と午後、それぞれ二便ずつのバスで、高原をめざして観光客がだんだん増えてきた。山仕事もさらに手を広げながら続けて、次には、いまの温泉宿を買い取ったんだそうだ。

つまりね、そのおやじさんは、若いころ、開拓の暮らしがいやになって、家を出た。けれど、町に下りてしまうわけでもなくて、その開拓集落の近くで、転々と、そこを遠巻きにするように、宿屋をやったり、林業をやってみたりしながら、暮らしていたんだよ。

そうして歳月が経つうちに、開拓農家の人たちは、山での暮らしに見切りをつけて、開発業者に土地を売り払い、みんな町へ下りてしまった。あとには、おやじさんの温泉宿だけ残っていた。」


山での開拓の暮らしについて、おやじさんは言っていた。

——だ、だってよ、このあたりはな、いったん風が吹くてえと、コロコロコロコロ、石だって飛ぶように転がるし。火山灰地帯だからな、土地はひどく瘦せてるし。

朝方とか、月さえ出てれば夜にも、畑の石や切り株を起こしてよ、石灰やらリン酸やらを肥料に入れていく。土地改良だな。だけどもよ、風が吹けば、そういう土のいいとこは全部飛んじまって、また、もとの火山灰地に戻っちまうんだから。

おれ自身はよ、ちょっくら事情があって、こっちさ復員してくるのが、みんなよりか、なんぼか遅れたんだ。二年半ばかし。

けど、両親と妹とはよ、せ、戦争終わって翌々年、昭和二二年の秋だったか、先にこっち引き揚げてきて。函館に船は入るんだが、もう北海道は縁故のない者の受け入れ先はいっぱいだから、秋田まで回ってくれってことになって。それで、ひと冬、引き揚げ者用の寮でどうにか越してから、開拓の募集が県からあって、ここの山さ入ってきたっていうんだわ。それも、けっこうな苦労だったべな。

最初、親たちが入った場所は、ここよかもっと山の上のほうだ。この八幡平ってとこはよ、ぜんぶ火山灰地で、農業なんかにゃおよそ向いてねえ。だから未墾地なんだ。当時は、原始林だな。そ、それを営林署が伐ってよ、根株だけ残して、裸んなったようなところが割り当てられる。

山んなか入ると、まずは小屋掛けだ。そのためには、先に水場を探さなきゃなんねえわけだ。す、水源を。親父は鎌で竹を伐りはらいながら、森んなか入ってったっていうんだ。不安だったべな。けど、必死なんだ。な、なんせ鍛冶屋だからよ、五〇のはげ頭になるまで、小屋なんてこしらえたこともねえんだから。おふくろと妹は、危ねえからっていうんで、でっけえ倒木の根株を目印にして、そこに残されて。「おとーさん、おとーさん」って、おふくろが声張りあげて呼んでも、聞こえてるんだかどうだか、こだましか返ってこなかったって。

水場見つけたら、こ、小屋はよ、柴を縄で縛って、これを壁の代わりに並べて、屋根は笹で葺く。樹はよ、営林署のもんだっていうんで、勝手に伐ることは許されねえ。「天井から星が見えた。」って、妹はのんきなこと言ってたけどよ。雨が降ったら、ざーざー雨水が落ちてくる。

県から支給のせんべい布団一枚に、軍隊用の毛布二枚。三人でそれにくるまって寝てたんだそうだ。引き揚げ者っていうのは、とにかく、なんにも持ってねえんだ。家財もねえ。か、カネだってさ、戦争が終わってからは、あっちでまだ二年ほど暮らしてるうちによ、全部ルーブルに換えさせられて、そのあと、いよいよ引き揚げだってことになっても、もう円には戻せねえんだ。ただの紙くずだ。だから、ここの山へ入ったときも、灯りは、カンテラがひとつきりだったって。まだ石油ランプも買えなくて。百姓するために来たくせに、鍬(くわ)さえ持ってなかったっていうんだから。それでも、どうにか秋までのあいだに、山の製材所からバラ板をつけ払いでわけてもらって、雪をしのげるくれえの小屋建てて。

全部で二四軒だったっけか、開拓でこのあたりへ入ったのは。所帯ごとに六町六反、六・六ヘクタールだ、土地を割り振られて。五年のうちに開拓しちまえば、自分の土地になるって契約なんだ。とても、とても。石もごろごろしてるし、沢だってある。カネがねえから、親父は営林署の日傭仕事わけてもらったり、炭焼き小屋の炭運んでなんぼかもらったりで、昼間のうち、人手は女二人だけだもの。

そ、そうこうやってるあいだに、県から、肥料やら、牛一頭、緬羊何頭、ニワトリ何羽って、トラックで届く。これも全部借金になるわけだ。けどよ、まだ畑さえ、できてねえんだ。まともにエサにできるものがねえんだから、家畜だって死んじまう。牛が腹にガス溜めたとき、い、妹はよ、牛小屋んなかに藁敷いて泊まって、一晩中、腹さすったって。まだ一五か、一六だったか。これにまで死なれちまったら、もう、どうにもなんねえと。そしたらよ、夜中すぎになって、ぐーぐーって、牛の腹が鳴りだして、いきなりぱっと立ち上がって、じゃーじゃー、しぶきあげて小便たれだしたんだと。夜が明けてきたところで、外に出して運動させたら、糞も垂れて。よっぽど、うれしかったって言ってたな。それからだな、妹のベコ好きは。ベコによ、亭主に食わせるのとおんなじくれえ、いいもん食わせて。

畑を始められたのは、やっと三年目か。馬鈴薯かなんか植えたんだ。そんころだな、おれもやっとこさ復員になって、畑やら、ちっとは手伝いだしたのは。

子どもらの分校もよ、開拓の者同士、じ、自分らで土方して建てたんだ。けどよ、畑じゃあ、とうとう最後まで、市場に出せるようなものは作れなかった。家畜の飼料にする燕麦、ビート、トウキビ、カボチャとか。あとは、自分たちで食っちまうような馬鈴薯、小豆、大豆。野菜類をいくらか。そんなもんで。

こっちはよ、やっとこさの思いで、知りもしねえ日本に帰ってきてよ、まだ若けえんだもの。こ、これじゃあ退屈するべや。——

雨が上がってきたのか、出窓の外は、だんだん明るくなってきた。

……じり、じり、じり、じり……。

カウンターの電話が低い音で鳴り、女主人が、かすれた声で話しだす。

アリエクかな、と思ったが、どうやら、そうではなさそうだった。

「だけどね——。」

私は言った。

「おやじさんは、僕が食事を終えてからも、まだそうやって話していた。途中で、お茶を一杯、自分で腕を伸ばして淹れたきりでね、ごほっ、ごほって、むせたりしながら、ずうっとそうやって、しゃべってるんだ。

けれども、僕は、だんだん釈然としなくなってきた。おやじさんは、両親や妹より何年か遅れて、この山に引き揚げてきたと言っていた。つまり、彼が話してる入植直後の苦労話っていうのは、ほとんどがおやじさん自身も、ここにいなかったあいだのことなんだよね。そういうところを、なんだか遠巻きにするように、おやじさんは話してる。」

「そう。」

ニーナがうなずいた。

「——わたしも、そんなふうに思った。あなたの話しかたのクセかなと思ったけれど?」

「違うよ。……いや、ひょっとしたら、それも少しはあるのかもしれないが。」

苦笑させられ、私は続けた。

「――とにかく僕は、おやじさんに訊いてみた。

『ほかの家族たちより引き揚げが遅れたあいだ、どこで、何をしていらっしゃったんですか？』って。

ほら、よくあるじゃない？　ほんとうはそのことを話したいのに、ちょっと手前のあたりで、ぐずぐず話を引き伸ばしてしまったり。もしもそうなら気の毒だなと思ってね。水を向けてみたんだよ。

けれども、そうすると、おやじさんは、急に、黙りこんでしまった。

そして、しばらく返事をしなかった。

やがて、ひどく無表情な顔を上げて、こんなふうに言ったんだ。

『おれはよ、捕虜だったんだ。北樺太のな、オハってところへ、いきなり船で送られて。』

ってね。」


――捕虜だったんだ。

北樺太のな、オハってところへ……。――

低いうなるような声で、そう言った。

――昭和二〇年の二月になって、とうとう兵隊にとられて。お、おれが一九んときだな。半年だけ、軍隊づとめよ。八月にはもう日本の降参で、戦争が終わっちまうんだから。て、て、鉄砲撃ったこともねえ。ずっと樺太だもの。大泊（おおどまり）、いまのコルサコフだな、あそこで港の警備みたいなことしてたんだ。襟章に星二つ、一等兵よ。

九月の終わりんなって、ソ連の貨物船に乗せられたときも、お、おれはよ、北海道へ送り返されるとばっかし、思ってたんだから。こっちはよ、なんにも悪いことしてねえべ。するもしねえもないようなうちに、戦争が終わっちまったんだから。大泊の港から、船倉に、兵隊千人ほどでぎゅう詰めに乗せられて。宗谷岬がはっきり見えた。そのあと利尻富士が見えてきたあたりで、と、ところが船は、くるっと舳先を北のほうへ、反対に向けちまって。それきりよ。——

おやじさんは、ふたたび話しはじめてみると、やっぱり、けっこうおしゃべりだった。

とぽとぽとぽとぽ……。

震える左腕で、もう一杯、自分の湯呑みに茶を注いで、話し続けた。

——一週間ばかりも、のろのろのろのろ、船は間宮海峡のなかをよ、北向いて行くんだわ。タタール海峡だな。左手に沿海州の緑の山とか、赤土の崖が、毎日、ずっとおんなじように続いて見える。そうやって何日も進むと、右のほうにはよ、樺太らしい陸地がまた見えてきた。あ、あのへんは、海峡の幅が、極端に狭いんだ。右の樺太も、左の沿海州も、目の前なんだわ。いちばん狭めえところで、幅七キロほどしかねえっていうんだから。う、海も浅くなってて、吃水ぎりぎりのとこを行くみたいでよ、潮の具合いが良くなるのを待って、進んでは停まり、進んでは停まりだ。もう、国境になってる北緯五〇度線は、沖を進んでるうち、とっくに越えちまってるだろうし、ソ連領の北樺太だ。おれたちだって、そんなところの景色は、これまで見たことねえんだから。

あんときゃあな、ソ連の参戦ってのが、八月九日になってのことだべさ。日本の負け戦が決まる一週間前なんだもの。おれが兵隊に取られた時分はよ、まだ、アメリカが海べりから攻めてくるんじゃねえかって言って、そっちにばっかし、部隊集めてたんだ。敵はアメリカだったんだからな。ソ連とは戦争してなくて。ところが八月九日過ぎると、国境線が破られて、だーっとソ連軍が入ってきて、西海岸のほうの町じゃ、空襲やら艦砲射撃やら、た、大変なことになっちまって。おれたちゃ、ま、まだそんなことさえ知らねかった。八月一五日を幾日か過ぎてから、中隊長が、おれたち並ばせてよ、戦争終わったってこと言ったんだ。で、そんとき中隊長が言うには、国境方面とか、西海岸の上陸地点から、ソ連軍がなおこっちに向かって進軍してきておるので、迎撃すると。樺太じゃあ、八月一五日で戦争終わってねえわけだ。かといって、そんなこと言いながら、丸一日も経たねえうちに、今度は、兵器は始末せよと。これも、やっぱり、中隊長の命令なんだ。降参の準備も、いちおう勇ましい言葉のあとになるわけだ。だからよ、き、気の毒だ、そんな時期になってから、戦争で死んじまった人たちは。八月の二四日だったか、ソ連軍が、とうとう豊原(とよはら)、大泊まで進駐してきてよ。おれたちは、敗残兵ってことで、町の女学校にとじ込められて。

あとんなって考えりゃあ、お、おれはな、戦争に負けたとわかったとき、部隊から脱走しとけばよかったんだ。樺太じゃあ、そうやって勝手に、軍隊から家へ帰(け)えっちまった連中ってのは、けっこう多いんだわ。ここの開拓んなかにも、幾人か、いたんだ。あれが、運命の分かれ目だな。ソ連軍が進駐してくるまでのあいだ、おれたちの部隊は、大泊の港で、避難民を疎開船に乗せる整理にあたってたんだから、そのまんま船に乗っちまってもよかったんだ。じ、女学校に閉じこめられて、ソ連兵の監視がついてからでも、中隊から、一週間に七人も八人も、いつのうちにか逃げだして。けどよ、おれなんかは若くてよ、うぶなもんだから、中隊長が「逃亡しないように」「逃亡しないように」って、そればっかりうるさく言うのを聞いてると、ばかばかしいって、どっかで思いながらも、ついつい、それにしたがっちまうのよ。脱走者を出した責任を、やつらはよ、ソ連側からいちばんに問われるわけで、それがわかるから。

そこ行くと、やっぱり妻子持ちってのは、家族に会いたい一心で、いったん決めたら、古参兵だって下士官だって、ぱっと逃げた。

妹の亭主になったサカタんとこのよ、あそこの兄貴もやっぱり軍隊から逃げてきた。やつはよ、女房と、子どもも三人あって、西海岸の塔路って炭鉱町に残してきてたんだ。やつの部隊は豊原にいてよ、戦争に負けたって聞いて、とっさに駅の地下に隠れたっていうんだわ。いまのユジノ・サハリンスクの駅だな。塔路はよ、ずいぶん北のほうの町だ。豊原から三百キロはゆうにあるべ。だけども、妻子が心配でしかたなかったんだべさ。町を抜け出て、峠を越えて、ごろごろ死体が転がって、うウジが湧いたり、腐って膨らんだりしてるのを横目に見ながら、ソ連兵から隠れ隠れ、ずうっと西海岸に沿って歩いて帰えったっていうんだ。家に着いたら、もう一〇月だったっていうんだから。顔じゅう髭ぼうぼうで、子どもらが、自分のおやじだって、気がつかねかったと。

……船はよ、とうとう右側の岸のほうにすーっと回りこんで、だーっと砂浜が続いてて、ハイマツが茂ってるだけの桟橋に着けたんだ。ほかに何もない。

右の岸に着いたんだから、き、北樺太だべな。そりゃわかるんだけどな、想像の外なんだわ。それまで考えたこともねえ場所なんだもの。学校でも教わってねえし。ふだん見かける地図でもよ、樺太つったら南樺太のことで、北のほうは、国境線のところでぷつんと切れて終わってるんだもの。うちの親父らの若かったころは、沿海州まで木伐りに行ったとか、カムチャツカまで鮭獲りに行ったとかいうんだけどよ、おれたちのころんなると、戦時つうのかな、そんなもんで。

そっから、貨車よ。貨物列車だ。有蓋車にまたぎゅう詰めに乗せられて。ま、窓はな、上のほうに、いっこ、ちいせえのが開いてるきりなんだ。細い光が、そこから差し込んでくる。出入り口には、外から錠おろされてよ、あとは、ほとんど真っ暗だ。一両に五〇人ばかしも乗ってたんでねえのかな。がたん。っつって、列車は走りだす。

そのうち、どうにも腹こわしちまって、く、糞したいって言いだすやつもいる。ずっとろくな食いもん与えられてねえからよ。もう、しょうがねえから、何人かで担ぎ上げて、あの小窓からさせてやるべってことになって、三〇センチ四方ほどの窓から、尻だけ突きだして、するわけよ。臭せえんだ、匂いが貨車んなか籠って。

するとよ、後ろの車両のほうから、ソ連兵の声で、

「ストーイ。」

つってるわけだ。

「ストーイ。」

「ストーイ。」

って、次々に言うんだわ。

「ストーイ」っつったら、「止まれ」だ。捕虜んなったとき、おれたちは、これだけは教えられてるわけさ。「ストーイ」って言われてよ、止まらなかったら、撃たれて命落とすから。

だども、こんとき「ストーイ」っつっても、糞に「止まれ」っつってるわけじゃあないべ。糞してる兵隊にむけて、「やめれ」って言うんだべや。けどよ、糞してる本人はなにせ腹が痛えから、早く済ましちまおうっていうんで、いっしょうけんめい糞ひってるわけだ。

そしたら、いきなりソ連兵が、突きだしてる尻のほうに向かって、ズドンと、威嚇射撃しやがってよ。ぶ、ぶったまげたな、あれには。は、初めての銃撃なんだ。糞してる本人も、もんどり打って、

貨車んなかさ落ちてきて。

小窓の外に見えてるのはな、秋のよ、真っ青な空なんだ。そろそろ夕方で、そ、それが、だんだん金色の光を帯びてきて。

そんときになって気がついたんだけども、この窓の外にな、ときどき、火の見櫓みてえな、でっけえ塔がよぎるのが見えるんだわ。ありゃあ、なんだべかって言ってるうちに、どんどんどんどん、それが増えてきて。

「こりゃあ、石油櫓だ。」

三〇代もなかば過ぎたくれえの背の高い、こ、古参兵がいてよ、そいつが言うんだ。

「――オハかもしれんぞ。」

ってな。

だども、おれたちゃ、石油櫓なんて見たこともねえんだから。けどよ、年食ってる連中は、

「んだ。オハかもしれんな。」

なんてよ、頷きあってるわけだ。

おれたちより、一〇ほども年上の連中は、北樺太のことも、けっこう知ってるんだ。た、大正のなかばに、シベリア出兵とか、尼港事件とかあってよ、そのあと五年ばかり、日本の軍隊が北樺太を占領してたことがあったんだな。おれは、あとになって知ったんだが、ありゃあ、北樺太の油田が欲しくてやったわけだべ。大正の終わりのほうに。だからよ、そのころの記憶がある連中は、学校でも北樺太のこと教えたろうし、親もしゃべるし、新聞にも出てるし、印象があるんだ。オハなんてところは、それからあとも、日本の石油会社がちゃんと利権と設備持ってて、昭和一八年だか一九年まで、

ずっと社員やら労務者やら送って、石油採ってたっていうんだから。けどよ、おれたちは、そんなことさえ、誰からも教わらねえし、知らねくなってるんだから。

「やっぱりオハだ。そうに違いねえ。」

とか言いあって騒いでるのを、ぽかんと、聞いてるだけで。——


おやじさんは、顔をつるんと撫でて、座椅子の背もたれに、体をあずけた。そして、表情の少ない目を瞬(しばた)いて、宙に視線をあそばせた。

自分が、なぜ、ここに、こうしているのか、わからなかった。

東北の山中にいるのだと、思いだす。


——夜が明けたら、一面、ゆ、雪だったな。まだ一〇月に入ったばかりなのによ。

つらいっていやあ、やっぱし、あれからの四年半だ。

オハに四年で、そ、それから、おれだけ一人、そこでみんなから切り離されてよ、シベリアをあちこち半年ばかし回されて。そんで、沿海州のナホトカから、捕虜五百人ほどで船乗せられて、舞鶴まで帰ってきた。港の引揚援護局で、親父、おふくろや妹が、秋田の八幡平の山んなかに開拓で入ってること教えられて、やっと、ここで家族に追いついて。

オハつってもよ、捕虜の収容所ってのは、何カ所にも分かれてるんだ。町んなかにもあるし、ずっと離れた油田とかよ、タイガのなかにもある。

まず、便所の穴掘りだ。それから、大工の心得のあるやつに習いながら、炊事場を建てる。二段の寝台をつくる。全部、やるんだ。建物は、ありゃあ、空き家になった工場だな。ほ、捕虜収容所つってもよ、向こうがやるのは監視と警備だけで、その収容所ごと、おれたちが作らされてるようなもんだから。

南京虫が、夜んなると、ぽつんぽつんと天井から落ちてくる。最初の晩なんか、痒くて、眠れない。シラミもひどくて。朝んなると、ゆ、雪んなか、建物の前に、赤錆びた旋盤機械が一台投げ出してあるのが見えた。なんだべと思って、そこ行って、機械をてのひらで擦ってみたら、錆のなかから日本文字が浮き出てきてよ、たまげたんだ。「日立製作所」だっただかな。あそこの工場はよ、前に、日本の石油会社が使ってたんだべな。

そうして、いよいよ野外の作業現場に送られてよ。ろ、労働だ。

最初、おれは油井で、汲み上げポンプの掃除だった。鉄管のなかに砂が詰まっちまって、せ、石油の出が悪くなる。だから、巻き上げ機つかって、鉄管をワイヤーで引き上げてよ、砂をパイプのなかから取りのぞいて、また戻す。うっかりしてると、どーんと、真っ黒な石油が自噴してきて、頭からかぶる。この作業は、ロシア人の相方と組んでやったな。二四時間、三交代でよ。夜通しやるんだ。多い油田じゃあ、二五〇くれえ、油井がある。それを片っ端から。だんだん夜が明けてきてから、櫓なんかに昇るとよ、油が黒く滲み出た荒れ地が、だーっと広がってるのが見える。櫓を建てるために樹も伐っちまってるし、草もなにもかも、原油をかぶってて。

タイガの奥でよ、伐採もやった。二メートルばかり積もった雪を根っこまで掘って、この穴のなかにすっぽり入っちまうような按配で、トドマツやエゾマツを、二人挽きのノコギリで切り倒すんだ。こっち引き揚げてきてからも、秋んなって山仕事に入るたんびに、そんときのこと思いだしてよ。

道路工事とか、除雪とか、工場やなんかの基礎掘りとか。作業はなんぼもある。日本の警官も連れてこられてる。それから、ソ連の将兵で、島送りにされてるのもいるんだ。独ソ戦でよ、敗走した責任なんかを取らされて。し、囚人もいる。女囚もいた。

それぞれの作業に、おれたちにはノルマがあってよ。た、達成できたかどうかで、黒パンの量が変わる。ちゃんとできねえやつには、もらえないのもいる。そうやってよ、体力のねえやつから、だんだんに弱っちまうんだ。

だ、脱走するのもいる。けどよ、あんなとこまで行っちまってから逃げても、手遅れだ。撃ち殺されるか、せいぜい何日か逃げたところで捕まって、連れ戻されてくる。オハの町を出ちまうと、道だって、まともにねえんだから。南北千キロもある島の、北の端だからな。それでもよ、いい季節に逃げだして、連れ戻されてきたやつには、夢のなかみたいな景色を話すのもいた。

「海岸に出たら、きれいな入り江がずっと続いてて、湖や沼がいくつもある。草の実はどれも甘かった。水鳥がたくさんいた。」

なんてね。

おれたちは、収容所と労働現場のほかには、外のことは何にも知らねえままなんだから。

栄養失調で死んでくのもいるし、じ、事故死もある。そうすっと、穴掘って埋めるわけだ。ところが、あっちは地面がしばれて、こちこちに凍っててよ、ツルハシでもなかなか大して掘れねえんだ。やっとどうにか人が入るくらいの穴にしたところで、ソ連兵がよ、遺骸をさかさまに突っ込んで、軍靴で押し込んじまうんだから。けどよ、あっちは風が吹く。次の日に見にいくと、白い足が、土からまた出てて。

し、神経をやられちまって死んでくのもいた。がりがりに痩せちまって。ロシア人の看護婦が服脱がせると、ケツの穴がよ、ぽっかり、拳が入りそうなくらいの大きさに開いちまって。息だって、もう、一分のうちに三べんか四へんしかやってねえ。

シラミってのは、ひどいもんだ。髪の毛から、腋毛から、髭から、眉毛から、脛から、ちんぽの毛にも、服にもだ。そうやって死にかけてる病人に、いよいよ、うじゃうじゃたかって血吸ってるんだけどな。死んじまったら、とたんに離れる。ぞろぞろぞろぞろ、寝床の上に這い出して。あの不気味なことっていったら。——

声が、止まった。

気がつくと、おやじさんは、座椅子に背中をもたせ、顔じゅう、くちゃくちゃにして、声を出さずに泣いていた。しゃくり上げるたびに、低い鼻がなおさら上向き、二つの黒い穴が、いっそう、大きく開いていた。白い鼻毛が一本、鼻孔の片方を出たり入ったりするのを、私は目で追っていた。

「正直に言うとね、そのとき僕は、ただ戸惑っていた。いったい、どうして、こんなことになっちゃったんだろうって。」

「もちろん、わたしがあなただとしても、きっとそうだわ。」ニーナは、笑って答えた。「だけど、彼にしてみれば、それ以上のことをあなたに期待していたわけではないでしょう? ただ、誰かに話してみたくなったんだと思うわ。そうやって、そこに座っていただけで、あなたは、きっと彼の役には立っている。人間が、お互いに、相手に何かできることといったら、そんなものよ。」

——翌朝、私は、おやじさんの温泉宿を出た。山からバスで下りるとき、おゆきさんが、新しく場所を移して営んでいるという宿のことが頭をかすめたけれど、寄らずにそのまま通りすぎた。あと何年かで、六〇歳か。地元育ちの伴侶と過ごしているというその宿が、私自身には、この時、まぶしすぎるようにも感じていた。そして、あと二、三日、ぶらぶら津軽の方へと旅しただけで、また東京に戻ってきた。

夏が過ぎ、秋になり、雪が舞いはじめて、年を越した。

いつのうちにか、私の暮らしもそれなりにペースを取り戻し、原稿を書いたり、約束の期限におびやかされながら、翻訳の請け負い仕事をこなすような日々に返っていた。

それでも、ときどき、あの温泉宿のおやじさんのことを思いだした。仕事の合い間に、サハリン島に関する本を手にとって、目を通してみたりした。

公園の小道を通りぬけ、図書館にかよった。当面の調べものが終わると、黴くさい書庫に入って、たまには、サハリン島に関連する本を捜したりもする。古いコンクリート造りの建物のなか、狭い通路をはさんで灰色の書架が空間を埋め、いくつもの列を作って並んでいる。けれど、サハリン島に関する資料となると、さほど多くは見つからない。

青白い蛍光灯の光の下、色あせた書籍。冷たい背表紙に触れると、私は思い出した。

宗谷岬のちゃちな展望台の双眼鏡で、少年のとき、サハリン島の南端の影を眺めた。

寒さに赤くなった少女の手。

若い兵士らを捕虜として北サハリンまで連れていく貨物船。

あのおやじさんの黒く大きな鼻の穴。

世界の輪郭は、はるか遠くまで、周囲の無数の扉が次々に押し開かれていくように、とりとめなく、茫漠としている。けれど、考えてみれば、その島に関する私の手持ちの知識は、少年のころから、ほとんど増えても、深まってもいないのだ。

「去年のはじめごろになってのことだ。図書館の洋書の書架に、一冊の本を見つけた。『死の黒い湖』のことを最初に僕が知ったのも、この本のなかでのことだった。」足もとのデイパックから、しわになったコピーの束を取りだし、テーブルに置き、ニーナの前に滑らせた。表紙に"Sakhalin : A History"と書いてある。「これはね、サハリン島の通史なんだ。先史時代から、現代までの。荷物が重くなるのもいやだったから、一部分だけ、こうやってコピーして持ってきた。著者はね、そのころはまだとても若かったアメリカ人の歴史学者だ。」

「……ジョン・J・ステファン……？」

ニーナは、老眼鏡を掛けなおし、コピーを手に取り、扉ページの人名を声に出して読んでいた。

「うん。この本が出版されたとき、彼は、まだ三〇歳だった。一九七一年のことで、ハワイ大学の助教授に就いたばかりだった。僕が見つけたかぎりでは、ソ連以外で刊行されているサハリン島の通史は、この一冊しかない。ソ連国内でも、当時、きちんとしたものがあったのかどうか、わからないけれど。」

「変わった若者だったのね。サハリン島だなんて、アメリカ人で。」

ニーナは、ぱらぱら、コピーの綴りをめくった。

「ほらここ……。」

脇から手を伸ばし、あるページの箇所を、私は指で示した。

「――『死の黒い湖』が出てくるところだよ。たった半ページほどの短い記述なんだけど……。

話は、おおまかに、二つの部分に分かれている。

最初の段落では、ほら、一八八〇年、イワノフというロシア人の商人が、土地のニヴヒたちから『死の黒い湖』――a ‘black lake of death’――についての噂を聞く。その湖は、島の北東部にあって、鳥たちが真っ黒な水面にとらえられて死んでいくっていう話だ。イワノフは、この話に目をつけて、石油の探査と試掘を政府に申請する。けれど、そこまでで、彼は死んでしまう。

あとの段落では、その娘婿、退役海軍大佐のグリゴーリイ・ゾートフっていう男が、九年後の一八八九年、オハ地区の『黒い湖』――the ‘black lakes’――周辺での試掘の許可を得る。それから一五年かかって、ゾートフはようやく油田を掘り当てた。けれど、その彼も、自分の石油会社「ゾートフ石油協会」を設立するため資金集めに奔走しただけで、結局、義父と同様、野望がかなう前に死んでしまう。

それからまもなく、石油がもたらす利益に惹かれて、世界中からいろんな業者が、北サハリンに押しよせてきた……ってね。だいたい、そういう記述になっている。

ところで、このくだり、前の段落に出てくる『死の黒い湖（ア・ブラック・レイク・オブ・デス）』と、あとの段落の『黒い湖（ザ・ブラック・レイクス）』とは、もちろん同じものだよね。前者の不定冠詞“a”が、後者では定冠詞の“the”に変わって、〝例の「黒い湖」〟っていうくらいの調子になっている。だけど、両者のイメージのあいだには、ちょっとした違いもあるらしい。つまりね、前の『死の黒い湖』は単数形だが、うしろの『黒い湖』のほうは複数形だっていうことなんだよ。

おそらく、こういうことなんじゃないのかな。

イワノフが土地のニヴヒたちの噂でこの真っ黒な湖のことを知ったとき、それは、彼の頭のなかにぽっかり浮かんだ、いわば抽象的なひとつの場所にすぎない。けれども、ゾートフの代になると、それは、もっと具体的な場所なんだ。

政府から許可が下りると、ゾートフは、オハと、二百キロばかり南のノグリキとで、さっそく試掘を始めている。つまり、ひととおりの現地の探査なんかはすでに済ませていたらしくて、彼にとっては、『黒い湖』——the 'black lakes'——は複数であるってことが、すでに自明のことだった。

伝承のなかの『死の黒い湖』から、利権を生みだす資源としての『黒い湖』へ——。

両者のあいだには、たった一〇年たらずの開きがあるだけだ。だけど、ステファンっていう著者は、その間に生じていた『湖』の性質の違いを、こうやって言い当てているって、思えてきたんだよ。」

「ゾートフ……。

あなたの言っていることは、なんとなくわかる。」

ニーナは、メガネをはずして、また胸元にぶら下げた。

「——だけど、そこには、あなたの思いこみもあるでしょう。ものごとには、事実のレヴェルと、解釈のレヴェルがある。そのことは、わきまえておかないと。

『湖』が複数形になるのは、ただゾートフが複数の場所で試掘を始めたっていう、おそらく単純な事実に基づいているんでしょう。ここで、ステファンっていう著者が書いているのは、それだけよ。」

「そうだね……。たしかに。」

——政治的そして言語的な壁が、ソ連と日本、両国のサハリン史学者のいかに意義深い知的交流をも阻んできた。――

と、この若いアメリカ人の学者は述べている。

「彼はね、一度もサハリン島を訪れないまま、この一冊の歴史書を書いた。」私は言った。「何度も申請したんだけれども、とうとう最後まで入島は許可されなかったそうだ。」

「もちろん、そうでしょうね、冷戦下だもの。サハリン島は、極東の軍事的な要衝とされていたし、実際、外国人の入域は許されない土地だった。基地もいまよりずっと大きくて多かった。……そうね、わたしもユジノ・サハリンスクまでは何度も旅客機に乗務したけれど、やっぱり、制服の軍関係者の姿が座席に目立った。そして、ここから西側の外国に渡るというのも、同じように、考えられないことだった。」

またステファンは書いている。

――たとえば、戦前の日本側によるこの島についての叙述は、ロシア語で書かれた資料を参照せず、しかも、北サハリンにまで視野を広げることなく、概して南樺太だけを対象として扱った。この島が、北海道からわずか四〇キロほどの距離にあるのにもかかわらず、戦後のソ連領サハリンに関する日本での研究は、いまもまったく見あたらない。一方で、ソ連の歴史学者も、「侵略者」とか「略奪者」ばかりではない日本のサハリン史上での役割を無視してきたし、また、日本の資料を参照することを努めて避けてきた。こうして、まったく見解を異にする二種類の記録が作りあげられ、公正で総合的なサハリン島の歴史は、まだどこの国の言葉によっても書かれてはいないのだ。――

この"Sakhalin: A History"という本を、著者ステファンは、東京で書いていた。客員研究員として、早稲田大学に彼は滞在していたからだ。前後して、イギリスへの留学や、ソ連への研究出張などもあり、彼は、日ソ両国の文献に加えて、中国、ドイツ、フランス、ポーランド、イギリス、米国の資料も参照し、これらを互いに突きあわせながら、その論稿を書いていった。

けれども、冷戦体制の一方の当事国に身を置く自分が、これを書く、そこでの「公正さ」は何がどうやって保証するのか——、そうした自問は、彼の脳裏を離れなかった。偽善をはさまず、この問いをおしのけてしまうことは難しい。だからこそ、彼は率直に述べている。「わたしは、一米国人として、あえてこの島について書くことに、何かと心もとなさを覚える」と。不安と、その自問の上に身を置きながら、彼はこの研究を続けた。

「ともあれ、ニーナ。僕がこの本に興味を持ったいちばんの点はね——。」私は言った。「著者が、サハリン島に一度も行ったことがないまま書き上げたっていう、まさにそのことだった。つまり、彼は文献その他の資料のほかには、あとは自分の想像力を頼りに、この仕事を進めていくしかなかったわけだ。この点だけに限れば、彼は、僕と同じ条件のなかにいた。ステファンは、実証的なタイプの史学者だ。だけど、粘り強い考証の末に、ここで述べられている『黒い湖』は、彼が自分の想像のなかにつかんだ風景だった。」

「ははん……。」

冷めきったコーヒーを飲みほして、ニーナがちょっと笑った。

「——私の最初の質問に、あなたはやっと近づいた。」

「そうありたいな。」

テーブルの上に組まれた彼女の両手の指に、私は目を落とす。関節ごとに、深く皺が刻まれ、ところどころ、象牙色の肌に、灰色がかった染みがちいさく斑点をつくって浮いている。銀の台に小粒のブルー・サファイアを載せた指輪を、左の中指に嵌めている。

「――ともあれ、僕には、あの温泉宿のおやじさんから聞いた話が、それまで、なんだか、とりとめないものに感じられるだけだった。だけど、やっと少しずつだけれども、それが具体的な景色をともなうようになってきた。

捕虜としての強制労働のなかで、おやじさんは、油井の汲み上げポンプの掃除なんかもやったと言っていた。明け方、石油櫓に昇ると、黒く油の滲んだ荒れ地が、ずっと遠くまで広がっていたと。

その景色も、ゾートフが油田発見の野心を抱きながら眺めた、散在する『黒い湖』――。これの半世紀後の広がりのなかにある。」

――古いコンクリート造りの図書館に、それからも私は通った。

引き揚げ者援護の資料や、戦後開拓の資料をめくってみたのも、そのころだ。

日本が戦争に敗れ、海外の植民地などから日本に引き揚げてきた人びとの総数は、六百数十万人とされていた。また、戦後、開拓農家となって、日本全国の未墾地に入っていった家族は、引き揚げ者を中心におよそ二〇万世帯。つまり、七、八〇万人にはなるのだろう。大きな都市ひとつに匹敵する人数である。これは、私には信じがたいほど、とても大きな数字だった。

どうして私は、それすら知らずにいたのだろう?

南サハリンが、日本領樺太とされていたのは、日露戦争後の一九〇五年から四五年にかけて、四〇年間。

戦後数年のうちに、旧日本領の南サハリンからは、四〇万人近い日本人が日本国内に引き揚げ、四万人ほどの朝鮮人はそのまま現地に残された。そして、また新しく四〇万人以上のソ連人が、大陸の各地から、この東の果ての島に、埋め合わせるかのように移住した。彼らは、工場や炭坑、漁業の労働者であり、あるいは教師、兵士であり、またその家族だった。住民の顔ぶれは一新したが、そこが「移民」の島であり続けたことでは変わりがない。けれど、こうした移住の募集が、いったいどういう条件のもとで行なわれていたのか、詳細はわからないままだった。

また夏が過ぎ、秋が足早に深まって、公園のイチョウの樹々は、いつのうちにか葉をすべて落として、尖った枝を寒空に張りだして立っていた。

「シベリア出兵」、「尼港（ニコラエフスク）事件」、「北樺太占領」……。大正なかばの新聞のマイクロフィルムをたどってみたりもするうちに、サハリン島の対岸、商人イワノフやゾートフがかつて暮らしたアムール河口ニコラエフスクの町に、日本の民間人や軍隊が進出していく様子なども、少しずつだがわかってきた。

一九二五（大正十四）年。日本とソ連のあいだに国交が樹立されて、北サハリンを占領していた日本軍は、北緯五〇度線以南の日本領樺太まで撤退し、それまでの五年間に及んだ北サハリン占領は終わる。これと引き換えに、日本側は、オハなどの油田の利権の半分を継承し、翌年、新たに日本の石油会社「北樺太石油」が設立された。そのことについても、“Sakhalin: A History”の記述などからわかっていた。

「北樺太石油」の社長は、三代にわたって、いずれも日本海軍の予備役中将だった。最盛期には、ソ連人と日本人あわせて三千人ほどの従業員が、オハを中心とする現地で働いていた。一九四三年秋、日ソ両国の関係悪化がいよいよ深まり、すべての産油施設を閉鎖し、日本本土に撤退している。

これによって人員に余剰が生じた「北樺太石油」は、翌四四年二月、従業員三百人あまりを海軍軍属として、赤道直下の南方油田、ニューギニア島西端のクラモノ油田の開発へと送り出す。日本軍の敗色はすでに濃く、南洋方面には制海権すらもうなかった。彼らのうち半数以上の一六〇人が、本務の油田開発にさえ十分携われないまま、翌年夏の敗戦までに、戦病死に見舞われた。

「だから、ニーナ。」

私は言った。

「――むしろ、こう言うべきかもしれない。

僕は、そうやって、だんだん北サハリンまで引き寄せられてきたんだよ。

少年のころ、この世界のへりを、自分の目で確かめてみたいと思っていた。サハリン島の影を眺めれば、そこに渡ってみたくなった。ただ、それは、まだできない時代だった。だけど、あのおやじさんの話を聞いてから、僕は、そこからさらに先、この島の北の端のオハまで、確かめに出向きたくなった。

旅を思いたつって、ただ、そんなものだろう?

『死の黒い湖』――。僕の想像のなかに、すでにそれはある。でも、それをね、僕自身の目で、現実の世界と重ねあわせてみたくなった。」

「それを確かめて、何になるの?」さらに彼女は言った。「そうすることで、何が、あなたに理解できる?」

「わからない。

ただ、こうやって旅をしてくるには、とりあえず、目的地が必要になる。それだけのことなのかも。」

「センチメンタル・ジャーニーの行き先が、蜃気楼みたいに、日本の山の開拓地から、ここまで移ってきたっていうことかしら?」

指を頰に当て、うふふ、とニーナは笑った。

「旅には意味などないかもしれない。だけど、それが悪いとは思わない。」

「あら、もちろん。」人さし指を立てて、彼女はうなずいた。「自分のやりたいようにやっていい。それが、旅行者のマナーだから。」

私も、残りのコーヒーを飲みほした。

そして、彼女の指のちいさなブルー・サファイアに目を落としてちょっと考え、目を上げると、また言った。

「あのね、今度の旅の手配を終えて、僕は、あの温泉宿のおやじさんに電話してみた。三年ぶり、そして、はじめての電話だ。相手が覚えているかどうかは、わからない。けれど、オハでのことについて、確かめておきたいことがいくつかあったし、僕自身が今度オハに行くってことも告げておきたかった。

電話に出たのはね、奥さんらしい女性だった。前に泊まったとき、食事を運んだりしていた人かもしれない。

『死にました、主人は。』

って、彼女は言った。

脳……。」

「脳梗塞（セレブラル・インファークション）？」

ニーナが、言葉をくれた。

「そう、それ。脳梗塞の三度目の発作が起きて、二年前の暮れに亡くなったって。この秋限りで、宿も処分して、彼女は町に下りるんだそうだ。息子夫婦のところに身を寄せるって言っていた。」

「悪い終わり方じゃないと思う。」

ニーナが言った。


稚内の港から、フェリー船で、南サハリン・コルサコフに渡る前日。

宗谷岬まで、稚内空港からそのまま足を伸ばした。立派な展望台が、いまは丘の上にできていて、けれど観光客はまばらで、そこにコイン式の双眼鏡が据えてある。空は晴れていた。海上にはガスがかかっているのか、サハリン島は見えなかった。

海辺の駐車場のほうに下っていくと、ペンキ看板の剝げかけた《日本最北端の店》が、まだあった。痩せた、腰の曲がった老女が、店先の木の丸椅子に、身をちぢこめて座っていた。

冷蔵庫からオレンジジュースの瓶を抜きだし、渡すと、

「ひゃく、じゅう、えん。」

そう言って、老女はさらに背中を丸めて、肘を力ませ、銀色の栓抜きで、体中の重みを預けるようにして、すぽん、と開けてくれた。

「——お一人かい？」

カウンターの隅につかまって、二十数年前と同じように、老女は訊いてきた。

「うん。そうですよ。」

「何しに来たの。」

と、また言った。

「サハリン島へね、行くんです。あしたの朝の船で。」

「樺太かい。」

確かめる。

「ええ。」

「何しに行くの、あんなとこさ。親御さんらがあっちの人だったのかい。」

「いいえ。そういうのじゃなくて。観光ですよ。ずっと、もっと北のほうまでね、行ってみようと思って。」

「うちのじいさんは、何べんも樺太さ渡ったんだ、戦前に。最後の三年半は兵隊に取られて、それからは、国境警備で。」

老女は言って、丸椅子に腰を下ろした。

「——隣のばあちゃんも、引き揚げだから。ときどき、テレビでやるっしょ、向こうの景色が映った番組。うちのじいさんといっしょに、『ほらほら、あの建物が残ってる。』とか言いあって見てるんだ。だけど、いっぺん、墓参団にくっついていって、がっかりしたんだと。行くもんでないと。残ってるのは、テレビがいっつも映すような町なかのなんぼかの建物だけで、ばあちゃんらが住んでたようなちいさな集落なんかは、どこも、もう、見る影もないって……。」

日だまりのなかで話しながら、彼女は、いよいよちいさくなっていく。


ホテルの壁時計は、午前一一時を少し回っている。

「あ、もうこんな時間。そろそろ行ってみましょう、博物館に。」

赤いハーフコートをつかんで、ニーナは立ち上がる。

空は明るいが、まだ、細かな雨が、かすかに降っている。ときおり風が吹く。色づいた白樺の並木が、そのたび、はらはら、黄葉を宙空に踊らせる。

スカーフで彼女は髪を覆う。傘は差さず、ゆるい上り坂を、ゆっくり、となりあって歩いて、博物館のほうに向かった。

「オカモト、さっきの話ですけどね。」しばらくしてから、前を向いて歩きながら、ニーナが言った。

「あなたは、この世界が、たった一つのものだと感じてる?」

「え?」

「わたしたちは、それぞれ、まったくべつべつの世界を見ながら生きてるんだって、感じることは、ない?」

少し歩いてから、答えた。

「漠然と、そんなふうに感じることは、ありますね。」

「年をとってくるとね、実感する。漠然とじゃなく、即物的に。」

風が吹く。白樺の黄葉が舞い、ニーナは前かがみな姿勢で、スカーフを押さえた。

「――まずは、約束をひかえるようになる。『じゃあ、来年また会いましょう』とか、そういうことを。」彼女は笑った。「嘘つきになってしまったら、いやだから。これは、若い人たちが経験している世界とは、べつのものでしょう？」

「ああ、なるほど……。」

「ほら。」

ニーナは、宙に高く舞っている、白樺の黄葉を指さした。それは風に乗り、弓なりの弧を描いて、道路脇の土の上に落ちていく。

「――あそこに、何が見える？」

「葉っぱが、枝を離れて、……地面に落ちる。」

「わたしは、あの葉っぱが、わたし自身だと感じる。世界の前を、わたしは一瞬でよぎって消えていく。」

それから、ニーナは、こんなことを話した。

――一九四五年、戦争が終わったとき、わたしは一五歳の女子学生で、ハバロフスクにいた。父は、ソヴィエト海軍の将校だった。だから、家は海軍居留地のなかにあった。父方の祖父母。母方の祖父母。さらに、この祖母の弟などを含めて、ぜんぶで一四人の大家族だった。

当時、ソ連の民間人には一日二五〇グラムのパン、また、現役の軍人や肉体労働者には六〇〇グラムのパンが配給されていた。

いくらかでもこれを補うために、家庭菜園で野菜をつくり、アヒルや豚を飼っていた。隣に建てかけの建物があったけれども、戦時中は工事が中断されたままになっていた。戦後に工事が再開されてできあがり、そこに日本人の捕虜たちが入ってきた。二〇人か、三〇人くらい。彼らは、痩せて、青白い顔で、消耗しきっていた。わたしたちは、配給のパンを彼らと分け合って食べた。毎日、毎日、手に入る食べものは、パンだけ。このパンを分かちあうのがどういうことか、わかってもらえるだろうか。ただ、ホスピタリティの気持ちから、わたしたちはそうしていた。

日本兵たちは、かならず二人でパンを乞いに来た。誰もが、二十歳になるかならないかの年若い兵士たちで、むしろ、わたしより幼く見えるほどだった。

あるとき、日本軍の将校が、この様子を見かけて、兵士たちを猛烈に叱りとばした。そして、わたしたちに、「彼らにパンを与えてくれるな」と言い渡した。

わたしは「なぜ?」と問いかえした。

「――想像してみてください。あなたたちが、日本でソ連兵を捕虜にした場合のことを。もしも、いまのあなたのような考えだったら、ソ連兵を餓死させてしまうでしょう。」

けれど、このとき日本人の若い兵士たちは、ソ連軍の捕虜として餓えていた。

その日本の将校は、ロシア語が上手だった。そして、英語の教科書を持っていた。日本に、オペラ歌手の奥さんがいるということだった。

それは、まだ戦後まもないころだった。日本の歌のレコードを、わたしたちは三枚持っていた。二階に住んでいたので、わざと窓を開けて、そのレコードをかけた。兵士たちは、窓の下に集まってきて、聴いていた。——

——一九四一年、わたしはまだ一一歳で、第五学年の子どもだった。そのころは、西シベリアのアルタイ地方に住んでいた。父の任地の都合で、母とわたしは、そこの親戚に預けられていた。ドイツ系の住民たちが、交戦国のナチス・ドイツへの協力者であることを疑われて、ヴォルガ地方から、そこに送られてきた。彼らも、痩せて、青白い顔をして、消耗していた。わたしたちは、彼らにも食べ物を分けていた。ナチスの一員としてではなく、人間として。獣のような扱いで、彼らを遇するべきでないと思っていた。

何年か経ってからだったと思う。わたしたちの住まいに、彼らがまた訪ねてきた。そして、「ありがとう」と言った。そのとき、彼らは、もう痩せても青白い顔でもなくて、つやのある、健康そうな顔だった。彼らは、ナチス・ドイツに共感を抱いていたかもわからない。けれど、ひとりの人間として、わたしたちを訪ねてきたのだと思う。ただホスピタリティとして、わたしたちは、そうすることを選んでいた。——

——戦後しばらくして、わたしは、レニングラード、いまのサンクト・ペテルブルクの外国語学校に入った。一九四八年のことだ。

ドイツ兵の捕虜たちも、そこで見た。一九四九年から五一年ごろにかけてのことだったと思う。彼らは街の建設のために働かされていた。穴を掘ったり、建物をつくったりしていた。

わたしの父はウラル生まれ。母はウクライナ生まれだった。

父方の祖父は、第一次大戦のとき、帝政ロシア軍の陸軍大佐だった。前線でケガをして、退役した。革命後は、砂糖工場で働いていた。

母方の祖父は、革命前、ウクライナの公爵だった。祖母は、女子ギムナジヤから音楽院に進んで、ピアニストになった。祖母の弟は、鉄道技師。シベリア鉄道の副主任を務めて、アムール川に架かるハバロフスク大橋梁の建設にも携わっていた。革命のとき、祖父母も母たちを連れてウクライナを離れ、ロシア極東まで逃れて、難を避けることができた。

わたしがレニングラードの外国語学校に入ったときには、この祖母も同行して、いっしょに学んだ。彼女は、勉強が好きだったのだ。——


やがて、古いコンクリート二階建ての博物館のちいさな建物が、正面に見えてきた。

陳列室には、誰もいなかった。うすく埃をかぶった展示品が、棚やガラスケースに無造作に並んでいた。誰の関心も引かずに生命の活動からはぐれて、この世から廃棄されてしまったさまざまな物どもの行列を、それらの佇まいは思わせた。

油田地帯の模型。

ニヴヒが夏につかった丸木舟。

冬の犬ぞり。

アザラシの剝製。

トナカイの毛皮のブーツ。

手持ち式の革張りの太鼓。

打製石器の鏃。

「オカモト……。」

ニーナの小声が、天井に当たって、落ちてくる。


——オカモト。わたしは思うのだけど。

ものごとを国境の両側からとらえるのは、とても難しい。

わたしたちは、異なる言葉に縛られて生きている。身を置く場所に、視野をそれぞれ限られながら、この世界を眺めている。誰も、そこからは、逃れられないものなのよ。

そのことに、わたしは、注意深くあろうとはしてきたの。

スチュワーデスとして乗務していたころ、到着地ではね、わたしは、若いころから、ほとんどと言っていいくらい、街には出なかった。乗務のスケジュールがハードだったし、たまに同僚たちから街に行こうよと誘われても、わたしは気が進まなかった。それより、宿舎のベッドに一人で横たわって、そこにいま自分がいることを感じていたかった。わたしにとってのウランバートル。わたしにとってのストックホルム。わたしにとってのニューヨーク。わたしにとってのロンドンを。

けれど、後悔も、ないわけではない。——


雨は上がっている。博物館を出て、ホテルへの道を引き返す。

坂を下りきると、ホテルの前、大きな水たまりの脇で、ニッサン・サファリに革ジャンの背中をもたせて、アリエクが待っているのが見えてきた。

「こんちは（ドーブルイ・ジェーニ）！」

まだ遠いのに、大声で、にやにや笑いながら、右手を高く上げて振っている。そして、私たちが近づいていくのを待ってから、言った。

「——日本人の墓地が、わかった。町から北にはずれた丘の上にある。ただし、ぼうぼうの草むらだそうだから。こんな雨上がりじゃ、きっと、足もとが濡れるよ。」

「かまわない。ちょっと行ってみよう。」

ニーナの通訳を介して、私は答えた。

彼はうなずき、エンジンを吹かして、私たちが席に着くのを確かめると、発車する。ワイパーが、一回、二回と、左右に振れ、泥まじりの雨水をフロントガラスの両隅に寄せて、濁った縞模様をつくった。

コンクリート五階建ての建物が、道の左右に並んでいる。どれも、くすんだ外壁に、大きな、裂けたようなひび割れが、何本も走っている。いくつかのヴェランダには、もう、洗濯物が干してある。

町のはずれで、アリエクは左に道を取る。舗装道路と別れて、丘の上へと続く赤土の傾斜を、がたぴし、ゆるゆるのぼっていく。

のぼるにつれて、右手の遠く前方、ツンドラの広がりに、湖が、二つ、三つ、四つと連なっているのが見えてくる。雲を破って、薄い日射しが、それらを淡く光らせる。風が、ツンドラを渡る。低い草木が、黄、オーカー、えび茶、わずかなモスグリーンもまじえて、波打つようにうねっていく。そのむこうに、にび色のオホーツク海。白い波が、弓なりの海岸沿いに、幾筋も重なって伸びながら、空とのあわいに溶けていく。

「墓標は六四あるんだそうだ。草の茂みに、全部見つけることができればね。レンガを低くちいさく重ねて、コンクリートで塗りかため、それがまだ柔らかなあいだに、死者たちの生没年が刻んである。捕虜たちが、日本に引き揚げる直前に、つくっていった墓標なんだそうだ。だけど、そこが実際に埋葬された場所なのかどうかは、訊いてみたけど、誰も知らなかった。」

でこぼこ道の窪みをよけるように巧みにハンドルを切りながら、アリエクが言った。

「寒くなってきたわね。」

スカーフを首に巻きなおし、ニーナは、赤いコートのボタンを一つずつ留めだした。

……ぱらぱらぱらぱらぱらぱらぱらぱら……。

黄色いヘリコプターが、前方の空高くで、機体を大きく傾けながら旋回し、海のほうに出ていく。泥に汚れ、赤錆が浮いている。

「ずっと沖の海上につくった石油採掘場に、物資を運んでいく。作業員の交代要員もね。」

アリエクが、海の方角を指さした。

もちろん、こんな調子でパプア・ニューギニアまでは飛んでいけない。船で、きっと運んでもらうのだ。

○

“Привет из Охи!”

プリヴェート・イズ・オヒ――。

これは、どうやら、「やあ！　オハから、こんにちは。」くらいの挨拶らしい。

仕事にひと区切りをつけ、私は、ロシア語の辞書をめくって、アリエクからのファクスを訳しはじめた。ロシア文字は、アルファベットの順番もうろ覚え。しかも、単語が、名詞まで語形変化を起こすので、とても引きづらい。「主格」「生格」「与格」「対格」「造格」「前置格」とか。また、それぞれについての「単数形」「複数形」とか。また、「男性名詞」「女性名詞」「中性名詞」の区別もある。

基本的なパターンを憶えてしまえば、さほどやっかいでもないのかもしれないが、私の場合はもうかなり頭が固くなっていて、いちいち、すべての単語を、こうやって語形変化表とにらめっこしながら、引いていくしかないのである。

「Охи」（オヒ）は、「Оха」（オハ）の生格である。

「из」（イズ）は前置詞。生格の名詞の前に置かれて、「～から」となる。これだと「オハから」。

「привет」（プリヴェート）は「挨拶」。けれど、「Привет!」とエクスクラメーション・マークがつくと、「やあ！」というほどの口語的表現になるのだそうだ。

だから、まあ。

――オハから、やあ！――

こんなところでもいいのかもしれないが。

ええと……。

次は。

“С острова Сахалин!”

ス・オーストラヴァ・サハリン――。

「с」（ス）は前置詞。これも、生格の名詞の前では、「из」と似たような意味になるらしい。

「острова」（オーストラヴァ）は、「島」を意味する「остров」（オーストラフ）の生格。

だから……「サハリン島より！」。

じれったい。

気がはやる。

なかなか、わからない。

○

「黒い湖」――「鏡の湖」を探して、赤土の泥に汚れたニッサン・サファリを、さらにアリエクは走らせる。

いろんなところに、湖があった。

海辺の砂地に、ぺたんと、広がっている湖。また、丘と丘のあいだの窪みに、ぽっつりと、涙みたいに溜まっているものもある。土壌は、どこも痩せている。小石まじりの赤土か、薄灰色のこまかな砂地ばかりなのだ。

湿った砂地の上を、てん、てん、てん、と、獣の足跡が横切る。

「あれはアカギツネ。」

歩きながら指さして、ニーナがささやく。

もっと間隔の狭い、ちいさな足跡もある。

「これは野ウサギ。」

大きな靴の足跡も。

「これはアリエク。」

目を合わせ、くすんと、彼女は笑う。

草の茂みに分け入って、アリエクが、いろんなベリーをてのひらにいっぱい摘んでくる。私のてのひらにも、それをこぼすように移してくれた。水滴が、液果の粒と粒のあいだを走って、きらきら光る。

ガルビカというのは青い粒。

「これは、すっぱい。」

シクサは黒。

「甘い。」

リャビナは赤い。

「生（なま）では、これはおいしくない。だから、コンポートにする。」

ブルスニカは、さらにちいさな赤い粒。

「甘ずっぱい。」

コスチャニーカも赤。

「これにはほとんど味がない。」

野鴨の羽毛や頭が散らばる、狩猟の跡らしい場所もある。

「熊にも、ばったり出会うかもしれないよ。」

藪のあいだの小径で振りむき、アリエクがにやっと笑う。

「——もうすぐ冬眠の季節で、やつらも食べものを探してる。」


結局、どの湖も、美しく澄んだものばかりで、「鏡の湖」には出会えない。

おそい午後。

水底は暗い翳になり、さざ波だけ、黄金色に光る。

「あれは？」

「ただの湖だよ。傾いてきた陽射しを、波がしらが受けてるだけだ。」

風に押され、さざ波は、ちりちり輝きながら、向こう岸のほうへ寄せていく。

水べりの草を掻き分け、踏み倒しながら、アリエクは水ぎわに下りていく。

「ほらね。」

水中から伸び出る茎を、ひと摑み、しぶきを立てて横へ押したおし、私のほうに示した。

「——『鏡の湖』なら、水面に触れる部分の茎は、石油で黒く汚れている。だから、たとえ油膜が浮いていない日でも、すぐにわかる。

だけど、ここの水べりの草は、どれも、きれいなままだ。この湖には、石油なんか、少なくとも今年の夏のあいだ、ぜんぜん浮いていなかったんだ。」

「ねえ、オカモト……。」

ベリーを一粒、指で口のなかに落として、ニーナは言った。上下の唇が、ところどころ、青や黒に染まっている。

「——ずいぶん遠くまで来ちゃったわ。きょうはこのくらいにして、日が暮れてしまう前にオハのはずれまで戻って、油田を見ておかない？」

「そうだね。僕も、それが、気になっていた。」

タイガの暗い木立ちのあいだを縫って、ニッサン・サファリは、上ったり、下ったりしながら、また赤土の道を走っていく。長い傾斜を上がりきる。この一本道が、黒い森を引き裂くように、ずっと遠くまで、ぐねぐね続いていくのが見えてくる。タイガを抜けると、荒れ野のひろがりに差しかかる。

左手を指さし、アリエクが、

「強制収容所（グラーグ）。流刑囚たちがいた。」

それだけ言った。

薄い夕日に照らされ、自動車工場みたいな建物が、ふた棟ある。灰色の外壁。いずれも、とても高いところに、採光用のちいさな窓が取ってある。

白い塗装が剝げおちた、コンクリート三階建ての住宅棟らしいものも、ひと棟ある。階ごとに一〇あまりの窓が、規則的に並んでいる。

人影は見えず、たちまち後方に流れ、消えていく。

「——いまは、誰もいない。ただ、あのまま棄ててある。」

オハ郊外まで戻ると、もう日没まぎわだった。するするスピードを緩めて、クルマをアスファルト道路のわきに寄せていき、わずかな高みになったところにアリエクは停車した。

「油田だ。」

彼は言って、クルマから外に出た。

そこから見わたせるのも、ただの荒れ地の広がりだった。

黒ずんで湿った土。水たまり。赤土。茶色く立ち枯れた雑草の茂み。ひょろひょろと細く傾く、木の電柱。トラックの轍（わだち）……。これらが、ずっと遠くまで続いていた。

きのう、空港から町に向かうとき、《ロバのパン》のクルマの窓から眺めたのと、ほとんど同じような景色である。

汲み上げポンプらしい赤錆びた機械が、荒れ地のなかに、ぽつん、ぽつんと、なかば黒い影になっている。発動機の力が、シーソーみたいな挺子（てこ）の動きに伝えられ、ぎっこん、ばったん、それらは上下にゆっくり動いている。背丈の二、三倍ほどの高さだろう。大きな鉄の馬が、首と尻尾を代わる代わる上下させ、水を飲んでいるかのようでもある。

ぎっこん、ばったん。

ぎっこん、ばったん。

ぎっこん、ばったん。

人影は、どこにも見えない。

「ロシア人はね、『カチャールカ』って呼んでいる。赤ん坊の『ゆりかご』のことよ。」機械の影のひとつを指さして、ニーナは言った。「ちょっとブラック・ユーモアじみているけれど。」

海の方角からの風が強く渡り、彼女はハーフコートの衿を立てて、両手をまたポケットに突っ込んだ。

西の空の雲が動き、柿色の夕陽が、荒れ地の起伏に射してくる。

これが、油田？

高くそびえる石油櫓なんか、どこにも見当たらない。

「石油櫓は？」

振り返って、アリエクに確かめる。

「ここには、もうない。」

彼は答えた。

「――櫓はね、油井を掘削するための施設だ。ここの油田は、もう衰えてきていて、新しく井戸を掘ったりはしないから。

稼働している石油櫓が見たいなら、あした、もっと南の海べりのほうへ行ってみよう。

ここにある櫓といえば、……あれだけだ。」

そう言って、指さした。

夕陽に照らされ、百メートルほど離れたところに、ちいさな丸太小屋が建っている。

三角屋根の平凡な小屋である。けれど、ずいぶん大きい煙突のようなものを備えている。

ふつうの民家の煙突にしては、根元が太く、屋根の片側の斜面いっぱいを占めている。上に行くにつれ、だんだん細くなる。一〇メートルほどの高さだろう。板張りで、おまけに、てっぺんには、ちっぽけな屋根をちょこんと載せている。つまり、目を凝らして見ると、どうやら、あれは「煙突」ではない。一種の「塔」である。窓はない。

「──あれも石油櫓だ。ただし、百年前の。」もういっぺん、アリエクが言った。「あそこの下には、サハリン島で最初に石油を汲み上げた井戸がある。だから、記念にああやって残してある。けれどね、こんなものを見るために、わざわざオハまで訪ねてくる観光客なんか、まずいない。ひょっとしたら、オカモト。君が最初かもしれないよ。」

はっはっはっ。

声たてて、むっとさせるような調子で、アリエクは笑った。

「だけど……、櫓って呼ぶには、ずいぶんちゃちだな。どうやって油井を掘ったんだ？　小屋の煙突みたいなもんじゃないか。」

気持ちを抑えて訊くと、その方向の宙を、アリエクは指でなぞりだす。

「あの櫓のてっぺんの内側には、滑車が付いている。掘削用の重い刃物（ビット）をそこまで吊りあげて、どすんと、真下の地面に落とす。そうやって、砕けた土や石を取りのぞく。ただ、その繰りかえしだよ。人夫たちが、あの小屋に寝泊まりしながら、毎日、昼も夜中も、一日に何百回となくそれを続けた。深さ一五〇メートルくらいまで掘ったらしい。

サハリン島で最初の石油を掘り当てた、その男はね……、名前は、ええと……。」

「グリゴーリイ・ゾートフ？」

ニーナが、通訳しながら、助け船をだす。

「ああ。そうだった。」彼は苦笑する。「ともかく、そいつは、運の悪い男だった。」

アリエクは話していた。

――ゾートフは、たしか、ぼくと同じサンクト・ペテルブルクの生まれだ。当時は帝政ロシアの首都だった。

彼はロシア海軍の将校だった。

出身の階級も良かったし、優秀な男で、出世が早かった。そして、ロシア艦隊の一員として、アムール河口のニコラエフスクに赴任してきた。一九世紀の後半のことだよ。ニコラエフスクは、いまでこそせいぜい人口もオハとどっこいどっこい、カニや鮭の漁船が出入りするだけのさびれた漁港の町だけれど、そのころは、ロシア海軍の極東での主港地だったんだそうだ。だけども、ゾートフは、ここでの赴任中に、土地の商人のまだ若い娘と結婚してしまった。持参金がはじめは目当てだったという噂もある。けれど詳しいことはわからない。

そう、君がきのう言っていた、イワノフっていう商人の娘だ。……たしかね、ナスターシャっていうんだよ。ゾートフ夫人……ナスターシャ・ゾートヴァだ。

そのうち、海軍はじょじょにニコラエフスクからの転出を始めた。ウラジオストークやハバロフスクでの基地建設が進んで、海軍の主港がそっちに移されはじめたからだった。けれど、ゾートフはなんだかんだと理由をつけて、転任をひきのばした。

舅のイワノフが、君の言う「死の黒い湖」の話をサハリン島のニヴヒたちから聞きつけてきたころ、ニコラエフスクの町は、もうずいぶんさびれてしまっていたはずだ。軍隊が移転すると、商人も、漁師も、人夫も、女たちも、いっしょに移っていく。だから、朽ちた空き家だらけでね、旅館さえ一軒もないような町になっていったっていうんだから。

そのうち、任地替えをとうとう断りきれなくなって、ゾートフは海軍将校の身分を捨てて、軍隊を辞めてしまった。どうして、そんなふうに彼がしたかは、わからない。——

……ぎっこん、ばったん。

汲み上げポンプの「カチャールカ」の影は、三角屋根の小屋の手前でも、右でも、左でも、動いていた。それは「ゆりかご」というより、むしろ死神の鎌のゆらぎのようなものを、私に思わせた。

アリエクは、なにか取り憑かれたように、ゾートフという男をめぐる噂を話し続けた。

——彼は、妻を愛していた。女房のナスターシャは、生まれ育ったこの極東の港町しか知らず、この教会や淡い海の匂いに愛着を抱いていて、しかも、大きな街で将官たちの家族と如才なく社交したりはできそうにない女だった。だからこそ、彼は、ニコラエフスクの町から離れようとしなかったのかもわからない。けれど、それだけの理由で、軍隊での地位も将来もみんな捨てて、魚くさくて退屈なだけの極東の港町で、死ぬまで暮らす気になるだろうか。ぼくにしたって、自分が、なぜ、いまこんなところにいるのか、それを考えると、ときどき、奇妙な気持ちになることだってあるんだから。

舅のイワノフはもう死んでいた。あるいは、ひょっとしたらゾートフは、先の見えてきた海軍暮しにはこのへんで見切りをつけて、残りの半生、舅の大胆不敵さを見習って、石油で大きな一発を狙ってみるのもよかろうと思ったのかもしれないな。どっちにしても、はっきりしたことは、わからない。

ともかくも彼は、イワノフみたいに手荒な男ではなかった。どちらかというと、机に静かに貼りついているような人間だ。そろばん勘定にも、科学的な油田探査の方法の勉強にも熱心で、それから、プーシキンの詩が好きだった。

《シベリアの鉱山の奥そこに、たかい誇りをもって耐え忍べ……》だったか。会計帳簿の冒頭にね、そんなプーシキンの詩の一節なんか、わざわざ書きつけていたんだそうだ。

だけど、彼は、きっと、ひそかに故郷の都を懐かしがっていたんだよ。このプーシキンの詩にしたってそうだろう。デカブリストっていったっけ。たしか、専制政治とか農奴制の廃止を皇帝に求めて、サンクト・ペテルブルクで反乱を起こした貴族出身の若い軍人たちを、この詩はうたっているんだったろう。子どものころ学校で覚えさせられただけで、こんなのは苦手なんだけど、たしか、そういう反乱に加わってシベリア送りにされた友人に捧げて、プーシキンがつくったんだ。ゾートフが生まれるよりまだずっと前の話だ。だけど、彼は、出身の身分が似ていたりもするもんだから、きっと勝手に、極東暮らしの自分の身の上をデカブリストたちに重ね合わせてみたりしながら、一人で自分を慰めていたんだよ。

ブルゴーニュ産のワイン。マニラ葉巻。ときどきそんなものを町の雑貨商に注文して、サンクト・ペテルブルクのエリセーエフ商会から、半年がかりで取り寄せたりもしたんだそうだ。魚の匂いがする町に暮らしながら、たまに彼は、そうやって、自分で自分をだました。

都の匂いなら、なにもかもが、懐かしかったんだろう。地下出版の政治リーフレットなんかまで、こっそり取り寄せて、読んでいたりもしたらしい。——

「わたしの街ハバロフスクの郷土誌博物館に、ひとつ、ゾートフの旧蔵品があったのを覚えてる。たしか、彼の遺族が寄贈したっていうものだった。」

通訳にひと区切りつけて、ニーナが、私にむかって口をはさんだ。

「——それはね、たしかに、一冊の薄っぺらなリーフレットなの。第二インターナショナルの創立大会が、パリで開かれたときのもので、ロシア代表のプレハーノフの演説がフランス語で印刷されている。シベリアを通り越して、当時のロシア極東に、こんなものが残されていたこと自体がめずらしい。そして、このリーフレットの何ページ目かの上の余白にはね、ゾートフのものらしい筆蹟で、なんだか奇妙な言葉の書き込みがあった。

"Но, как……?"

――《しかし、いかにして……?》ってね。

青黒いインクの、細くて、右上に跳ね上がっていく、ずいぶんぴりぴりと繊細そうな筆蹟で。そして、この書き込みのすぐ下には、わたしにも覚えがあるプレハーノフの演説中のフレーズが、ちょうど刷ってある。たしか、こんなふうな……。」

フランス語で、ゆっくり、ニーナは声に出す。

――"Les mouvements révolutionnaires gegnerions du terrain en Russie uniquement juste comme ceux des ouvriers." ――

――《ロシアの革命運動は、労働者の革命運動としてだけ勝利しうる。》――

「このプレハーノフのせりふはね、その一八八九年のパリの大会で、エンゲルスを大いに喜ばせたってことで、あとで有名になった文句なの。ゾートフは、そこにかぶせるように、《しかし、いかにして……?》、そういう書き込みをつけている。

これについては、ゾートフ研究者のあいだでも見解が分かれてきたって、博物館の解説プレートに記してあった。

ある論者は、当時のロシアの革命運動におけるマルクス主義への傾斜に、ゾートフがひそかに自身の疑問をはさんだものだと、述べている。

また、べつの論者は、ゾートフは油田の試掘の難航にひたすら頭を悩ませていたのであって、その苦悩の切れっぱしを、たまたま落書きしただけだろうって、推測しているんだとね。

どう思う?」

うふふふふ、と笑って、ニーナは続けた。

「——革命を導く労働者階級(プロレタリアート)?

ただ、言えるのは、当時のロシア極東には、そんなものはまだ影さえもなかったっていうことでしょうね。近代的な工場なんて、ここには存在していなかった。

それに、ゾートフは、これから石油を掘り当ててひと儲けすることを願っていたんだから、そんな革命は歓迎したくはないっていうのが、普通でしょう。

だけど、そのとき、彼がいったいどんな気持ちでこんな書き込みをしていたか、結局のところ、あとに残された物からでは、わからない。それらは、彼が脱ぎすてた、ぬけ殻みたいなものに過ぎないのだから。そういうものでしょう? ひとりの人間のなかの秘密って。」

——ともかく、そんなふうにして、ゾートフが石油の試掘を始めてから、十何年かが過ぎていった。

——

ニーナがしゃべり終わるのを手持ち無沙汰そうに待っていたアリエクは、また続けた。

——イワノフはよく肥えた大男だったが、ゾートフは痩せていた。おまけに、資金繰りに頭を悩ませているあいだに神経症を患って、かつてはふさふさしていた金髪も、いつのうちにか、額から大きく禿げあがっていた。資産はほとんどオハでの井戸掘りに使い果たして、ニコラエフスクの屋敷もあちこち朽ちていく一方だった。

ついに石油が噴き上げたのは、一九〇四年の秋だった。もう、オホーツク海から冷たい東風が吹いていた。あそこの井戸の櫓を、誰にも声をかけずに、ゆっくり、彼は見上げた。それから、馬車に乗り込み、タタール海峡を渡ってニコラエフスクに戻るため、浜への丘越えの道を急いだ。

日本とのあいだで最初の戦争が始まっていた。石油の需要が、いよいよ増していくのは確実だった。戦争が終わってしまう前に、事業を興しておかないと、大魚を逃す。だから、よけいに彼は急いだ。

ニコラエフスクの自宅にはひと晩泊まっただけで、次の日のうちには、ハバロフスクに向かうアムール川の汽船に乗っていた。ハバロフスクからは、シベリア鉄道のウスリー線の汽車に乗りかえて、資金調達先のハルビンをめざしたんだ。カネは集まった。けれど、このハルビンでもらった風邪が命取りで、ゾートフは死んでしまった。

結局ね、彼が手に入れた成功は、何もない。せいぜい、妻と、娘への愛情だけだ。だけど、海軍を辞めてから、彼はずっと石油のことで頭がいっぱいで、愛する家族を省みる余裕もなくして、そのまま後半生を使い果たしてしまったんだよ。

彼が死ぬと、妻のナスターシャは、石油会社の事業を、共同出資者といっしょに引き継いで興した。だけど、生き馬の目を抜くようなこの世界にへきえきして、数年後には、彼女もすべての石油利権を手放した。そして、あれほど愛していたはずの故郷ニコラエフスクの家を引き払って、娘といっしょに、アムール川を遡っていく汽船に乗り、ハバロフスクの街まで引越していってしまった。

あとには、油田だけ、オハにそのまま残った。――

……ぱらぱらぱらぱらぱらぱらぱら……。

青いヘリコプターが、遠く、高く、油田の上をかすめるように、タイガのほうからヘリポートへ帰っていくのか、左から右へと、空を横切って飛んでいく。大きく弓なりの航跡を描きながら、じょじょに針路を変えている。そのあいだ、機体の胴部、白抜きになった「IKAR」の文字に、日没まぎわの夕陽が当たって、橙色(だいだい)に光った。

機体を見上げながら、アリエクは、口のなかで何かぶつぶつ言っている。

「むなしい大事業(イツト・ウオズ・ア・フユータイル・エンタプライズ)だ。結局、彼は、鏡の湖の鳥みたいな運命をたどる。」

ニーナは、こんなふうに、それを訳した。

「IKAR」に反射する橙色の光はだんだん弱くなり、やがて、それは元の白い文字に戻って、ヘリコプターはさらに飛んでいく。

革ジャンのポケットから、アリエクはたばこを取りだし、ジッポーのオイルライターで火をつけた。風が渡り、左手で囲ったライターの火口(ほくち)は、ぼーぼー、音をたてながら燃えていた。

太陽はいっそう赤くなり、荒れ地のむこうの低い丘に落ちていく。

アリエクは、こっちに向きなおる。

「――これはね、よく知られた話だよ。このあたりでは。

それから、ちょっとおもしろい噂もある。

あそこの櫓のまわりでは、いまでも、ときどき、東からの海風が強く吹く日はゾートフの幽霊が出る。そして、そろばんを片手に、ランプの光をかざして、プーシキンの『エヴゲーニイ・オネーギン』を楽しそうに朗誦（ろうしょう）する姿が見えたりすることもあるんだそうだ。」

はっはっはっはっ。

と、彼はまた笑った。

風が、たばこの灰を飛ばす。革ジャンにふりかかった灰を手ではらい、彼はもうひと口たばこを吸ってから、路肩の下の大きな水たまりに投げ捨てた。

「アリエク！」

とたんに、強い口調で、ニーナが彼を咎めた。

土手下の水たまりは、影のなか、一面に黒く、まだらに黄色い渦が巻いている。

長径六、七メートルほどの歪んだ楕円形のものにすぎないが、どうやら、周囲の黒く湿った土から、原油が滲み出ているらしかった。

――危ないでしょう。アリョーシュカ。もしも、火がついて燃え上がりでもしたら、あなた、どうするつもりなの？――

そんな意味のことを言っているらしく、彼女は厳しい口調のロシア語で、ひとしきり、彼をなじった。

「ごめんなさい（プラスチーチェ）、ごめんなさい（プラスチーチェ）。ニーナ・ニコラーエヴナ。」

アリエクは、いつもの困ったような笑みを浮かべて、合掌して見せながら彼女に謝った。年長者のニーナのことを、彼は、かならず丁寧に「ニーナ・ニコラーエヴナ」と父称をつけて呼ぶのである。

「これ、鏡の湖？」

指さして、ニーナに言った。

「いいえ。」彼女は、私にまでぶっきらぼうな声のままで、答えた。「これはね、黒い水たまり。」

日が落ちた。

わずかな残照も、たちまち荒れ地のむこうに消えてゆき、闇が油田の上に降りてくる。

百年前の三角屋根と、その石油櫓とが、黒い影になって見えている。影はいよいよ深くなる。

遠く、そこの前あたりで、オイルライターのような炎が、ちいさく点った。誰かが、暗がりのなかに現われてたばこに火をつけたのか、それは、ほんの五秒ほど点っていただけで、すぐ、もとの闇に戻った。

「何かな？」

アリエクが見咎めて、言った。

「——ちょっと、見てくる。」

彼は、水たまりの場所を避けるように、枯れ草をかきわけ、土手を櫓のほうに向かって降りだした。

○

時計の針は、午後九時を回っている。

ファクスの本文、たった六行。

それでも、ロシア語をひと通り解読するのに、三時間ほどかかった。

《オカモト・タカシ！
やあ！　オハから、こんにちは。サハリン島より！
写真をどうもありがとう。
君の幸福、健康、そして成功を、われわれは祈っている！
また、うちに、お客に来てね！
こっちは、お金がまだ貯まらない。
早く、来い！　約束のときまで、あとたった一年しかない。
アリエク、タチヤナ、アレクサンドル
ネクラソフカ村、サハリン》

たった、これだけ。

しかも、「！」が六つだ。

だけど、これだけでは、写真を送って一年近くも経ってから、どうしてアリエクがいきなりこんなファクスを送ってきたのか、それさえやっぱりわからない。

写真を入れた封書が、丸一年かかって、やっと彼らに届いたということか。それとも、たまたま、いまごろになって気まぐれを起こして、こんなものを送ってきただけなのか。

そういえば。

ユジノ・サハリンスクの国際旅行社のタマラは、日本から発送された小包みがむこうに着くまで、数カ月かかったことがあると言っていた。

広い国土。郵便物も、いったん行き先にまちがいが生じると、転々と、際限のない旅をはじめることになるのかもわからない。

州都ユジノ・サハリンスクでさえ、そうなのだ。島の北端ネクラソフカ村までなら、一年くらいかかることだって、ひょっとしたらあるかもわからない。

また、そういえば——。

ネクラソフカ村の郵便局は、アリエク一家の住まいの床下だった。あそこも、五階建ての集合住宅だった。彼らは二階に入居していて、真下の一階の部屋には郵便局が入っていたのだ。ごく普通の公営住宅風の玄関のままで、ただし、そこの薄暗い階段ホールには、人の出入りの妨げになるのも構わず、どしんと、でっかい郵便ポストが置いてある。アリエク宅まで、わずか一五歩だ。

ファクスなら、二〇秒。

郵便なら、一年。

人間なら——。

オハ－ユジノ・サハリンスク間が、プロペラ飛行機で、二時間。

ユジノ・サハリンスク－函館間は、国際線だがこれもプロペラ飛行機で、同じく二時間。

コルサコフ－稚内間なら、フェリー船で五時間半。

ただし、どれも運行日、休航期間に、要注意。

これが、われわれのあいだの距離なのだ。

解読し終えた手書きの文面を、パソコンに入力して、プリントアウト。

それから、まだ書きかけの画面上の原稿もハードディスクに保存し、さらにマウスでポインターを動かして、パソコンのシステムを終了させる。……ことととと、ことと、ことととと……。微かな音を発して、ぱっと画面は真っ黒になり、起動スイッチのランプも消えて、機械は完全に止まる。
アリエクからのファクスと、訳文のプリント、それから辞書を、ひとまとめに揃える。これを腕に抱えて、
……とん、とん、とん、とん、とん……。
私は階下の台所に降りていく。

○

それは、おとといのことだった。

「ファクスが来た。アリエクから。」

私は言った。

流し台で、トモコは豆腐を賽の目に切っている。その背中に声をかけたのだ。

「誰って?」

振り返らず、ちょっとわずらわしそうな声で聞き返し、そのまま彼女はネギを斜めに切りだした。

「アリエクだよ。ほら、去年の秋、僕がオハで出会ったドライヴァー……。」

「ああ……。」

コンロの火に、片手鍋のだし汁がかかっている。豆腐とネギを、まな板から、そっくり、そこに落としていく。

トモコのショルダーバッグが、テーブルの上に投げだしてある。テイクアウトの総菜屋のレジ袋に、幕の内弁当が二つ入っているのが見えている。

火を止める。

だし汁のなかに味噌をとく。

もういっぺん軽く火を加えてから、おたまで二つの椀にそれを取り分け、彼女はテーブルのほうに振り返る。

「――なんですって?」

まっすぐ私に目を向ける。笑むと、目尻に、かすかな皺が走っている。

「こんな手紙なんだよ。」

「あとで見るわ。お味噌汁がはねたりしたら、いやだから。

さあ、とにかく、食べましょうよ。おなか、ぺこぺこ。」

残業だったんだろう。半袖の白いサマーセーターに、銀のネックレスをまだ付けている。小粒の赤いガーネットが嵌まっていて、Vネックの胸もとで、色白な肌に触れている。

「けさ、ちょうど台風が通過していく時間にぶつかっちゃって、すごい雨と風で。靴のなか、びちょびちょ。パンツも膝から下、全部ずぶ濡れ。クーラー、寒くて。くたびれちゃった。」

割り箸を、ぱきんと割る。味噌汁をすする。それから、幕の内弁当の玉子焼きを箸の先で二つ割りにし、彼女は頬張った。

トモコと出会ったのは、サハリン島に出発する直前だった。戻ってきてから、重ねて会った。そのうち、彼女が私の近所に越してきた。仕事帰りに、彼女はここに寄り、いっしょに食事する。そのあと、たいてい彼女は自分のアパートに戻っていく。

週末には、泊まっていくこともある。それでも、基本的には、一人でのびのび眠っているのが好きなのだそうだ。

――だって、結婚をしているあいだは、いまほど気持ち良く眠れることがなかった。――いつだったか、彼女はそう言って、笑った。一週おきくらいのペースで、週末、もうじき高校生になる息子と会いに行く。

……おれにしたって、これくらいの暮らしかたがいいには違いない。

もくもくと弁当を食べおわる。電気ポットから、急須に湯を注ぐ。

「だけど……。」アリエクからのファクスと、その訳文を手に取って、トモコは交互に眺めている。

「いまごろ、どうして、こんなの、送ってきたの？」

「それがわからない。」

「〝約束のときまで、あとたった一年〟って、これ、なに？」

「ああ。」

思い出して、私は笑った。

「――約束したんだよ、アリエクと。酔っぱらった拍子にね。また、来るって。まさか、彼がちゃんと覚えてるとは、思わなかったけど。」

「は、はーん。」

目を紙に落としたまま、彼女は茶をすすり、さらに、指をファクス用紙の上で滑らせる。

「――アイカル？」ファクス用紙の耳のところ、送信記録の細かな英語文字に指を止め、トモコは目を上げて確かめる。「……アイカル・サハリン・エアカンパニー？」

「いや。『イカル』って読むんだ。」私は答えた。「オハのヘリコプター会社の名前だよ。アリエクはね、そこの使い走りみたいな仕事も、自分のクルマをつかって、請け負っていたらしい。通訳をやってくれたニーナは、ここのパイロットたちに英語を教えてた。」

「どんな意味なの？　イカルって。」

「僕も知らない。英語の辞書には載ってない。だから、ひょっとしたらロシア語をローマ字表記にしてるんじゃないかって、さっきアリエクの手紙を訳しながら、気になってきてね。あとから調べてみるつもりでいたんだけど。」

辞書を、ほうり出していたソファの上から取ってくる。

“……Ikar Sakhalin Aircompany Russia……”

「Ikar」か――。

「I」は、ロシア文字で「И」である。

「k」は、「к」。

「a」は、そのまま「a」。

「r」は、「p」になる……。

《Икар》――。

この綴りで辞書を引く。

「……あった。」

口のなかで、言った。

「何？」

「イカロスだ。ギリシア神話の。

翼を背中につけて、天高く翔んだっていう少年。だけど、太陽に近づきすぎて、翼を背中に貼りつけていた蠟が溶けてしまって、墜落する。」

「え？」トモコは、ちょっと目を見張って笑いだす。「あぶなすぎるよ、ヘリコプター会社としては。」

「よその社会なら、絶対に付けそうにない名前だな。」

「どうして、そんな名前を、自分たちの会社に付けるの？」

「わからない。ただね、サハリン島には、これに限らず、わからないことがたくさんあった。」

辞書の「イカル」の項目には、成句も一つ挙げてある。

《полёт Икара／無益な壮挙》

パリョート・イカラ――。

もとの字義通りに取るなら、"полёт"は、「飛行」らしい。"Икара"はИкарの生格で、「イカロスの」。つまり、《イカロスの飛行》だ。

だとすれば――。

あのとき、夕暮れのオハ油田で、アリエクはヘリコプターを見上げながら、何かぶつぶつ言っていた。

――無益な壮挙（ア・フュータイル・エンタプライズ）――。

ニーナはこんなふうに、それを訳した。

実際には、ロシア語で、

「イカロスの飛行だ。」

彼は、そう言っていたのかもわからない。

……ぱらぱらぱらぱらぱらぱらぱらぱらぱら……。

あれは、オハを発つ前日、日曜日のことだった。

「きょうの午後は、ネクラソフカ村に来て、ぼくのところにお茶を飲みに寄らないか。おいしいレッド・キャビアを、友だちのコースチャが持ってくる。うちのターニャとサーシャも、君たちに会いたがってるから。」

ニーナの通訳を介して、アリエクは、そう言って誘ってくれたのだった。

オハ市から西北西におよそ三〇キロ、クルマは、丘越えの暗い森を抜けて、砂地の道を走っていった。

村のはずれは、島の西側のタタール海峡から深く切り込んでくる入り江に面していた。遠い砂洲と内海のあわいに、小船が、何艘か、ちりぢりに浮かんでいた。錆びた廃船が海中に棄ててあるのかと思っても、もうしばらくじっとそれを見ていると、どこかに黒い人影が動く。釣り糸を垂れているのか、それとも網でも打っているのか、遠すぎて見えない。風は、オホーツク海の側より、ずっと弱かった。

ゆるゆると起伏する、村のなかの砂の道。トタン葺きで平屋の家。どれも、木やモルタルでできていて、軒先にあまり手入れする様子もない庭がある。

白樺の林のわきに、ちいさな畑があった。

「うちの家庭菜園だ。こんな土壌だから。あまりたいしたものは、つくれないけれど。」

アリエクが言った。まちまちな長さの板切れで乱暴に柵囲いした五〇坪ほどの土地で、隅に、朽ちて傾いた物置小屋がある。

ニンジン。

ジャガイモ。

パセリ。

キャベツ。

白に黒ぶちの番犬が、じゃらじゃらと鎖を引きずって嬉しがり、激しく尻尾を振って吠えたてた。

さらにクルマは村のなかをゆっくり走って、ゆるい坂道を下っていく。砂地の十字路に、若い小柄な女が、ひとりで立っていた。スカート、サンダル履き。薄手のカーディガンをはおって、腕組みするような姿勢で、両腕のつけ根あたりを寒そうにさすっていた。根元は黒い金色の髪を、うしろでまとめて、留めている。

「ターニャ!」

アリエクは、ぱっと顔全体をほころばせ、ブレーキをかけて運転席から飛び降りて、駆けていき、その白い頬にキスをした。

カットグラスの大きな器に、見るから新鮮そうな「レッド・キャビア」の粒が、つやつや光って、山盛りにされていた。

アリエクは、窓際の上席に、レースのテーブルクロスをあわただしくぱたぱた整え、

「ニーナ・ニコラーエヴナ……。」

ニーナを導いた。彼女は、ちょっとお澄ましな様子をつくって、席に着く。

それから、窓を大きく開いて、

「サーシャ!」

下の広場で友だちと遊んでいる息子を呼ぶ。

「コースチャは?」

アリエクが尋ねると、台所の奥のほうから、ターニャが何か答えた。

ああ……。

苦笑いを浮かべて、彼は、てのひらを額に当てた。

「コースチャは、きょうは眠いって言って、レッド・キャビアだけ置いて、帰っちゃったんだそうだ。村はずれの水道管が破れて、徹夜で、さっきまで修理していたそうだから。」

サイドボードの抽出しをがさごそ探って、アリエクは、また写真を何枚か出してきた。

「——これが、コースチャ。」

テーブルの上に、一枚選んで置いて、私に見せた。

チョウザメだろうか。

特大の異形な魚。子どもの背丈ほどの体長がある。アリエクとコースチャが、それを左右からはさんで、頭を上に、尻尾を下に、両手で抱えあげ、カメラに向かって笑っている。うしろに、水辺の光が見えている。

「——彼はね、鮭のワナを仕掛けるのがとてもうまい。だけど、このときは、チョウザメが、まちがえて掛かった。」

通訳しながら、ニーナが吹きだして笑った。

汐に灼けた赤褐色の、ぶ厚そうな肌をコースチャは持っている。面長な顔のまんなかに、立派な鼻がどしんと付いて、切れ長な目は、笑っているせいか目尻が下がっている。太くて淡い右眉あたりと、右目の下に、鉤で引っ掻いたような傷がある。額に二本の深い皺が走っている。黒い口髭。短い髪は、なかば以上白い。長身で、黒のタンクトップ、ジャージーのパンツに、膝までの長靴を履いている。

「——コースチャは、ニヴヒだ。」アリエクは言った。「このあたりの海や川のことなら、何でも知っている。村の漁師のなかでも、いちばん腕がいい。以前、カニ漁船にいっしょに乗ろうって誘ったんだが、彼はあんな獲りかたはいやだと言って断った。水道工事や大工もする。ときどき、昼間から酔っぱらう。去年、女房が死んだ。いまは息子と二人暮らしだ。」

ネクラソフカ村は、サハリン島で、いちばん北にある集落である。

アリエクによれば、ネクラソフカ村の人口は、およそ千二百人。そのうちニヴヒが五百人で、ほかのロシア人らが七百人ほどなのだそうだ。もともと、この西海岸べりに、ニヴヒはずっとちいさな集落をいくつもつくっていたが、いまは、多くがここに集まって住んでいるということだった。

アリエクの髪は黒に近い栗色だが、息子のサーシャは、ブルーがかった焦げ茶の瞳に、母のターニャよりさらに淡い色の髪をもっていた。仲間との石合戦でぶつけられたそうで、頭の傷口のガーゼを押さえるために、白いネットを帽子のようにかぶっている。顔だちは、アリエクによく似ている。母親を手伝って、台所から人数分の紅茶を運んできた。

大皿には、軽くスモークしてある鮭の切り身。

ハムとソーセージ。

茹であげたペリメニ。

薄切りのパン。

ちいさなガラスのボウルに、手作りのジャムが盛ってある。

ニーナが、ロシア語で、きょうの招待を受けたことにお礼の挨拶を短く返して、午後のお茶の時間が始まった。

ターニャのペリメニは、茹でてバターでまぶしてあって、嚙むと、マッシュド・ポテトが入っていた。ジャガイモの強い味がした。

「とってもおいしい（オーチン・フクースナ）。」

そう言うと、彼女は頰笑んで、少し目を伏せた。カーディガンは脱いで、半袖の白いブラウス姿で、髪はまっすぐ肩まで下ろしている。焦げ茶の大きな瞳で、じっと見る。まだ少女じみた顔だちで、八歳の息子をもつ母親としては、ずいぶん若くも見えていた。

「すこーし、すこーし。」

アリエクが、例の日本語で、私のショットグラスにウォトカを注ぐ。

「かんぱーい。」

われわれ二人は、何度かそれを飲み干した。

「レッド・キャビア」をスプーンですくい、薄くスライスして二つ切りにしてあるパンにのっけて、口に運ぶ。ぴちぴちした強い歯ごたえがあり、嚙むとはじけて、中身がとろりと流れ出す。

とても、おいしい。


辞書をめくる。

次のページに、

《икра》

と、書いてある。

「こっちはね、『イクラ』。」

私は言った。

「イクラ？」

トモコは聞き返す。


……ぱらぱらぱらぱらぱらぱらぱらぱら……。

頭上をヘリコプターが飛んでいく。

私は、トモコに話している——。

『これはね、日本ではイクラっていうんだよ。』

って、そのとき僕は『レッド・キャビア』の器をさして、彼らに言った。

ニーナはそれを機械的にロシア語に通訳してくれたけど、アリエクとターニャはこれを聞くと、とたんに怪訝そうな表情になって、黙って顔を見合わせた。

そして、しばらくもじもじした様子でいてから、アリエクが、なんだか小声で、僕をさとすように言った。

『オカモト……。〝イクラ〟っていうのは、ロシア語だ』ってね。」

トモコは笑った。それから、ちいさくあくびした。

「だって、イクラ丼とか。」

彼女は言った。

「そうなんだよ。……だけど、ほら。」

辞書には、書いてある。

《икра／(魚・両棲類・軟体動物その他水棲動物の)卵、魚卵、イクラ、筋子……。》

「——チョウザメの卵、つまりキャビアなら『黒いイクラ』。鮭の卵なら『赤いイクラ』。そんな言いかたになるんだそうだ、ロシア語だと。だから、ニーナは、これを英語にするとき、『レッド・キャビア』って、そういう言葉を選んだんだろうな。」

ふーん。

トモコはまたあくびした。そして、両耳のピアスをはずして、テーブルの上にころがした。

もと漁師のアリエクは言っていた。

——オカモト。日本の漁師たちは、ずっとむかしから、サハリン島、沿海州、それからカムチャツカなんかで、漁をした。イクラっていうのも、きっと、彼らが日本に持ってかえった言葉だろう。——

——じゃあ、君の「かんぱーい」とか「すこーし、すこーし」みたいなものなのか。——

彼は笑った。

——そうだな、きっと。

けれども、オカモト。言葉をしゃべりはじめたとき、人間は、たぶん、まだロシア人でも日本人でもなかった。——

そんなことすべてを、われわれはニーナを仲立ちにしながらしゃべったのだ。

立ち上がって、テーブルについているみんなの写真を撮った。アリエクが交代し、私が入っている写真も撮ってくれた。

サーシャは、紅茶を飲み干し、ターニャに許しを求めて、また友だちがいる広場に駆け下りる。

部屋のテレビは、サーシャが見ていた「トムとジェリー」のアニメーションが、ちいさな音でつけっぱなしになっている。

「わたしは、これは嫌い。」ニーナが言う。「ロシアのアニメーションのほうがいい。感情の静かな動きがあって。」

アリエクは、また写真の束をあれこれめくって、ひとりでけらけら笑っている。そして、ウォトカを自分のショットグラスに注いで、また飲んだ。

ターニャはかたわらでそれを見て、また私のほうに目を上げて、困ったように微笑する。

——帰りたくないな。——

と思っていた。

「オカモト。」アリエクは、思いだしたように顔を上げる。「オハに、また来るか？」

「ああ、また、いつか来たいと思ってる。」

帰りたくないとも言えずに、そう言った。けれど、そのとき、もうニーナはここにいないのだ。

「いつ来る？」

「それはまだ言えない。嘘になってしまうのも、いやだから。」ちょっとニーナの真似をしてみて、そう言った。「だけど、きっと、一年以上は先だろう。」

「そうか。じゃあ、二年後っていうことにしておけよ。」彼は写真に目を落とし、しばらくしてまた目を上げて、隣のターニャの肩を抱き寄せた。「いつかおれも東京に行くよ。ただ、日本は、何でもすごく高い。たくさん稼いでから、ターニャとサーシャも連れていく。」

「ああ、そうしてくれ。今度は僕が案内するよ、一時間二ドルでね。

……ニーナも。」

彼女に向かってそう呼びかけたが、

「ありえない。そんな機会は、もう、わたしにはない。」

言い切って、てのひらで拒絶し、ニーナはまたぼんやりアニメの画面に目を戻した。

………コン、コン、コン……。

玄関がノックされる音が聞こえて、ターニャは立ち上がる。すぐに戻ってきて、

「ニキータが。」

アリエクに、そう告げた。

今度は彼が玄関に出て行く。男同士の低い声のやりとりが聞こえ、しばらくしてまた戻ってきた。

「仕事が入った。あした。」

誰にともなく、いくらか硬くなった表情で、彼はそう告げた。

「――ポロナイスクまで荷物を運ぶ。島の中部だ。片道五百キロくらいはあるだろう。雨もまた降りだしそうだし、たぶん、道がよくないからな。往復するのに、きっと四日かかる。そんなわけで、オカモト、あした、また、ぼくは君を空港に送っていけない。べつの男が、君を送ると言っている。」

ちらりと、男が、玄関のほうに通じるサイドボードの蔭から、顔をのぞかせた。どこかで見覚えのある人物だったが、思いだすのに、少し時間がかかった。

赤鼻で、背が高い。それは、あの《ロバのパン》のワゴン車で、空港からホテルまで、私を運んだ人物だった。

「ニキータだ。」

アリエクが言った。

ニーナはテレビの画面に目を向けたまま、そちらを見ようともしなかった。

「やあ、ここでしたか。また会いましたね。」

ニキータという男は、英語で言った。

「あなたは……。」私は驚いて、椅子に座ったままだったが、尋ねた。「英語を話すんですか。」

「ええ、まあ、ほんの少しですがね。」

「あのときには、話さなかったが……。」

「急いでたんですよ。英語といっても、わたしはこの通り、働きながら覚えただけのもので、ひどいものですから。それに、正直に言うとね、気が進まなかったんです。あなたにあれこれ説明したり、議論したりするのがね。

このアリョーシュカが、空港の入構許可証を事務所に置き忘れたまま、あなたを迎えに行ってしまったもんですから、しょうがなくて、とりあえず、わたしがそれを届けに空港まで走ったんです。けれど、今度は彼らが見当たらない。おまけに、あなた一人が途方に暮れている様子が、遠くから見えたものでね。わたしが、大急ぎであなたをホテルまで連れてったってわけです。それだけのことです。事情は聞いてないんですか？　ここにいる彼らから。」

「いえ、聞いてなかった。僕自身も、そのまま忘れてしまって、こっちから尋ねもしなかったものだから。だけど、そのときは、ありがとう。」

と、私は答えた。

「どういたしまして。では、あしたの朝も、わたしがあなたを空港までお連れしますよ。午前一〇時に、ホテルに行きます。それでは……。」

立ち去りかけて、ああ、そうそう、と、また同じ場所まで戻ってきて、彼は言った。

「――空港への送迎は、七ドルです。つまり、一回につき、一時間の計算です。これは、あとでアリエクと精算なさるときに、いっしょに彼に渡しておいてください。合計で一四ドル。

いや、ひょっとしたら、ニーナ・ニコラーエヴナの通訳料と較べて、われわれドライヴァーの料金がずいぶん高いと、あなたは思われているかもしれないが……。」

そう言って、彼は、グレーのジャンパーをがさごそ探ってたばこを取りだし、口にくわえた。

「この食堂は禁煙ですよ。」

ニーナが、窓際の席から、厳しく英語で言った。

「――アリエクとオカモトも、こちらの主婦の意向に従って、たばこは台所の換気扇の下で吸ってるの。」

「それは失礼。ニーナ・ニコラーエヴナ。」

男は、武骨な発音の英語のままで切り返し、背後につっ立っているターニャに向けても軽く会釈した。

「――ところで、いまの話ですがね、ミスター・オカモト。

アリョーシュカやわたしにとって、もちろん、これはビジネスなんです。道楽でやってるわけじゃないし、何か特別な教養がわれわれをこういう使命に赴かせているわけでもない。この点は、勘違いのないように願いたいんですよ。女房や子どもといっしょに食べていかねばならないし、仕事道具のクルマだって、いずれは買い替えなくちゃならないんですから。

それに、客人のニーナ・ニコラーエヴナとは違って、われわれの場合は、ボスから仕事のたびにずいぶん口銭（コミッション）を取られるんです。額面の半分以上ですよ。いやになります。おまけに、行けと言われたところには、今日中にでも明日でも行かなくちゃならない。うっかり道を急げば、警察にだって捕まりやすい。何十キロも家さえ見当たらないような道でも、罰金目当てに検問を構えているような連中がわんさかいるもんですからね。さいわい、このあたりの警官たちはたいていわれわれの友だちですが、うっかりよその地域で罰金でも取られようもんなら、そんなコストもわれわれがみんなかぶるんです。それでいて、われわれドライヴァーは、いったい自分が何を運ばされているのかさえ、知らされていないんですから……。」

「ニキータ……。」

アリエクは、おいおい、何言ってるんだか知らんが、もういいだろう、というかんじで、ぽん、ぽん、と彼の肩を叩いた。そして、玄関に彼を送りだし、戻ってくると、肩をすくめて、いつもの困ったような顔をして、はっはっはっ、と、また笑った。

「彼はね、いいやつなんだが、まじめで、ちょっと神経質なところがある。」

後ろからターニャが何か言ったが、彼は黙って首を振り、また椅子に座った。

「ターニャ……。」

笑顔をつくって、ニーナは彼女にロシア語で話しかけ、続いてアリエクのほうにも向きなおると、人さし指を立て、ちょっと厳しい口調でひとこと言った。

そして、こう言ったの、と私の耳もとで囁いた。

――もう一杯、みんなに紅茶をいただいて、そろそろお開きにしましょう。それから、お別れの前に、ターニャはきょうの女主人役として、最後にひとこと、去っていくわたしたちに、何か言葉を贈ってちょうだいって。

アリエクにはね、命令した。これからオハまでわたしたちを送るんですから、もうウォトカを飲まないようにって。――

「眠い。」トモコは目をこする。「そろそろ帰る。」

ピアスをショルダーバッグの内ポケットに片づけ、彼女は立ちあがる。

「そうか……。」

「うん。うちで、きょうはゆっくりお風呂入って、テレビちょっと見て、寝る。あしたも残業だろうから、ばてないように。まだ、けっこう暑いし。」

そう、私の場合は、離婚して、以前の住まいを出てから、テレビも買いなおさないままである。

トモコに向かってまだ何か言いたりずにいるような心地なのだが、何を話せばよいのか、うまく思い浮かばない。

「トモコ。」玄関で靴を履いている彼女の背中に、言った。「……オハでは、あとひと月もしないうちに、また雪が降る。」

「え？」

つま先でとんとん床を蹴りつけながら、彼女は、こっちに向きなおる。

「あっちも、雪は二メートルくらいは積もるんだそうだ。けれど、屋根の雪下ろしは、必要ないんだって。風が、全部吹き飛ばしてしまうから。」

「それが便利だとも言えそうにはない話ね。」

「うん。それでも、地面の雪掻きはしなくちゃならない。そのままだと、雪が吹き溜まって、家が埋もれてしまうから。

僕は、子どものころから、ずっと想像のなかで考えるだけで、いまも、よくわからずにいる。雪の多い地方の人たちは、そこに暮らすかぎり、一生のあいだ、冬ごとに雪掻きを続けるわけだよね。一人ひとりの人生のうち、膨大な時間が、そこに費やされる。それでも、春になると、そうした雪はすべて消えてしまう。そして、冬が来ると、また雪が降る。雪が降れば、雪掻きする。その雪掻きの時間は、人にとって、どんな位置を占めるんだろう。雪を掻きながら、何かひとつのことを考える。あるいは、雪を掻きながら、いろんなことをぼんやり思いだす。その何千という時間は、一人ひとりのなかに、どんな残りかたをするんだろう。」

「え？」

「どうして、あなたは、そんなことを考えるの？」

「どこかで雪が降っている。その下で、必要な努力を払いながら、人間たちが暮らしている。それだけのことなのに。」

彼女は、もういっぺんしゃがんで、キャメルの靴の紐を結びなおす。

「――わたしの経験から言うと、雪掻きのときって、そんなにいろんなことは考えなかった。寒いし、重いし、疲れるし。

早く家に入りたい。あと何分。それから、スコップで雪がきちんと積み上げられたら気持ちいいとか。それくらい。」

笑って、トモコは、ショルダーバッグを肩に掛けなおした。

「――だけど、雪掻きっていうのは、どうしてもやらなきゃならない作業でしょう。それについて、くよくよ考えたってしかたがない。家族の誰かがやらないと、雪に埋もれてしまう。ほら、めんどうでも、何か作って食べるとか、それと同じで。

だから、どこかで降っている雪の心配は、その下に住んでる人たちにお任せなさい。あなたがここで心配したって、それは代わってもらえない。」

外の空気は、台風通過後の湿気を帯びて、生暖かい。

まだ、星は見えない。

——じゃあ、また、あしたね。——

そう言って、少しだけ笑って、彼女は歩きだす。ぽつん、ぽつん、と暗い街灯が立っている。彼女は、いつも、振り向かない。そして、二つ目の角を曲がって、消えていく。


私は思いだす。

テーブルの前に立ち、ターニャは、あのとき話しはじめた。指先が、テーブルに触れて、かたかた、小刻みに震えていた。

アリエクは、隣の席から、嬉しそうに女房の顔を見上げていた。

ターニャの瞳は、ニーナと、その隣の私とのあいだを行き来した。

ニーナは、私の耳に口を近づけ、彼女の言葉をちいさな声で通訳してくれていた。

「きょうは、わたしたちの家に、お越しいただいて、ありがとう。ニーナ・ニコラーエヴナ。そして、ミスター・オカモト。

わたしは、亡くなった両親から、よくこんなふうに聞かされました。

遠来の客人があれば、心を尽くして迎えなさい。相手がどこから来た人であるかに、関わりなく。たとえ粗末なもてなしでも、いまあるものをともに分かち合えれば、それでいい。旅をする者というのは、良くも悪くも、通り過ぎていく土地に、新たな眺めをもたらすものであるから。

これは、ロシアのとても古い時代の偉人の言葉だそうですが、わたしはその人のことを知りません。

のですが。

両親たちにしても、これが誰か偉い人の言葉だったから、わたしにこれを伝えたわけではなかっただろうと思います。むしろ、両親らは、自分たち自身もまた旅人として、ささやかなもてなしを分かたれながら、この地にたどり着いたに違いありません。

アリエクもそうでした。鳥がしばしのあいだ翼を休めるようなつもりで、彼は、この島に立ち寄ったのです。彼を迎えたことは、わたしたちの喜びでした。彼にとっても、そうだったとすれば、いいのですが。

いま、ここにいるアリエク、わたし、それから、……遊びに出てしまいましたが、息子のサーシャ。わたしたち家族三人は、それぞれ、ごく普通のありふれた欲望と、普通の思いやりと、普通の夢、普通のずるさを備えて、ここでこうして生きています。おそらく、この世界中のありふれた人間たちの一人ひとりが、そうであろうことと同じように。

お金も、あればうれしい。けれど、そのためにアリエクが事故に遭ったり、牢屋に入ったりすることがあってほしくないと思っています。これは当たり前の願いです。愛する者と、ひとときでも多く、心静かな時をともに過ごしていたいのです。

来てくださって、ありがとう。

いつか、もしも機会があったら、またいらしてください。きっと、一〇年後も、二〇年後も、ここで暮らしています。この地にいらっしゃることがあれば、どうか、私たちを探してください。

だんだん暗くなってきました。アリエクはちょっと酔っぱらっています。彼の呼吸する様子を見ればわかるんです。どうか、あの黒い丘越えの森のなかの道も、彼のクルマがゆっくり走ってくれますように。樹にぶつかりませんように。路肩を踏みはずしたりしませんように。誰もが、こわい目に遭うことがありませんように。

この村にも、もうじき雪が降ります。わたしたちは、これからの長い冬のあいだ、遠く去ったあなたたちのことを、きっと、何べんとなく思いおこします。そして、噂しあうことでしょう。八千の出会い。八千一の涙。そして、八千一つめのわたしたちの夜が、長く静かに続くように。」

〈参考〉
John J. Stephan "Sakhalin : A History", Clarendon Press, Oxford, 1971.（日本語訳、ジョン・J・ステファン『サハリン』、安川一夫訳、原書房、一九七三年）
西村いわお『北緯五十四度』、私家版、一九七六年
『プーシキン詩集』、金子幸彦訳、岩波文庫、一九五三年
アントン・チェーホフ『サハリン島』（『チェーホフ全集12』、松下裕訳、ちくま文庫、一九九四年）

犬の耳

窓ぎわの黄色いソファに寝ころがって、ミカは文庫本を読んでいる。窓は東向きだが、細い路地一本をへだてて、すぐ前に六階建てのマンションが立ちふさがっている。だから、まっすぐ陽光が射しこんでくるのは昼間の二時間ほどのあいだだけだ。

わたしはワードプロセッサーにむかって原稿を書いている。それにかまわず、ときどき彼女は声に出して、こんなふうに読むのである。

……「銀の滴(しずく)降る降るまわりに、金の滴
降る降るまわりに。」という歌を私は歌いながら
流に沿って下り、人間の村の上を
通りながら下を眺めると
昔の貧乏人が今お金持になっていて、昔のお金持が
今の貧乏人になっている様です。……

知里幸恵編訳『アイヌ神謡集』岩波文庫の、これは冒頭。「梟(ふくろう)の神の自ら歌った謡『銀の滴降る降るまわりに』」という神謡(ユーカラ)のさわりだそうだ。

フクロウが海辺の村の上を翔んでいる。眼下に人間の子どもたちがおもちゃの弓矢をもって遊んでいる様子が見える。

ミカは続ける。

……「銀の滴降る降るまわりに
金の滴降る降るまわりに。」という歌を
歌いながら子供等の上を
通りますと、(子供等は)私の下を走りながら
云うことには、

「美しい鳥! 神様の鳥!
さあ、矢を射てあの鳥
神様の鳥を射当てたものは、一ばんさきに取った者は
ほんとうの勇者、ほんとうの強者だぞ。」……

ひと通り声に出して読むと、ミカは、うふふ、うふふ。と黄色いソファの上で笑い声をたて、「銀の滴降る降るまわりに、金の滴降る降るまわりに」と、口のなかで繰りかえした。

「くるる、くるるって喉を鳴らしながら、フクロウが空で舞ってる。そんなかんじが出てるでしょう?」

「まあね。フクロウの鳴き声、ぼくは聞いたことないけど。」

背を向けたまま、うわの空で、わたしは答える。

「アイヌ語でも書いてある。えーと。……シロカニペ、ランラン、ピシュカン。コンカニペ、ランラン、ピシュカン……。〝降る降る〟って、〝ランラン〟なのね。」

「んだな」と、相づちを打つ。おいおい、いまは原稿を書いてるんだから、話しかけないでおくれ、と思いながら。

ミカはわたしの本棚からいろんな本をひっぱりだし、手当たりしだいに読んでいた。読むのは早い。ごはんを食べるみたいに、もりもり本を読んでいく。

「スキーみたいに。」ミカは言う。「文章が斜面の地形みたいに見えて、どんどん滑るの。よくわかんないところは、スピードを上げて。でもね、読みおわってしまうと、自分には何も残ってない。読んだら、そのまま、消えていく。」

わたしは読むのが遅い。買ってきて、ほったらかしにしている本がたくさんある。だから、彼女のほうが先に読んでしまう。司馬遼太郎でも。エリアーデでも。メルヴィルでも。料理本でも、落語の本でも。コンピューターゲームの攻略本があったら、それだって読んだに違いない。ただ、彼女が読むのは、おおむね文庫本だ。ソファで仰向けになって、本を午前中の陽光にかざして読む。しばらくすると、うつ伏せに姿勢を替えて、細いジーンズの両脚をお尻のほうでぱたぱたさせる。こういう読みかたに向いているのは、この世の中で、だんぜん文庫本である。

ところどころ、ページの下の隅のかどっこに、彼女は自分用の目印をつけている。ページのかどを一辺五ミリほど、三角形に折るのである。ほんのちょっぴり、爪の先で折ったくらいに、ちいさい。気になったくだりのページに、こういうシルシをつけるらしい。

英語だと、こういうのをdog-earと言うんだそうだ。

犬の耳。

はじめてこれを聞いた場所は、学生時代、歯医者の診療椅子の上だった。いざ診療という間際に、先生に電話がかかってきて、わたしは暇つぶしに文庫本を読んでいた。古本屋で買ったハヴロック・エリスの『夢の世界』だったと思う。気になるくだりがあって、そのページのかどっこを、三角形に折った。ミカより、ずっと大きい折りかたで。

「犬の耳。」

いきなり、そんな声が、背中のほうから聞こえた。歯科助手の女の子だった。いや、そのころの気持ちに戻って言えば、女の人だった。たぶん三、四歳くらい年上だろうと、当時、彼女のことを感じていたから。

「ほら、そうやると、垂れ下がった犬の耳みたいでしょう？　だからドッグイヤーっていうんですって。」

ドッグィア。というふうにものすごく英語っぽく発音して、折れ曲がったページのかどを、彼女は指さした。

なるほど。わたしは本を閉じ、目をつぶった。

歯科助手の女の人は、診療室で、いつもとても大きなマスクをしていた。だから、ふだんの日に道ですれ違ったとしても、たぶんこちらからは気づかなかっただろうと思う。彼女の動作には、ある種の癖があった。診療中、口のなかにたまった唾をノズルで吸引してくれるとき、ほんの一瞬、左手をわたしの肩に軽く置く、そのときの感触。治療が終わって、一歩外に出れば忘れるのだけれど、次の治療のときに、また肩に左手を置かれると思いだす。それが、前のときと、ぴったり同じ場所なのを感じる。

黒目がちで大きい両眼。三日月のかたちの眉も、覚えている。このとき、虫歯だらけのわたしの口のなかを彼女は覗きこんでいたのだから、ほんの三〇センチという至近距離で、わたしは、その瞳を見つめることができたのだった。

けれど、ミカの dog-ear は、「犬の耳」には見えない。だいいち、ちいさすぎる。それに彼女はページの下のかどっこを折る。上のかどを折らないと、垂れ下がった「犬の耳」みたいに見えないのだ。ぜんぜん「犬の耳」らしくない。

わたしは、本を読むのがのろいけれど、仕事柄、何か読むときにはページの上のかどっこに、いまもでっかい「犬の耳」をつけている。ちょっとした文章を書くとき、これがメモ書きの替わりを果たしてくれる。ノートを取ったほうがいいのだろうけど、それさえ、わたしにはわずらわしい。「犬の耳」を作って、何か思いつくところがあれば、たいていの場合は、その余白に書き込む程度で済ませてしまう。こんなふうにして、「フランケンシュタインの怪物は、いったいどこの国の言語をしゃべっていたのか?」というような評論調の雑文をひねり出してきた。

ミカは、それを見ていた。だから、書棚の文庫本を読むときも、自分の dog-ear はページの下に、わざととてもちいさく、まぎらわしくならないように、遠慮しながら付けるようにしたらしい。おかげで、二人が前後して読んだ文庫本には、上のかどにでっかい「犬の耳」、下のかどにはいじましいほどちいさな dog-ear が、奇妙なまだら模様のようになって残っている。

だけど、もう彼女はいない。

いま、わたしは、書棚の本を片っぱしから段ボール箱に詰め、引っ越しの準備を急いでいる。選挙運動の車のスピーカーからの騒音が、容赦なく窓の外から飛びこんでくる。

「ハラシマ、タカシ。ハラシマ、タカシ！　地元のハラシマタカシが、最後の、最後の、お願いにまいりましたっ！」

最後の、最後の、お願いが、何台も、何度も、ぐるぐるとこの町内に戻ってくる。

ミカがいなくなって、もう半年近い。けれども、いったん二人で暮らした家には、むしろ隙き間ばかりが目立ってくる。おまけにこれだけ不景気が続くと、わたしが書くような役立たずの文章には、注文もどんどん減る。それで、いよいよ、もっと狭くて安いアパートに撤退せずにおれなくなった。

「こんな時世だから。最後まで結論が出ないような文章じゃダメだ。いいかい、いま求められているのは、カネか説教なんだ。日本国家はこれでいいのかとか、箇条書きみたいに、すぱっと言いきるのがいいんだ。いつでもうちで載せるよ。そういうのを持ってきてくれたら。」

数少ない友人の編集者は言ってくれたが、カネか説教、どちらの才覚も自分には不足したままだった。

だから、まずはこれらの本をどうにか段ボール箱に詰めていかねばならない。けれども、こうしているとつい、あちこちの文庫本の下のかどの折れ曲がりばかりが、目についてしまう。きょうで丸三日、箱詰めを続けているけれども、ふと気がつくと、黄色いソファに座りこみ、文庫本のちいさな dog-ear のページを目で追っている。

いっこうにはかどらない。

いい天気だ。

《「こっちの方には」と猫は右脚をふりまわして「帽子屋が住んでいる。それからこっちの方には」といっても、もう一方の脚をふり「三月兎が住んでいるよ。どっちでも訪ねてごらん、両方とも気ちがいだから」

「でも、わたし、気ちがいのところなんかには行きたくないわ」と、アリスがいいました。

「だってそれはしかたがないさ」と猫はいいました。「ここに住んでるものはみんな気ちがいなんだから。おれも気ちがいだし、あんたも気ちがいさ」》

（ルイス・キャロル『不思議の国のアリス』、角川文庫、八四ページ）

ミカがこの家にやってきたのは、二年前のいまごろの季節だった。ぴんぽーん。チャイムが鳴った。きょうと同じくらいによく晴れていた。

「おはようございます。書留です。現金書留。はんこか、フルネームでサインをお願いします。」

彼女は言った。

ショートカットのちいさなあたまに、サンヴァイザーをつけていた。白いポロシャツの上に、郵便局の制服らしいブレザーをはおっていた。赤いスリムのジーンズ。

銀行振込ではなくて、郵便で原稿料を送ってよこす出版社が、いまでもたまにある。めんどくさいけど、わたしはうれしい。こういうときには、郵便屋さんが天使みたいに見える。

ひとりきりで原稿を書いてる毎日は、味気ない。机の上を歩く蟻を、ぼうっと目で追っている自分に、気づいたりもする。どれだけの時間が過ぎていたのかが、わからない。それでも、こうやって中年にさしかかると、誰かとわざわざ会いに出かけるのも、おっくうなのだ。だから、郵便の到着は、わたしにとって、ささやかな楽しみだった。毎日、午前一一時四五分前後、配達の局員はバイクにまたがって規則正しくやってくる。キーボードを叩きながら、近づいてくるエンジン音に耳をすます。それは、うちの前でいったん停まり、やがてもう一度スタートして遠ざかる。これを確かめてから、郵便受けまで、きょうの便りをとりにいく(たいていダイレクトメールのたぐいだけれど)。

でも、女性の郵便屋さんが玄関先に現われたのは、このときがはじめてだった。そして彼女は、バイクじゃなくて、とても大きな自転車に乗っていた。

「アルバイトなんです。」

彼女は言った。

それから何度か、彼女は、うちのチャイムを鳴らした。天使になって現金書留を届けてくれたのが、三度ばかり。雨が強い日には、普通のハガキなどでも、彼女はチャイムを鳴らす。

「すみませーん。インクの文字が、雨で流れちゃいそうで。そういう郵便物って、悲しいですから。」

透明な雨ガッパから、ぼたぼた、水滴が落ちていた。

水滴じゃなく、鼻血をぼたぼた垂らしていたこともある。こめかみも、すり剝け、白い頰をすーっと血が流れた。「鼻は、低いせいか、ぶつけませんでした。」たしかに、鼻はわりとちいさく、つんととんがったてっぺんに、ソバカスがある。郵便物のカバンが重くて、曲がり角でカーブを切るとき、自転車ごと転んでしまったというのだった。

「こんなことを言うのは失礼かもしれないけど。」おじさんくさいことをわたしは言った。「女の人に、この仕事は、きつすぎるんじゃないの？」
「アルバイトしか、わたし、なかなか仕事ないですから。」いくらかずれた答えかたを、ミカはした。いや、このときまだミカという名前は知らなかった。彼女はこんなふうにも付けくわえた。「それに、世の中って、どこかで誰かが働くことで支えられてるわけですから、こういう仕事をするのは、わたし、嫌いじゃないんです。言ってること、わかりにくいでしょうか、オガワさん。」

郵便配達員だから、もちろん彼女のほうは、わたしの名前を知っている。

ごく当たり前の日常。

たとえば、クリーニング屋で受けとる、仕上がった洗濯物のビニールパック。郵便受けに投げこまれる、ガスの検針票。それもこれも、どこかで働く人の手によって、できている。自分もそういう仕事に加わって、体をうごかしていると、気持ちがいい。

「――この世界とつながってるかんじがする。」

と、彼女は言った。

《従軍牧師

仕ようがない、申しますよ！「近親相姦」はおそらく自然を何ら傷つけるものではない、この點ではわたしはあんたの意見を認めます。でも、それは充分政治機構をおびやかすに足るものではないでしょうか？ 幾百萬の人間によって構成される一國民の全體が、かりに五十人そこそこの家長の周りに結集することがあれば、元首の安全や國家の治安は一體どうなるでしょうか？

オルー

大きな社會が一つしかないところに小さな社會が五十できる。仕合せは多くなり、罪悪は一つ減る。悪く行って、こんなところだろうね。》

（ディドロ『ブーガンヴィル航海記補遺』、岩波文庫、七二ページ）

まあ、そんなぐあいで、ミカは、昼休み、わたしの家で自分の弁当を広げるようになった。唐突だけど、手早く言えば、そうなのだ。

最初は、鼻血を止める脱脂綿と、バンドエイドを渡した。次には、自転車の空気入れを貸した。やがて、どういうわけか、ランチタイムに台所のテーブルを提供する約束へと、発展していた。

「お茶を一杯いただければ、もっとうれしいです。」

いやとは言えない。

郵便局の配達業務は、一時間の休憩中、各自で昼食をとることになっている。だから、どこで食べようと「わたしの自由」ということだった。

ほんとうかな。

何万人という全国の郵便局員が、団地の自治会長宅のテーブルや、一人暮らしの高齢女性宅のちゃぶ台で、それぞれに、お茶をすすっている様子をわたしは想像した。

彼女と自分の分のお茶を淹れ、いっしょのテーブルにつき、わたしは何かありあわせのものを食べる。話し相手ができて、生活に規則正しい時間が持ちこまれることは、わたしにとっても喜びを伴った。

そのときも街の首長選挙の前哨戦の最中で、昼のテレビのニュースを見ながら、二人で昼食をたべた。彼女は自分の弁当箱に玉子焼きとかまぼこと出来あいのミートボールを詰めていて、わたしは早ゆでのスパゲッティにレトルトの「ボンゴレビアンコ」をかけた日のことだったと思う。

「わたしの配達区域に、立候補予定者の家が一軒、あるんですよ。あの、中国のことを〝シナ〟って言ってるやつ。」ぬり箸の先をくわえて、ミカが言う。自分用の箸箱を、ここの家に置くようになっていた。「マスコミが玄関前にわんさか集まってるから、配達のとき、通りにくくって。」

その人物の演説の模様が、テレビの受像機に映る。切れ長の目で、ミカはじっと見ている。

「オガワさん、選挙行くんですか？」

目をこちらに向け、尋ねた。

「たぶん行かない。」わたしは答えた。「悪いやつと、意外と悪いやつと、もっと悪いやつとを、いっしょうけんめい見較べながら投票するようなことをやってきた。だけど、そうやって期待をかけそうになる、おれがいちばん良くなかったのかもしれないな、って。」


ディドロの『ブーガンヴィル航海記補遺』。これは、きのうソファに座って、はじめて読んだ。ページの下のすみが、途中で二カ所、ちいさく折り曲げてあるのを見つけたからだ。ずっと前に買って、書棚に並べたままだった。文庫版の初版刊行は一九五三年、まだ旧字体をつかっている。ミカは、こんなものまで引っぱりだして、読んだらしい。

変な本である。

タイトルにあるブーガンヴィル（Louis Antoine de Bougainville）は、一八世紀フランスの人。一七二九年に生まれ、軍人の道に進むが、『百科全書』派のダランベールらに数学を学んで、二六歳の若さで『積分論』という著書も出した。それからあとは旅から旅の人生だった。大使秘書官としてロンドンへ交渉に行く。カナダ戦線で英国とたたかって敗れる。南米のマルウィヌ諸島(フォークランド諸島)に私財を投じて植民地を建設した。そして、一七六六年からの三年間は、海軍大佐として二隻の船と三二〇人の乗組員を率いて、世界一周の探険旅行をおこなった、一七七一年、この旅行の記録として、『世界周航記』を刊行している。

一五世紀、大航海時代の幕開き。コロンブスによる西インド諸島の「発見」。

一八世紀、啓蒙思想の時代。ブーガンヴィルによるタヒチ島などの「発見」。

けれど、それら南島の人びとは、このとき西欧人を「発見」する。ディドロは、その逆説を「発見」した、たぶん最初の西欧人だった。

ブーガンヴィルによる『世界周航記』発表の翌年。一七七二年、ディドロは『ブーガンヴィル航海記補遺』を書きあげている。

読んでみると、ニセ文書と言えばいいのか、小説と言うべきか、奇妙な体裁なのである。

ブーガンヴィルは、カトリック国家フランスの代理人たる『世界周航記』の旅を、実証的な態度で、冷静に語った。

一方、ディドロは『ブーガンヴィル航海記補遺』で、タヒチ島民から見た、この西欧文明代理人の姿を想像にとらえる。しかも、これは、『世界周航記』の失われた一部分だった、とされている。つまり、こういうことだ。――もとの『世界周航記』には、この『補遺』のくだりも含まれていた。けれども、著者ブーガンヴィルは、なんらかの事情でそこの部分だけを削除した上で、『世界周航記』を発表した、という虚構の経緯を、ディドロはつくりだしているわけである。

そういう〝小説〟なのだ。

『百科全書』の編者ディドロ、その盟友ダランベールを師にもつ、ブーガンヴィル。ディドロが、ただブーガンヴィルの世界観に敵対したというのではないだろう。どちらの人間も、科学と実証をもって現実に向きあう、新しい世界意識を背景にもっていた。ブーガンヴィルの『世界周航記』に、ディドロは感銘を受けた。けれど、逆説をもって、それに対する。たとえどれだけ旅をしても、風景の奥行きが見えない者もいる。フランス国家の代理人たるブーガンヴィルの立場が、彼の想像力の目を曇らせていたことを、ディドロの処世経験は見抜いたのだ。

『ブーガンヴィル航海記補遺』は、この文庫本では四章から成っている。

第一章は、同時代——つまり一八世紀後半——のフランス人三人が、ブーガンヴィル『世界周航記』をめぐって議論している。やがて、このうち一人が、じつはこれには未発表の『補遺』の部分があるのだと言って、その草稿をもちだしてくる。

第二章は、草稿の前半部分である。ブーガンヴィル一行をタヒチの港から送りだすにあたっての、島の長老の激烈な「告別」の言葉が記されている。

——「『この國はわれわれの屬領なり。』この國がお前の屬國じゃて！　何が故に？　お前がこの土地を踏んだというわけでか？　それじゃ、かりに一人のタヒチ人がおって、ある時お前の國の海岸に上陸し、石の上なり樹の肌なりに、『この國はタヒチ島民に屬すものなり』と彫りつけたとすれば、お前は果たしてそれをどう考えるか？」——。

——「罪という観念、病気の危険、こいつがお前といっしょにわしらの間に入りこんで来た」——。

これらの言葉は、スペイン語に通じた島民によって、タヒチ語からスペイン語へ翻訳されて、その写しがブーガンヴィルのもとに届けられた。それがさらにフランス語に重訳されて、この草稿になったのだという。

第三章は、草稿の後半。スペイン語のできるタヒチ島民のオルーと、ブーガンヴィル一行の従軍牧師との対話である(文庫本のここの翻訳、カトリックなのに「神父」や「司祭」でなく、「牧師」となっているのは、なぜだろう?)。話題は、もっぱら、タヒチの男女の自由な性愛についてだ。従軍牧師は神の戒律を説き、かたやオルーは「そういう奇妙きてれつな掟は、自然にたがい理性にそむくものだと思うよ」と述べて、議論が生じる。ミカが最初の dog-ear をつけたのが、ここ。でも若い従軍牧師は、なかなか柔軟な心の持ち主でもあったらしい。オルー一家の熱心な勧めで、すでに一晩、そこの末娘と性の交わりをすませている。

第四章は、ふたたび、二人の同時代フランス人の対話。『補遺』の草稿を読みおえ、自然法と市民法と宗教法、文明と自然といったことに議論を深める。

要するに『ブーガンヴィル航海記補遺』は、ディドロ得意の「対話小説」の一種で、彼好みの逆説の連鎖でもある。同時に、ブーガンヴィルの実録『世界周航記』に、コバンザメみたいにくっつくニセ文書でもある。虚構といっしょくたにされることで、今度はブーガンヴィルの『世界周航記』のほうが、あやしげな物語に変わる。というか、隠しもっていた物語性を暴露される。そうすることで、ディドロは、この実録を、彼の「対話小説」のなかに呑みこむ。

《じゃがんそう》

ミカの字が、本文最終ページの余白の下のほうに、鉛筆で、こんなふうに書きこまれている。ちいさく、乱暴な文字である。

わたしは笑った。

ディドロは、青年時代、「何にもなりたくない」と知人に訴える人物だった。晩年になっても、彼は、小説家になりたくない小説家だった。ほかの多くの「対話小説」と同様、これも、わずかな知人だけに見せ、どこにも発表せずにしまっておいた。ディドロの没後、『ブーガンヴィル航海記補遺』を出版するのは、彼をつねづね「その悪ふざけによって過激共和主義（サン・キュロットリー）の正真正銘の創始者となった」と非難した、ヴォーセルという名の神父だった。

うふふ、うふふ。

ミカの笑い声が、いまここにいるように聞こえる。

もう一つのdog-earも、彼女は、第三章、その末尾につけている。

「従軍牧師」が、オルーとの論議に言い負けたすえ、そこの末娘ティアに続いて、ほかの女たちとも次々に夜をすごすくだりだ。

《善良な従軍牧師は語る。……夜になり、食事の果てたあと、父親と母親が二番目の娘と寝るよう彼に懇願したあげく、パリはティアと同じ装いであらわれた。彼は夜を徹して幾度となく「だけど、わたしの宗教が！　だけど、わたしの職分が！」と叫んだ。第三夜、彼は總領娘のアストといっしょに寝て、同じ良心の苛責に興奮した。そして第四夜、彼は禮節をおもんぱかり、あるじの妻にその夜をささげた、と。》

（ディドロ『ブーガンヴィル航海記補遺』、八二ページ）

考えてみれば、ミカはわたしより、一回り近くも若いのだった。学生時代にかかった歯医者の歯科助手、あのときの彼女と、いまのミカとが、同じくらいだ。けれど、記憶のなかで、歯科助手の女性はいまでもずっと年上で、ミカはわたしよりもずっと若い。

昼食だけではなくて、やがて、しばしば、ミカはアルバイトの帰りに、この家で夕食もいっしょに食べるようになった。つまり、事はだいたい、ありきたりな話だ。

ある日、

「わたし、ここに住んでも、いいよね？」

彼女は訊いた。

三日後、彼女は、赤帽の軽トラックで、越してきた。黄色いソファと、落語のカセットテープやCDが段ボール箱三つぶん。あとは、女の子としては人並みか、それ以下の量と思える服と靴。とても簡単な引っ越しだった。ただ、考えてみれば、彼女がどこに住んでいるのか、それまでわたしは知らなかった。

「やりたいことは、べつに何もないの。生きていく上で。」

口ぐせみたいに、ミカはそう言った。けど、これは、自分が何者なのかまだ見つけられていないという意味の、たぶん若者独特の言いまわしにすぎない。自分が何をやりたいのかを捜しているから、いまやりたいことは何もない。わたしだって覚えがある。「何にもなりたくない」は、すべてのものになることができるという含意の上に、発されているのかもしれなかった。

「この世界とつながってるかんじがする。」

彼女の声を思いだす。

もちろん、わたしは幸福だった。彼女の華奢なからだに腕をまわして、キスをする。細い二本の腕が、わたしの背中に絡みつく。ミカが来て以来、原稿書きにも、それまでより身が入った。相変わらずのろのろと、けれども、それは確実に少しずつ進んでいった。ただし、不安もよぎる。毎朝、郵便配達に彼女が出かけていくのを見送るたびに、もう、二度と帰ってこないのではないかという不安に襲われるのだ。週末の午後は、天気が良ければ、二人で近くの川べりを上流に向かって、長い時間散歩する。これがわたしの神経を慰め、くたくたになったところで、バスに乗り、ここの町まで戻ってくる。

夕食のあとは、二人でソファに座り、テレビを見た。

バルカン半島の難民が、国境の赤錆びたゲートをくぐって、こちらにむかって歩いてくる。少年の黒い髪。青味がかった灰色の瞳。国境線のむこうに、長い長い行列がある。列は崩れ、泥のように、それは広がっていく。水たまりが黒く反射する。膝をつく老女、寝ころぶ少女。立って、銃をもつ若い兵士に、何か話しかけている母親。眉間の皺。彼女の声は聞こえない。その群れから一人ずつ引きぬかれ、狭いゲートを通って、こちらにむかって歩いてくる。疲れた顔。泥に汚れた衣服。少年の黒い髪。黒く光る瞳、こちらを向いたまま、音もなく通りすぎる。

ミカは、じっと見ている。

「以前のぼくの見方と違っているのは……。」

言いかけて、わたしは黙った。何かが違っている気がする。けれど、連続している。ずっとひと連なりに、少しずつ深度をふかめはするけれども、何が違っているのか、その変わり目まで行きつけない。

「わたしの父は選挙権がないの。」テレビの画面を見ながら、彼女は言った。何を彼女が言いだしたのか、最初はよくわからなかった。「母にも。それから、わたしにも。」

ミカのお父さんは、戦前の朝鮮の田舎で生まれたのだそうだ。戦争中、両親に連れられて日本にきて、働きだした。戦争が終わってからも、一家は日本にとどまった。二〇歳をすぎて結婚するが、妻は死んだ。いくらかお金をためてから、同じ故郷の人を親にもつ、ずいぶん年下の日本生まれの女性ともういっぺん結婚し、やがてミカが生まれた。そのとき、お父さんは、かなりの「おじいさん」になっていた。

「父は苦労してきたし、くやしかっただろうと思う。戦争が終わるまでは『日本人』だとされていて、それからあとも、税金はいっぱい払ってきた。それなのに、いまの自分に、選挙権がない、ということには。」ミカは、無理したように、少し笑った。「でも、それは、いまのわたし自身にとっては、本質的なことと思えない。わたしは、選挙で選ばれる人なんかに、期待したこともない。」

テレビの画面で首長選の政見放送が始まっている。候補者が、彼女にも、わたしにも、すべて平等に話しかける。

「最初に覚えた日本語って、オガワさん、覚えてる？」

「さあ……。英語だって、何から習ったのかな。」

「でしょう。わたしだって、そう。でも、父は覚えてたの。コメ。お米だって。子どものとき、それまで朝鮮語で、サッルって言ってたって。もう、父は死んでるけど。」

ちょっと、テレビの候補者の声を聞いてから、続ける。

「ほんとうのことを言うとね、父といっしょに人前にいると、いつも少し緊張してたの。父の言葉が、ほかの人たちが使う日本語と、ちょっと違うと感じていたから。〝蚊にかかれる〟とか〝タクシーをとる〟って、父は言う。だからわたしは、学校の友だちたちが話してる言葉と、いま自分が話そうとしてる言葉が、ほんとうに同じかどうか、ひと呼吸考えてから、しゃべる。ほら、『ストレンジャー・ザン・パラダイス』って映画、ヴィデオで観たけど、英語をしゃべらないハンガリー移民の叔母さんちに、ニューヨークからぽんこつ車で訪ねていくでしょう。わたしの暮らしも、そういうところがあった。ふつうに学校の友だちと日本語で話してる外での暮らしと、ちょっとヘンな日本語が使われている自分の家のなかでの暮らしと。なかと外とのあいだに、見えない膜があるの。」

なに言ってんだか。と、ちょっと照れたようにつぶやき、さっきよりもう少し自然に、ミカは笑った。

「いや……、ぼくだって同じようなもんだな。」テレビ画面に映る候補者の顔を見ながら、わたしは言った。「これだけテレビやなんかで、日本はいい、日本が素晴らしいって言われると、おれは、そういう日本人じゃなくてけっこうだ、と思うようになってきた。美しくない日本で、日本人として生きていればいいんじゃないかなと。」

ミカは、それからしばらく黙ってテレビを見ていた。だが、やがて顔をぐるりとわたしの前まで乗り出すようにして、言った。

「だけどオガワさんは、どうしたって日本人よ。そうじゃない人間からすればね。」

そして、こんなふうに付けくわえた。

「——選挙権をくださいなんて、わたしはお願いしたいと思わない。それより息苦しく感じるのは、わたしには棄権する権利がないってことなの。それを感じるかどうかが、きっと、この社会では、日本人とそれ以外の者とを分けている。つまり、……ちちんぷいぷい……。あったらいいなと思うのは、落語で言うなら、じゃがんそうみたいなものなんだけど。」

《「だんだんともっと重要なことがわかってきた。たとえばこの人たちが自分の経験や感情を、声音でお互いに伝え合う方法をもっていることがわかった。この人たちが話すことばが、聞く者の心と顔に、喜びあるいは苦痛、笑顔あるいは悲しみをつくりだすことを私は見てとった。これはまことに神業であって、私は熱烈にそれを知りたいと思った。しかしそのつもりでいろいろとやってみても、みんな失敗に終わった。……しかし、おおいに精力を集中し、数か月の時間をかけたあとで、いちばんよく話にでてくる物の名前を発見し、火、牛乳、パン、薪というようなことばをおぼえ、それから家の人たちの名前をおぼえた。……」》

（メアリー・シェリー『フランケンシュタイン』、角川文庫、一三五ページ）

ミカは落語が好きだ。

バスタブのなかにまでウォークマンを持ちこんで、聴いた。あはは、あはは。という笑い声が、深夜、浴室から響いていた。

「蛇含草（じゃがんそう）」は、彼女が好きな上方落語。

……食い意地の張った男が、蛇含草を手に入れる。大蛇が、山で猟師などを呑みこむと、腹がふくれて苦しむけれど、この蛇含草を舐めると、たちまち腹のなかの人間が溶けて、腹はぺたんとひっこんでしまうというのだ。

男は喜んだ。友人に食いくらべを仕掛けて、餅箱いっぱいの餅をたいらげる。苦しくても、のちほど蛇含草を舐めさえすればいい。でも、男があんまりたくさん食べたので、あとで友人は心配になって、彼の家を訪ねていく。襖を開ける。

「サーと開けますと、蛇含草を食たもんだっさかいに、人間のほうがすっかり溶けてしもて、餅が甚平を着てすわってた。」……

考えオチ。

「人間が溶ける」薬草を、男は「食べたものが溶ける」と勘ちがいした。それで、彼自身が溶けてしまった。これを食べたら最後、もう、ここに戻ってくることはない。

《じゃがんそう》

ディドロの『ブーガンヴィル航海記補遺』は、ブーガンヴィル『世界周航記』を呑みこみ、溶かしてしまう。わたしはそう思ったけれども、ミカはべつのことを考えていたのかもわからない。むしろ、ブーガンヴィル『世界周航記』が、ディドロの『ブーガンヴィル航海記補遺』を内部に取り込むことで、みずから、そこにあった「世界」の輪郭を溶かしてしまったということではないか？　ここから見るなら、『ブーガンヴィル航海記補遺』こそが、ミカ好みのじゃがんそうだったということか。

「ハラシマ、タカシ。ハラシマ、タカシ！　地元のハラシマタカシが、最後の、最後の、お願いにまいりましたっ！」

難民が、国境のゲートをくぐり、ぞろぞろぞろぞろぞろぞろ、歩いてくる。目はこっちを見ている。食べたり、寝ころんだり、うんこをしたり、死んだり、しゃべったり、それでも交わったり、出産したり、笑ったり、マスターベーションしたりする。呑みこむ。じゃがんそう。ちちんぷいぷいだ。たぶん、ミカもわたしも。


なぜ、あれほど不安だったたか、わからない。

季節がひと回りくらいしたとき、彼女は言った。

「郵便配達やめたほうがよかったら、わたし、そうする。料理とか、洗濯、わたしが全部引きうけて、あなたは書いてればいいし、わたしは本でも読んでる。べつに、ほかにしたいことは何もないんだから。」

ミカはそうした。わたしと同じ時刻に眠って、同じ時刻に目を覚ました。わたしの呼吸と同じリズムで、息をした。そして、黄色いソファに寝ころぶと、いよいよ猛烈なスピードで、文庫本を読みだした。

わたしは、せっせと書いた。「フランケンシュタインの怪物は、いったいどこの国の言葉をしゃべっていたのか？」とか。原稿のなかでも、ミカの影がうごいていた。いや、そこでのミカとだけ、わたしは話していたのかも、わからない。そうしたところにいる彼女の幻は、生理痛を訴えることもなかったし、

「わたしが息苦しく感じるのは、棄権する権利がないってことなの。」

そのようなことも、けっして言うことがない。

おしまいの日が、近づきつつあるのは、わかっていた。

ある朝、ベッドで目が覚めた。ひどく混乱した夢を見ていたようでもあった。ミカは、すぐ隣に横たわったまま、大きな目を開き、じっとこっちを見ていた。とても静かな声で、彼女は、こう言う。

「そんなに、かんたんじゃないよ、オガワさん。」


ミカは、じつは司馬遼太郎の《街道をゆく》のシリーズが、いちばん好きだったのではないかと思う。

ほかの文庫本はどれもわたしのものを読んでいたけど、このシリーズだけは彼女があれこれ自分で買っていて、いま見ると全部で三〇冊くらいある。なかでも、一冊選ぶなら、『オホーツク街道』がいちばん大事、と言っていた。これはわたしも読んだ。

だんだん暑い季節に近づいてきた。とはいえ、この東向きの部屋は、昼を過ぎると、ふたたび翳になる。いま、わたしは、部屋の黄色いソファに寝ころんで、『オホーツク街道』を開いてみている。

ところどころのページの下のすみに、やっぱり彼女の dog-ear が残っている。そのうち、いくつかは松浦武四郎に触れたくだりだ。ただし、ミカは、もの覚えが悪くて、どんどん忘れる。ページを折ったとたんに、これも忘れてしまっていたかもしれない。読書に関するかぎり、彼女にとっての確かな記憶とでも言うべきものの痕跡は、ただ、文庫本の dog-ear となり、残っているだけである。

部屋が翳になって、急にからだが冷えてきた。そのせいもあってか、こんなことなども思いだす。

この一月、もう彼女は、引っ越しの荷物をまとめ終えていた。ここに引っ越してきたときより、いっそう、それはちいさかった。新しい引っ越し先はわたしからは尋ねなかった。いま思うと、それも残酷な仕打ちだったが、明るい声で彼女は言った。

「ソファはここに置いてく。《街道をゆく》も。あなたも、読むかもしれないでしょ。」

その日、上野公園の東照宮に、わたしたちは牡丹を見にいく約束だった。

薄曇りで、寒い午前だった。鳩が何十羽もかたまって、上野公園のアスファルトの地面にとまっていた。寒牡丹は満開で、牡丹園の小径のところどころで立ちどまって、ミカの写真を撮った。少し先を歩いていた彼女が、またくるっと振りかえって、こう言った。

「今朝、あなたの夢を見た。さみしそうに一人で住んでるの。たぶん、あの家で。わたしは入っていきたいと思って、玄関に立ってるんだけど、横のほうからちいさな女の子が出てきて、なぜだか入れない。お名前は？　って尋ねると、ミカっていうの。膜みたいなのがあって、もうわたしの場所はない。しょうがなくて、わたし、郵便です、って言ったの」

白い牡丹を背に、こらえるように、笑った。

新しい世紀が、始まろうとしている。

社殿のほうにむかうと、牡丹園より、観光客が多かった。三人、二人、四人と、かたまって、それは続く。ぞろぞろぞろぞろ、続いていく。高欄ぞいにまわって、最後に、拝殿の広間に入る。翳になった場所に、大きな円形の銅鏡が置いてある。直径が一メートルほどもあり、木札に「奉納　松浦武四郎」と記してある。背面の絵柄には、地図らしきものが鋳出（いだ）してあった。

松浦武四郎は、一八一八年（文化一五）、伊勢国一志郡、津と松阪のあいだを流れる雲出（くもず）川の河口の村に生まれた。家は、農を営む郷士である。一七歳のとき、諸国遍歴を志して、家を出た。懐中にあったのは、父からもらった小判一枚きりだった。篆刻の覚えがあり、土地土地の名士を頼っては印を彫り、わずかな路銀を得て、全国を歩き、山に登った。雲水にもなった。

一〇年ほど本州、四国、九州をめぐったあと、北海道、当時の蝦夷地にむかった。渡るにあたって、樺太へ赴任する幕臣の草履取りになって供をした。名も雲平に改めた。ハッピを着た、ほんものの〝奴さん〟だ。絵もよくした。蝦夷地を東西に歩き、綿密な地誌やスケッチを残した。そのあいだにアイヌ語を習得していた。アイヌの人びとを介して、ウイルタ（オロッコ）にも接触した。

明治維新後、蝦夷地探索の実績を買われて開拓判官の職に就いたが、翌一八七〇年（明治三）、開拓使を批判して辞任している。以後、公職に就かなかった。

鏡を奉納したのは、これよりあとらしい。

広間の翳が濃く、鏡に鋳出してあるのが何の地図か、よく見えない。近づいて、目を寄せて確かめ、ぎょっとした。

日本全図なのだ。

ただし、南の九州を上に、北の北海道を下にして、この地図は描かれている。つまり、われわれがふだん見ている日本地図とは、上下がさかさまの構図なのである。

北をかならず上に置くという図法は、当時の地図に、確立していない。とはいえ、武四郎は、青壮年期を通して、北海道を歩きつづけた。彼の心の羅針盤では、北はつねに上位を占めていただろう。しかし、ここでの地図の図案は、逆に置く。開拓判官辞任にいたる、彼の内面の傷の深さが、ここにも反映しているのだろうか？

それにしても、ただ南北が逆なだけなのに、なかなか「日本」全図に見えない。ページの下側を折るミカの dog-ear が、「犬の耳」に見えないようなものだろう。

ミカの姿を目で捜す。

この鏡の図案が日本全国とわかれば、彼女もおもしろがるのではないか。そう思って見回したけれども、姿が見えない。

やっと見つけたのは、とうに社殿を出て、前庭のはずれにいる彼女のちいさな後ろ姿だった。ミカは、そこに立ち、寒気のなか、まだ花芽のかたそうな辛夷(こぶし)の裸木を一心に見上げていた。

#「習作」を離れるとき

小説というのは、どうしても書かれなければならないものではないし、それが書かれたからといって、世の中の何かが確かに変わるわけでもない。ただ、そうであっても、こういうものを書きたいと思いたつ人がいて、どこかには、いずれ、読んでみようとする人もいるかもしれない。それだけのものである。

二〇〇〇年代初頭の一〇年間に私が発表した四つの小説、『もどろき』(二〇〇〇年、初出、以下同)、『イカロスの森』(二〇〇二年)、『明るい夜』(二〇〇五年)、『かもめの日』(二〇〇八年)は、書きすすむにつれて苦労し、執筆に時間がかかった。それでも、なんとか書き通さずにはいられないと感じ、毎日、書いて(書きなおして)いた。どうにか書き終えられたときには、それぞれに、ささやかな喜びがあった。書けてよかったと思っている。

○

私は、これら四つの作品以前にも、いくらか「小説」というものを書いていた。

ただ、自分自身のなかでは、一九九〇年代後半に書く初期作品——『若冲の目』所収の中篇二作

「鶏の目」「猫の目」、そのあと、いくつか短篇を書きつぎ、さらに『硫黄島 IWO JIMA』という三百枚ほどのものを書いた——と、二〇〇〇年代に入っての『もどろき』以降のものとのあいだには、明瞭な違いがある。一九九〇年代のあいだは、「小説」という形式については考えるところ少なく、なんとか実作をなぞろうと、手持ちの素材であれこれ試してみるしかなかった。その意味で、やはり「習作」の時期だろう。一方、二〇〇〇年代に入ると、「小説」という形式への悩みが、むしろ深まる。

たとえば、『イカロスの森』では、日本人がほとんど行かず、情報も少ない北サハリンの風光を、どうやって日本語でとらえて、読者に伝えることができるのか？　この難問が、絶えず私を苛んだ。なぜなら、この作品の主人公は、人間以上に、北サハリンの風光そのものであるからだった。

北サハリンの海とツンドラ、タイガの密林。この世界には、まだ「風土」と呼べるほどの人間たちの歴史がない。むしろ、その風光の下に、ヒトという生き物たちが到着し、なにがしかの交渉が生じて、暮らしはじめる。こうした世界のありようを描きたかった。だが、「小説」では、これを言語で書かねばならない。しかも私には、「日本語」で書くことが与件となる。

私は、ものを書いて発表しはじめた年齢は早かったが、そこからの成長においては奥手で、自分で言うのもおかしなことだが、のろのろしている。懸命に自分なりの努力は重ねているつもりなのだが、それでこうなのだから、手の打ちようがない。げんに、これだけの文章を書くのにも、この一週間ほど、こうやって、なんだか苦労している。

それでも、いまから振り返れば、これでよかったようには思う。急成長で世に出て、名声にともなう雑事をこなしながら、意義のある仕事も残していけるだけの才覚が、自分にあったとは考えられないからだ。ただし、これでは、ときどきに、何かと不都合が生じる。お金にも困った。いよいよ万事窮したかと、胸によぎった記憶もある。フリーライターでいるとは、そういうことである。ひとにも同じやりかたを勧められるものではない。

『イカロスの森』という小説は、目に留まりにくいと思うが、日本時間の二〇〇一年九月一一日、午後三時前から数時間のあいだの主人公による回想、という体裁で書いた。

——北サハリン・オハのヘリコプター会社から、ドライヴァーのアリエクがファクスを送ってくる。東京の自宅仕事場で、ファクス電話機から吐き出される用紙の端に、この送信日時の記録が自動的に英文で印字されている。

つまり、これは、二一世紀の最初の年、米国ニューヨークなどでの同時多発テロがアルカイダによって引き起こされる当日、直前の数時間の出来事として、描いた物語である。テロの現場となる場所からは遠く離れたサハリンと東京の一隅で、ロシア人のドライヴァーと日本人の作家は心もとない交信を取りかわす。やがて、あの凄まじいテロの時刻も、きっと、それぞれの場所で、静かに過ぎていく。私たちは、いま、どこに立ち、何に向かって生きているのか、そのことを考えていた。

世界の輪郭とは、ときに、そういう感触がよぎることで、もたらされるものではないか。

その次に書いた『明るい夜』も、三年越しで苦労した。物語とは、どこから生じて、どうやって終わるのか。それは、「現実そのもの」のありかたと、どこが、どういうふうに違うのか。そのような、素朴で根本的な自問に苦しんだ。

当時、私は東京に住まいがあったが、そこにじっとしたまま書いたり消したりしているのが苦しくなって、郷里の京都の川べりに古い木造アパートの部屋を借り、そこで進まぬ原稿を抱えて耐えたりした。こういう「スランプ」の話をすると、「四〇代にもなって、そんなことをしているなんて、逆に、ちょっとぜいたくなのでは?」と返してくる知人もいる。たしかに、そう。そうやって、世間の常識的な暮らしのリズムから、かさぶたみたいに、剝がれ落ちていく自分も感じていた。

このころだったろう。旧知の哲学者、鶴見俊輔さんが、私の「スランプ」ぶりをそろそろ見かねたようで、

「近ごろは、どうしていますか?」

と声をかけてくれたことがあった。

「絶望しています。原稿が書けなくて」

と、私は答えた。鶴見さんは、即座に、これに対して、

「世の中には、絶望しているフリーライターと、見込みのないフリーライターしかいないものなんだ」

と、励まして(?)、あはははは、と笑った。その声を覚えている。

○

こうした二〇〇〇年代初頭の四つの作品と、それ以前の「習作」の時期を隔てたのは、私自身の個人生活に即せば、一九九九年一一月に遭遇する、父の自死である。それからひと月たらずで、父と同居していた祖父も病没する。そこは、私の生家でもあった。だから、とにかく、この京都の朽ちた小さな家を片づけなければならない経緯となって、そのことのなかから、やがて『もどろき』は生まれ

た。

身内にとっては、重く苦い時間が、しばらく続いた。私は、四〇歳目前、このときに至るまで、「家」や「家族」にまつわる煩わしさから、ほとんど目をそらして生きてきた。だが、父たちの死は、これからは自分自身の足で立って、これらにも向き合うほかないと、遅ればせの覚醒の契機を私にもたらした。

本書は、「もどろき」「イカロスの森」の二作を収録するものとして計画された。だが、私より二〇歳余り年少の担当編集者、堀郁夫さんが、「習作」期の短篇の一つ、「新世紀」も収録してはどうかと提案してくれた。単行本には収録してこなかったものである。むろん、この作品にも、同時期のほかの自作と共通する弱さがあると、作者としての私は感じている。けれども、気づけば、私自身も、もう耳順（六十にして耳順う、論語）の年齢だ。堀さんの助言に従うことにして、ただし、原題の「新世紀」は、「犬の耳」に改めた。今回、こうして仕上げの機会を持つことで、たしかに、ここには「もどろき」「イカロスの森」への遠い光源が含まれていることにも、気づかされた。

「習作」時代、私は、自分の小説がちゃんと読めるものに仕上がっているかが不安で、書くたび、文芸批評家の加藤典洋さんに原稿を読んでもらった。加藤さんは、親切にも、そのたび多忙を縫って、ていねいに読み、なにがしか思うところを伝えてくれた。こういうのは、あまり頼りすぎるのもよくない。あるとき、ついに加藤さんは、

「いま、黒川さんに必要なのは、自分で可否を判断して、発表することなんじゃないかな」

という意味のことを言った。

「たしかに」

と、私は答えた。自分でも、それを感じるようになっていた。加藤さんとは、彼が三〇代後半、私が二〇代なかばくらいから、三〇年以上の歳月、雑談の機会があった。私は、そこから、文学というものについて、たくさんのことを教えられた。実際には、彼が口に出して「文学」と言うことは、そう多くはなかっただろう。だが、それにあたるものをどれだけ彼が大切に考えていたかが、いまはよくわかる。

あるとき、鶴見さんは、スランプの私を励まそうとしたのか、前置き抜きに、

「『もどろき』は、必ず復活するよ」

と、突然、預言（？）の言葉を放った。単行本の刊行から三年余りが過ぎ、本書が品切れ（事実上の絶版）とされたころだっただろう。

預言というのは、いつでも根拠抜きのものだろうが、若い世代の編集者の手で、それを現実に移していただけることを著者として喜びとする。鶴見さんも、加藤さんも、もう、ここにはいない。私は、もうしばらくは自分の足で歩いてみたいと思っている。

本書に収録する各作品には、この機会に、必要と思える若干の加筆、訂正、削除を施した。

二〇二〇年九月二八日

初出一覧

もどろき

初出：「新潮」二〇〇〇年一二月号

単行本：『もどろき』、二〇〇一年一月、新潮社

イカロスの森

初出：「新潮」二〇〇二年六月号

単行本：『イカロスの森』、二〇〇二年九月、新潮社

犬の耳（初出時の「新世紀」を改題）

初出：「小説TRIPPER」一九九九年夏季号

「習作」を離れるとき

書き下ろし

著書一覧——黒川創

【一九八三年】五月　スタッズ・ターケル著『仕事!』（共訳、晶文社）

【一九八五年】一二月『〈竜童組〉創世記』（亜紀書房／一九八八年一二月、ちくま文庫）

【一九八六年】五月　林幸次郎・赤江真理子著『ぼくたちのちんどん屋日記』（構成、新宿書房）

【一九八八年】四月『熱い夢・冷たい夢　黒川創インタヴュー集』（思想の科学社）

一一月『電話で7500秒』（宇崎竜童と共著、晶文社）

【一九八九年】七月『先端・論』（筑摩書房）

【一九九一年】七月『水の温度』（講談社）

【一九九四年】八月『リアリティ・カーブ——「戦無」と「戦後」のあいだに走る』（岩波書店）

【一九九五年】一月『富岡多恵子の発言』全5巻（編集・解説、岩波書店）刊行開始

1『性という情緒』（一九九五年一月）

2『詩よ歌よ』（一九九五年二月）

3『女の表現』（一九九五年三月）

4『闇をやぶる声』（一九九五年四月）

5『物語からどこへ』（一九九五年五月）

【一九九六年】一月『〈外地〉の日本語文学選1　南方・南洋／台湾』（編集、新宿書房）

二月『〈外地〉の日本語文学選2　満洲・内蒙古／樺太』（編集、新宿書房）

【一九九七年】三月　『〈外地〉の日本語文学選3　朝鮮』（編集、新宿書房）
九月　ローレンス・オルソン著『アンビヴァレント・モダーンズ――江藤淳・竹内好・吉本隆明・鶴見俊輔』（共訳、新宿書房）
【一九九八年】二月　『国境』（メタローグ）
【一九九九年】三月　『若冲の目』（講談社）
・「鶏の目」（初出「群像」一九九七年八月）
・「猫の目」（初出「群像」一九九八年八月）
【二〇〇〇年】二月　『硫黄島　IWO JIMA』（朝日新聞社）
【二〇〇一年】二月　『もどろき』（新潮社：初出「新潮」二〇〇〇年一二月）
五月　『樹のなかの音――瀧口政満彫刻作品集』（編集・序文、クレイン）
【二〇〇二年】九月　『イカロスの森』（新潮社：初出「新潮」二〇〇二年六月）
【二〇〇五年】一〇月　『明るい夜』（文藝春秋：初出「文學界」二〇〇五年四月／二〇〇八年一〇月、文春文庫）
※第二回京都水無月大賞受賞
【二〇〇六年】三月　『日米交換船』（鶴見俊輔・加藤典洋共著、新潮社）
【二〇〇八年】三月　『かもめの日』（新潮社：初出「新潮」二〇〇八年二月／二〇一〇年九月、新潮文庫）
※第六〇回読売文学賞受賞
六月　『ブックデザインの構想――チェコのイラストレーションから、チラシ・描き文字まで』（平野甲賀共著、編集グループSURE）
【二〇〇九年】七月　鶴見俊輔著『不逞老人』（聞き手、河出書房新社）　※同書の映像版としてDVD『鶴見

俊輔　みずからを語る』（聞き手、テレビマンユニオン）がある。

【二〇一一年】

二月　『きれいな風貌――西村伊作伝』（新潮社）

四月　『小沢信男さん、あなたはどうやって食ってきましたか』（小沢信男・津野海太郎共著、編集グループＳＵＲＥ）

六月　『北沢恒彦とは何者だったか？』（聞き手、編集グループＳＵＲＥ）

【二〇一二年】

五月　『いつか、この世界で起こっていたこと』（新潮社）

・「うらん亭」（初出「新潮」二〇一一年一〇月）

・「波」（初出「新潮」二〇一一年一一月）

・「泣く男」（初出「新潮」二〇一一年一二月）

・「チェーホフの学校」（初出「新潮」二〇一二年一月）

・「神風」（初出「新潮」二〇一二年二月）

・「橋」（初出「新潮」二〇一二年三月）

九月　『鶴見俊輔コレクション』（編集、河出文庫）刊行開始

1『思想をつむぐ人たち』（二〇一二年九月）

2『身ぶりとしての抵抗』（二〇一二年一〇月）

3『旅と移動』（二〇一三年九月）

4『ことばと創造』（二〇一三年一〇月）

一一月　『日高六郎　95歳のポルトレ――対話をとおして』（新宿書房）

一一月　『福島の美術館で何が起こっていたのか――震災、原発事故、ベン・シャーン

のこと』（編集、編集グループＳＵＲＥ）

【二〇一三年】三月『考える人・鶴見俊輔』（加藤典洋共著、ＦＵＫＵＯＫＡ*u*ブックレット3、弦書房）

五月『暗殺者たち』（新潮社：初出「新潮」二〇一三年二月）※韓国語訳『暗殺――安重根と伊藤博文、そして社会主義者』（ソミョン出版、二〇一八年）

一〇月『国境 完全版』（河出書房新社）**※第二五回伊藤整文学賞受賞**

【二〇一四年】一〇月『京都』（新潮社）**※第六九回毎日出版文化賞受賞**

・深草稲荷御前町（初出「新潮」二〇一三年一二月）

・吉田泉殿町の蓮池（初出「新潮」二〇一四年二月）

・吉祥院、久世橋付近（初出「新潮」二〇一四年四月）

・旧柳原町ドンツキ前（初出「新潮」二〇一四年七月）

【二〇一五年】七月『鷗外と漱石のあいだで――日本語の文学が生まれる場所』（河出書房新社）

【二〇一六年】八月『鶴見俊輔さんの仕事』（編集グループＳＵＲＥ）刊行開始

1『ハンセン病に向きあって』（木村聖哉・湯浅進共著、二〇一六年八月）

2『兵士の人権を守る活動』（高橋幸子・三室勇・那須耕介共著、二〇一六年一二月）

3『編集とはどういう行為か？』（松田哲夫・室謙二共著、二〇一七年五月）

4『雑誌「朝鮮人」と、その周辺』（姜在彦・小野誠之・関谷滋共著、二〇一七年八月）

5『なぜ非暴力直接行動に踏みだしたか』（小泉英政・川上賢一共著、二〇一七年一〇月）

【二〇一七年】二月『岩場の上から』（新潮社：初出「新潮」二〇一五年一二月～二〇一六年一一月）

【二〇一八年】　一一月『鶴見俊輔伝』（新潮社）　**※第四六回大佛次郎賞受賞**

【二〇二〇年】　二月　『暗い林を抜けて』（新潮社：初出「新潮」二〇一九年五、七、九、一二月）

黒川 創　くろかわ・そう
1961年京都市生まれ。作家。
同志社大学文学部卒業。
1999年、初の小説『若冲の目』刊行。
2008年『かもめの日』で読売文学賞。
13年刊『国境 ［完全版］』で伊藤整文学賞（評論部門）、
14年刊『京都』で毎日出版文化賞、
18年刊『鶴見俊輔伝』で大佛次郎賞を受賞。
近著に『暗い林を抜けて』がある。

もどろき・イカロスの森
ふたつの旅の話
二〇二〇年一一月三〇日　初版第一刷　発行

著者　黒川 創
発行者　伊藤良則
発行所　株式会社 春陽堂書店
〒104-0061
東京都中央区銀座3-10-9 KEC銀座ビル
電話 03-6264-0855(代)
印刷・製本　株式会社 精興社

ISBN978-4-394-19020-2 C0093